LE ROCHER DE TANIOS

Né au Liban en 1949, Amin Maalouf vit en France depuis 1976.
Journaliste, il a parcouru une soixantaine de pays et couvert de nombreux événements, de la guerre du Vietnam à la révolution iranienne; il fut rédacteur en chef de *Jeune Afrique*.
Il a publié en 1983 *Les Croisades vues par les Arabes* puis, en 1986, un premier roman, *Léon l'Africain*, basé sur la vie d'un voyageur au XVIe siècle.
En 1988 parut *Samarcande*, roman inspiré de la vie du poète persan Omar Khayyam, et en 1991 *Les Jardins de lumière*, itinéraire du prophète Mani, fondateur du manichéisme.
En 1992, il écrit *Le Premier Siècle après Béatrice* et obtient le prix Goncourt 1993 avec *Le Rocher de Tanios*.

AMIN MAALOUF

Le Rocher de Tanios

ROMAN

GRASSET

A la mémoire de
l'homme aux ailes brisées

« C'est un peuple pour qui se sont montés ces Alleghanys et ces Libans de rêve !...
Quels bons bras, quelle belle heure me rendront cette région d'où viennent mes sommeils et mes moindres mouvements ? »

ARTHUR RIMBAUD
Illuminations.

Dans le village où je suis né, les rochers ont un nom. Il y a le Vaisseau, la Tête de l'ours, l'Embuscade, le Mur, et aussi les Jumeaux, encore dits les Seins de la goule. Il y a surtout la Pierre aux soldats ; c'est là qu'autrefois on faisait le guet lorsque la troupe pourchassait les insoumis ; aucun lieu n'est plus vénéré, plus chargé de légendes. Pourtant, lorsqu'il m'arrive de revoir en songe le paysage de mon enfance, c'est un autre rocher qui m'apparaît. L'aspect d'un siège majestueux, creusé et comme usé à l'emplacement des fesses, avec un dossier haut et droit s'abaissant de chaque côté en manière d'accoudoir — il est le seul, je crois, à porter un nom d'homme, le Rocher de Tanios.

J'ai longtemps contemplé ce trône de pierre sans oser l'aborder. Ce n'était pas la peur du danger ; au village, les rochers étaient nos terrains de jeu favoris et, même enfant, j'avais coutume de défier mes aînés aux escalades les plus périlleuses ; nous n'avions d'autre équipement que nos mains et nos jambes nues, mais notre peau savait se coller à la peau de la pierre et pas un colosse ne résistait.

Non, ce n'était pas la peur de tomber qui me retenait. C'était une croyance, et c'était un serment. Exigé par mon grand-père, quelques mois avant sa mort. « Tous les rochers, mais jamais celui-là ! » Les autres gamins demeuraient comme moi à distance, avec la même crainte superstitieuse. Eux aussi avaient dû

promettre, la main sur le duvet de la moustache. Et
obtenir la même explication : « On le surnommait
Tanios-kichk. Il était venu s'asseoir sur ce rocher. On
ne l'a plus revu. »

On avait souvent évoqué devant moi ce personnage,
héros de tant d'historiettes locales, et toujours son
nom m'avait intrigué. Tanios, j'entendais bien, c'était
l'une des nombreuses variantes locales d'Antoine, à
l'instar d'Antoun, Antonios, Mtanios, Tanos ou Tan-
nous... Mais pourquoi ce risible surnom de « kichk » ?
Cela, mon grand-père n'a pas voulu me le révéler. Il a
seulement dit ce qu'il estimait pouvoir dire à un
enfant : « Tanios était le fils de Lamia. Tu as sûrement
entendu parler d'elle. C'était très loin dans le passé,
même moi je n'étais pas encore né, et mon propre père
non plus. En ce temps-là, le pacha d'Egypte faisait la
guerre aux Ottomans, et nos ancêtres ont souffert.
Surtout après le meurtre du patriarche. On l'a abattu
juste là, à l'entrée du village, avec le fusil du consul
d'Angleterre... » C'est ainsi que parlait mon grand-
père quand il ne voulait pas me répondre, il lançait des
bribes de phrases comme s'il indiquait un chemin,
puis un autre, puis un troisième, sans toutefois s'engager dans aucun. Il m'a fallu attendre des années avant
de découvrir la véritable histoire.

Je tenais pourtant le meilleur bout du fil puisque je
connaissais le nom de Lamia. Nous le connaissions
tous, au pays, grâce à un dicton qui, par chance, a
traversé deux siècles pour parvenir jusqu'à nous :
« Lamia, Lamia, comment pourrais-tu cacher ta
beauté ? »

Ainsi, encore de nos jours, quand les jeunes gens
rassemblés sur la place du village voient passer quelque femme enveloppée dans un châle, il s'en trouve
toujours un pour murmurer : « Lamia, Lamia... » Ce
qui est souvent un authentique compliment, mais
peut relever quelquefois aussi de la plus cruelle dérision.

La plupart de ces jeunes ne savent pas grand-chose de Lamia, ni du drame dont ce dicton a conservé le souvenir. Ils se contentent de répéter ce qu'ils ont entendu de la bouche de leurs parents ou de leurs grands-parents, et parfois, comme eux, ils accompagnent leurs paroles d'un geste de la main vers la partie haute du village, aujourd'hui inhabitée, où l'on aperçoit les ruines encore imposantes d'un château.

A cause de ce geste, qu'on a tant de fois reproduit devant moi, j'ai longtemps imaginé Lamia comme une sorte de princesse qui, derrière ces hauts murs, abritait sa beauté des regards villageois. Pauvre Lamia, si j'avais pu la voir s'affairer dans les cuisines, ou trottiner pieds nus à travers les vestibules, une cruche dans les mains, un fichu sur la tête, j'aurais difficilement pu la confondre avec la châtelaine.

Elle ne fut pas servante non plus. J'en sais aujourd'hui un peu plus long sur elle. Grâce, d'abord, aux vieillards du village, hommes et femmes, que j'ai inlassablement questionnés. C'était il y a vingt ans et plus, ils sont tous morts, depuis, à l'exception d'un seul. Son nom est Gébrayel, c'est un cousin de mon grand-père et il a aujourd'hui quatre-vingt-seize ans. Si je le nomme, ce n'est pas seulement parce qu'il a eu le privilège de survivre, c'est surtout parce que le témoignage de cet ancien instituteur passionné d'histoire locale aura été le plus précieux de tous ; irremplaçable, en vérité. Je restais des heures à le fixer, il avait de vastes narines et de larges lèvres sous un petit crâne chauve et ridé — des traits que l'âge a très certainement appuyés. Je ne l'ai pas revu dernièrement, mais on m'assure qu'il a toujours ce ton de confidence, ce même débit ardent, et une mémoire intacte. A travers les mots que je m'apprête à écrire, c'est souvent sa voix qu'il faudra écouter.

Je dois à Gébrayel d'avoir acquis très tôt l'intime conviction que Tanios avait bien été, par-delà le mythe, un être de chair. Les preuves sont venues plus tard, des années plus tard. Lorsque, la chance aidant, je pus enfin mettre la main sur d'authentiques documents.

Il en est trois que je citerai souvent. Deux qui émanent de personnages ayant connu Tanios de près. Et un troisième plus récent. Son auteur est un religieux décédé au lendemain de la Première Guerre mondiale, le moine Elias de Kfaryabda — c'est le nom de mon village, je ne pense pas l'avoir mentionné encore. Son ouvrage s'intitule comme suit : *Chronique montagnarde ou l'Histoire du village de Kfaryabda des hameaux et des fermes qui en dépendent des monuments qui s'y élèvent des coutumes qui y sont observées des gens remarquables qui y ont vécu et des événements qui s'y sont déroulés avec la permission du Très-Haut.*

Un livre étrange, inégal, déroutant. Certaines pages, le ton est personnel, la plume s'échauffe et se libère, on se laisse porter par quelques envolées, par quelques écarts audacieux, on croit être en présence d'un écrivain vrai. Et puis soudain, comme s'il craignait d'avoir péché par orgueil, le moine se rétracte, s'efface, son ton s'aplatit, il se rabat pour faire pénitence sur son rôle de pieux compilateur, alors il accumule les emprunts aux auteurs du passé et aux notables de son temps, en vers de préférence, ces vers arabes de l'âge de la Décadence, empesés d'images convenues et de sentiments froids.

Cela, je ne m'en suis aperçu qu'après avoir achevé la deuxième lecture minutieuse de ces mille pages — neuf cent quatre-vingt-sept, très précisément, du préambule au traditionnel vers final disant « toi qui liras mon livre montre-toi indulgent... ». Au début, lorsque j'avais eu entre les mains cet ouvrage à la reliure verte simplement ornée d'un grand losange noir, et que je l'avais ouvert pour la première fois, je n'avais remarqué que cette écriture tassée, sans virgules ni points, sans paragraphes non plus, rien que des moutonnements calligraphiques enfermés dans leurs marges comme un toile dans son cadre, avec, çà et là, un mot volant pour rappeler la page précédente ou annoncer la suivante.

Hésitant encore à m'engager dans une lecture qui menaçait d'être rebutante, je feuilletais le monstre du bout des doigts, du bout des yeux, quand devant moi se détachèrent ces lignes — je les ai aussitôt recopiées, et plus tard traduites et ponctuées :

« Du quatre novembre 1840 date l'énigmatique disparition de Tanios-kichk... Pourtant, il avait tout, tout ce qu'un homme peut attendre de la vie. Son passé s'était dénoué, la route de l'avenir s'était aplanie. Il n'a pu quitter le village de son plein gré. Nul ne peut douter qu'une malédiction s'attache au rocher qui porte son nom. »

A l'instant, les mille pages cessèrent de me paraître opaques. Je me mis à regarder ce manuscrit d'une tout autre manière. Comme un guide, un compagnon. Ou peut-être comme une monture.

Mon voyage pouvait commencer.

PREMIER PASSAGE

La tentation de Lamia

Puisse le Très-Haut m'accorder Son pardon pour les heures et les journées que je vais devoir dérober au temps béni de la prière et des Saintes Lectures afin d'écrire cette histoire imparfaite des gens de ma contrée, mon excuse étant qu'aucune des minutes que nous vivons n'aurait existé sans les millénaires qui l'ont précédée depuis la Création, et qu'aucun de nos battements de cœur n'aurait été possible s'il n'y avait eu les générations successives des aïeux, avec leurs rencontres, leurs promesses, leurs unions consacrées, ou encore leurs tentations.

Préambule de la *Chronique montagnarde*,
œuvre du moine Elias de Kfaryabda.

En ce temps-là, le ciel était si bas qu'aucun homme n'osait se dresser de toute sa taille. Cependant, il y avait la vie, il y avait des désirs et des fêtes. Et si l'on n'attendait jamais le meilleur en ce monde, on espérait chaque jour échapper au pire.

Le village entier appartenait alors à un même seigneur féodal. Il était l'héritier d'une longue lignée de cheikhs, mais lorsqu'on parle aujourd'hui de « l'époque du cheikh » sans autre précision, nul ne s'y trompe, il s'agit de celui à l'ombre duquel a vécu Lamia.

Ce n'était pas, loin s'en faut, l'un des personnages les plus puissants du pays. Entre la plaine orientale et la mer, il y avait des dizaines de domaines plus étendus que le sien. Il possédait seulement Kfaryabda et quelques fermes autour, il devait avoir sous son autorité trois cents foyers, guère plus. Au-dessus de lui et de ses pairs, il y avait l'émir de la Montagne, et au-dessus de l'émir les pachas de province, ceux de Tripoli, de Damas, de Saïda ou d'Acre. Et plus haut encore, beaucoup plus haut, au voisinage du Ciel, il y avait le sultan d'Istanbul. Mais les gens de mon village ne regardaient pas si haut. Pour eux, « leur » cheikh était déjà un personnage considérable.

Ils étaient nombreux, chaque matin, à prendre le chemin du château pour attendre son réveil, se pressant dans le couloir qui mène à sa chambre. Et

lorsqu'il paraissait, ils l'accueillaient par cent formules de vœux, à voix haute à voix basse, cacophonie qui
accompagnait chacun de ses pas.

La plupart d'entre eux étaient habillés comme lui,
séroual noir bouffant, chemise blanche à rayures,
bonnet couleur de terre, et tout le monde ou presque
arborait les mêmes moustaches épaisses et bouclées
fièrement vers le haut dans un visage glabre. Ce qui
distinguait le cheikh ? Seulement ce gilet vert pomme,
agrémenté de fils d'or, qu'il portait en toute saison
comme d'autres portent une zibeline ou un sceptre.
Cela dit, même sans cet ornement, aucun visiteur
n'aurait eu de peine à distinguer le maître au milieu de
sa foule, à cause de ces plongées que toutes les têtes
effectuaient les unes après les autres pour lui baiser la
main, cérémonial qui se poursuivait jusqu'à la salle
aux Piliers, jusqu'à ce qu'il eût pris sur le sofa sa place
habituelle et porté à ses lèvres le bout doré du tuyau de
sa pipe d'eau.

En rentrant chez eux, plus tard dans la journée, ces
hommes diraient à leurs épouses : « Ce matin, j'ai vu
la main du cheikh. » Non pas : « J'ai baisé la main... »
Cela, on le faisait, certes, et en public, mais on avait
pudeur à le dire. Non plus : « J'ai vu le cheikh » —
parole prétentieuse, comme s'il s'agissait d'une rencontre entre deux personnages de rang égal ! Non,
« J'ai vu la main du cheikh », telle était l'expression
consacrée.

Aucune autre main n'avait autant d'importance. La
main de Dieu et celle du sultan ne prodiguaient que les
calamités globales ; c'est la main du cheikh qui répandait les malheurs quotidiens. Et aussi, parfois, des
miettes de bonheur.

Dans le parler des gens du pays, le même mot, *kaff*,
désignait parfois la main et la gifle. Que de seigneurs
en avaient fait un symbole de puissance et un instrument de gouvernement. Quand ils devisaient entre
eux, loin des oreilles de leurs sujets, un adage revenait
dans leur bouche : « Il faut qu'un paysan ait toujours

une gifle près de la nuque » ; voulant dire qu'on doit
constamment le faire vivre dans la crainte, l'épaule
basse. Souvent, d'ailleurs, « gifle » n'était qu'un raccourci pour dire « fers », « fouet », « corvées »...

Aucun seigneur n'était sanctionné pour avoir malmené ses sujets ; si, quelques rares fois, des autorités
supérieures lui en tenaient rigueur, c'est qu'elles
étaient résolues à le perdre pour de tout autres raisons, et qu'elles cherchaient le moindre prétexte pour
l'accabler. On était depuis des siècles sous le règne de
l'arbitraire, et si jamais il y avait eu jadis un âge
d'équité, plus personne n'en avait gardé le souvenir.

Lorsqu'on avait la chance d'avoir un maître moins
avide, moins cruel que les autres, on s'estimait privi-
légié, et on remerciait Dieu d'avoir montré tant de sollicitude, comme si on Le jugeait incapable de faire
mieux.

C'était le cas à Kfaryabda ; je me souviens d'avoir
été surpris, et plus d'une fois indigné, par la manière
affectueuse dont certains villageois évoquaient ce
cheikh et son règne. Il est vrai, disaient-ils, qu'il donnait volontiers sa main à baiser et que, de temps à
autre, il assenait à l'un de ses sujets une gifle sonore,
mais ce n'était jamais une vexation gratuite ; comme
c'était lui qui rendait justice en son domaine, et que
tous les différends — entre frères, entre voisins, entre
mari et femme — se réglaient devant lui, le cheikh
avait l'habitude d'écouter les plaignants, ensuite quelques témoins, avant de proposer un arrangement ; les
parties étaient sommées de s'y conformer, et de se
réconcilier séance tenante par les embrassades cou-
tumières ; si quelqu'un s'entêtait, la gifle du maître
intervenait en argument ultime.

Une telle sanction était suffisamment rare pour que
les villageois ne pussent plus parler d'autre chose pendant des semaines, s'évertuant à décrire le sifflement
de la gifle, fabulant sur les marques des doigts qui
seraient restées visibles pendant trois jours, et sur les

paupières du malheureux qui plus jamais ne cesse-
raient de cligner.

Les proches de l'homme giflé venaient lui rendre
visite. Ils s'asseyaient en cercle autour de la pièce,
silencieux comme à un deuil. Puis l'un d'eux élevait la
voix pour dire qu'il ne fallait pas se sentir humilié. Qui
donc n'a jamais été giflé par son père ?

C'est ainsi que le cheikh voulait être considéré. En
s'adressant aux gens de son domaine, même aux plus
âgés, il disait « *yabné !* », « mon fils ! », ou « ma
fille ! », « *ya binté !* ». Il était persuadé qu'un pacte
intime le liait à ses sujets, ils lui devaient obéissance et
respect, il leur devait sa protection en toutes circonstances. Même en ce début du dix-neuvième siècle,
cette sorte de paternalisme intégral apparaissait déjà
comme une incongruité, une survivance d'un âge pri-
mordial d'enfance et d'innocence, dont la plupart des
villageois s'accommodaient, et dont certains de leurs
descendants gardent encore la nostalgie.

Moi-même, je dois l'avouer, en découvrant certaines facettes du personnage, je me suis senti devenir un
peu moins sévère envers lui. Car si « notre cheikh »
tenait à chacune de ses prérogatives, il ne faisait pas,
comme tant d'autres seigneurs, bon marché de ses
devoirs. Ainsi, tous les paysans devaient lui apporter
une part de leur récolte ; mais il avait coutume de leur
dire, en échange, que « personne dans ce domaine
n'aura faim tant qu'il restera au château un pain et une
olive ». Plus d'une fois les villageois avaient pu vérifier
que ce n'était pas vaine parole.

Tout aussi importante aux yeux des villageois était
la manière dont le cheikh traitait avec les autorités
supérieures, et c'est d'abord pour cette raison que l'on
a gardé de lui un si complaisant souvenir. Les autres
seigneurs, quand l'émir ou le pacha exigeaient d'eux
quelque nouvel impôt, ne prenaient guère la peine
d'argumenter, se disant qu'il valait mieux pressurer
leurs sujets plutôt que de se mettre mal avec les puissants. Pas « notre » cheikh. Lui tempêtait, se déme-

nait, envoyait supplique après supplique, parlait de disette, de gel, de sauterelles, glissait de judicieux bakchichs, et quelquefois il obtenait un délai, une remise, voire une exemption. On dit que les agents du Trésor extorquaient alors les sommes manquantes à des seigneurs plus dociles.

Il n'avait pas souvent gain de cause. Les autorités étaient rarement disposées à transiger en matière d'impôts. Du moins avait-il le mérite d'essayer, et les paysans lui en savaient gré.

Non moins appréciée était sa conduite en temps de guerre. Se targuant d'une vieille coutume, il avait obtenu pour ses sujets le droit de se battre sous leur propre drapeau au lieu d'être enrôlés avec le reste de la troupe. Un privilège inouï pour un fief aussi minuscule qui pouvait aligner, au mieux, quatre cents hommes. Pour les villageois, la différence était grande. Partir avec ses frères, ses fils, ses cousins, commandés par le cheikh lui-même, qui les connaissait chacun par son prénom, savoir qu'on ne serait pas abandonné sur place si l'on était blessé, qu'on serait racheté si l'on était capturé, qu'on serait décemment enterré et pleuré si l'on devait mourir ! Savoir aussi que l'on ne serait pas envoyé à l'abattoir pour faire plaisir à quelque pacha dépravé ! Ce privilège, les paysans en étaient aussi fiers que le cheikh. Mais, bien entendu, il fallait le mériter. On ne pouvait se contenter de « faire semblant », il fallait se battre, et vaillamment, beaucoup plus vaillamment que la piétaille d'à côté ou d'en face, il fallait que leur bravoure fût constamment citée en exemple dans toute la Montagne, dans tout l'empire, c'était leur fierté, leur honneur, et aussi le seul moyen de garder ce privilège.

Pour toutes ces raisons, les gens de Kfaryabda considéraient « leur » cheikh comme un moindre mal. Il serait même apparu comme une véritable bénédiction s'il n'avait eu un travers, un insupportable travers qui, aux yeux de certains villageois, réduisait à néant ses plus nobles qualités.

— Les femmes ! me dit le vieux Gébrayel, et dans son visage de buse s'allumèrent des yeux carnassiers. Les femmes ! Le cheikh les convoitait toutes, et il en séduisait une chaque soir !

S'agissant du dernier bout de phrase, c'est une affa- bulation. Mais pour le reste, qui est tout de même l'essentiel, il semble bien que le cheikh, à l'instar de ses ancêtres, à l'instar de tant d'autres seigneurs sous tou- tes les latitudes, vivait dans la ferme conviction que toutes les femmes de son domaine lui appartenaient. Comme les maisons, comme les terres, les mûriers et les vignes. Comme les hommes, d'ailleurs. Et qu'un jour ou l'autre, à sa convenance, il pouvait faire valoir son droit.

Il ne faudrait pas, pour autant, l'imaginer en satyre rôdant dans le village à la recherche de sa proie, avec ses hommes de main dans le rôle de rabatteurs. Non, les choses ne se passaient pas ainsi. Si impérieux que fût son désir, il ne se départait à aucun moment d'un certain quant-à-soi, jamais il n'aurait songé à se glis- ser furtivement par une porte dérobée pour profiter comme un voleur de l'absence d'un mari. C'est chez lui qu'il officiait, si l'on peut dire.

De même que chaque homme devait monter, ne serait-ce qu'une fois par mois, « voir la main du cheikh », toutes les femmes devaient fournir leur journée au château, pour aider aux travaux courants ou saisonniers, c'était leur façon à elles de manifester leur allégeance. Certaines faisaient montre d'habi- letés particulières — une façon incomparable de bat- tre la viande au mortier, ou d'amincir la pâte à pain. Et quand il fallait préparer un festin, toutes les compé- tences étaient requises à la fois. Une forme de corvée, en somme ; mais répartie ainsi entre des dizaines, des centaines de femmes, elle en devenait moins pesante.

J'ai peut-être laissé croire que la contribution des hommes se limitait au baisemain matinal. Ce ne serait pas conforme à la réalité. Ils étaient tenus de s'occuper du bois et des nombreuses réfections, de relever sur les terres du cheikh les terrasses écroulées, sans oublier la corvée suprême des mâles, la guerre. Mais, en temps de paix, le château était une ruche de femmes, qui s'activaient, bavardaient, se distrayaient aussi. Et quelquefois, au moment de la sieste, quand le village entier s'enfonçait dans une pénombre de langueur, l'une ou l'autre de ces femmes s'égarait entre couloirs et chambres, pour refaire surface deux heures plus tard au milieu des murmures.

Certaines se prêtaient à ce jeu de fort bonne grâce, flattées d'avoir été courtisées, désirées. Le cheikh avait de la prestance ; de plus, elles savaient que, loin de se précipiter sur la première chevelure aperçue, il prisait le charme et l'esprit. On rapporte encore au village cette phrase qu'il répétait : « Il faut être un âne pour se coucher au côté d'une ânesse ! » Insatiable, donc, mais exigeant. C'est l'image qu'on a gardée de lui aujourd'hui, et c'est probablement cette même image qu'avaient ses contemporains, ses sujets. Aussi, bien des femmes avaient-elles envie d'être au moins remarquées, cela les rassurait sur leur charme. Quitte, ensuite, à se laisser ou non suborner. Un jeu dangereux, j'en conviens ; mais au moment où leur beauté bourgeonnait, puis s'épanouissait, pouvaient-elles, avant de se faner, renoncer à toute envie de séduire ?

La plupart, toutefois, et quoi qu'en dise le vieux Gébrayel, ne voulaient pas de ces amours compromettantes et sans lendemain. Elles ne se prêtaient à aucun autre jeu galant que la dérobade, et il semble bien que le maître savait s'y résigner lorsque son « adversaire » se montrait futée. Et d'abord prévoyante : à partir du moment où une personne convoitée se retrouvait en tête à tête avec le cheikh, elle ne pouvait plus l'éconduire sans l'humilier, ce qu'aucune villageoise n'aurait eu le cran de faire. Leur habileté devait s'exercer plus tôt, pour leur éviter justement de se retrouver dans cette situation embarrassante. Elles avaient imaginé une panoplie de ruses. Certaines, quand c'était leur tour de venir au château, se présentaient avec, sur le bras, un enfant en bas âge, le leur ou celui d'une voisine. D'autres se faisaient accompagner par leur sœur ou leur mère, sûres qu'ainsi elles ne seraient pas inquiétées. Un autre procédé pour échapper aux assiduités du maître était d'aller s'asseoir tout près de sa jeune épouse, la cheikha, et de ne plus s'en éloigner jusqu'au soir.

Le cheikh ne s'était marié qu'au seuil de la quarantaine, et encore, il avait fallu lui forcer la main. Le patriarche de sa communauté avait reçu tant de plaintes contre l'incorrigible séducteur qu'il s'était décidé à user de son influence pour mettre fin à cette situation scandaleuse. Et il avait cru trouver la parade idéale : le marier à la fille d'un chef féodal bien plus puissant que lui, le seigneur du grand Jord, dans l'espoir qu'ainsi, par égard pour son épouse, et plus encore pour ne pas irriter son beau-père, le maître de Kfaryabda serait contraint de s'assagir.

Dès la première année, la cheikha avait donné naissance à un fils, qui fut prénommé Raad. L'homme, cependant, malgré sa satisfaction d'avoir un héritier, avait très vite renoué avec son vice, délaissant son épouse au cours de sa grossesse, et encore plus après l'accouchement.

Laquelle épouse, démentant les prévisions du patriarche, allait faire preuve d'une surprenante faiblesse. Sans doute avait-elle à l'esprit l'exemple de sa propre famille de féodaux, un père et des frères volages, et une mère résignée. A ses yeux, la conduite de son mari était le fruit de son tempérament ainsi que de son rang social, deux choses qu'elle ne pouvait changer. Elle ne voulait jamais qu'on lui parlât des aventures du cheikh, pour qu'elle ne fût pas contrainte de réagir. Mais les ragots lui parvenaient, et elle en souffrait, même si elle ne pleurait que lorsqu'elle était seule, ou alors auprès de sa mère, chez qui elle se rendait pour des séjours prolongés.

Au château, elle feignait l'indifférence ou la fière ironie, et noyait son chagrin dans le sucre. Constamment assise à la même place, dans le petit salon attenant à sa chambre, elle arborait en guise de coiffure un *tantour* à l'ancienne, haut tuyau en argent que l'on plantait dans les cheveux à la verticale, et par-dessus lequel retombait un voile de soie, toilette si compliquée qu'elle se gardait bien de la défaire au moment de dormir. « Ce qui, observait Gébrayel, ne devait guère l'aider à regagner les faveurs du cheikh. Pas plus que sa corpulence, d'ailleurs. On dit qu'elle avait à portée de main une corbeille de friandises que les servantes et les visiteuses surveillaient en permanence de peur qu'elle ne vînt à se vider. Et la châtelaine se gavait comme une truie. »

Elle n'était pas la seule femme à souffrir, mais c'est parmi les hommes que l'intempérance du cheikh suscitait le plus de rancœur. Si certains affectaient de croire que la chose n'arrivait qu'aux épouses, aux mères, aux sœurs et aux filles des autres, tous vivaient constamment dans la crainte de voir leur honneur terni. Le village bruissait sans cesse de prénoms féminins, toutes les jalousies, les vengeances s'exprimaient par ce biais. Des disputes éclataient parfois, pour des prétextes futiles, qui révélaient la rage contenue des uns et des autres.

On s'observait, on s'épiait. Il suffisait qu'une femme s'habillât avec un brin de coquetterie au moment de se rendre au château pour qu'elle fût soupçonnée de vouloir aguicher le cheikh. Et d'emblée, elle devenait fautive, plus fautive même que ce dernier, à qui l'on accordait l'excuse d'être « ainsi fait ». Il est vrai que, pour celles qui tenaient à éviter toute aventure, l'un des moyens les plus éprouvés était de ne se présenter devant le maître qu'enlaidies, fagotées, difformes...

Il est des femmes, cependant, qui ne parviennent pas à dissimuler leur beauté. Ou peut-être est-ce leur Créateur qui répugne à les voir cachées ; mais, Seigneur ! que de passions autour d'elles !

L'une de ces femmes vivait dans mon village en ce temps-là. C'était Lamia, justement. Celle du dicton.

II

Lamia portait sa beauté comme une croix. Une autre qu'elle n'aurait eu qu'à se voiler, ou à se laisser enrober dans quelque étoffe disgracieuse pour cesser d'attirer les regards. Pas Lamia. On l'aurait dite trempée dans la lumière. Elle avait beau se couvrir, s'effacer, se fondre dans des attroupements, elle était immanquablement trahie, révélée, il suffisait d'un geste, d'un rien — une main portée à ses cheveux, quelque rengaine fredonnée par inadvertance —, et l'on ne voyait plus qu'elle, et l'on n'entendait plus que sa voix d'eau claire.

Si, avec les autres, toutes les autres, le cheikh laissait parler sa vanité et son sang, avec Lamia ce fut, dès le premier instant, différent. Sa grâce l'intimidait, un sentiment qu'il avait rarement éprouvé. Il en avait d'autant plus de désir, mais moins d'impatience. Pour des conquêtes plus ordinaires, ce guerrier-né avait ses stratagèmes rodés — un mot de tendresse, une insinuation coquine, une brève démonstration de puissance, et il emportait la place. Avec Lamia, il était résigné à entreprendre un siège.

Il n'aurait sans doute pas su s'en tenir à une approche aussi sage n'était une circonstance qui le rassurait et le contraignait à la fois : Lamia vivait sous son toit, dans une aile du château, puisqu'elle était l'épouse de son intendant, Gérios.

Greffier, chambellan, trésorier, secrétaire, parfois même confident, ce dernier n'avait pas de fonctions proprement délimitées. Il devait tenir son maître informé de l'état du domaine, des récoltes, du partage de l'eau, des taxes, des avanies. Il consignait même sur un registre méticuleux tous les cadeaux que les villageois apportaient au château, par exemple que « Toubiyya fils de Wakim est venu à la Grande-Fête — c'est-à-dire Pâques — avec une demi-ocque de savon et deux onces de café... » C'était également le mari de Lamia qui rédigeait les contrats de métayage.

S'il s'était agi d'un domaine plus riche, plus étendu, Gérios aurait été un haut dignitaire ; d'ailleurs, aux yeux de tous, son sort était des plus enviables ; il vivait à l'abri du besoin, et les appartements qu'il occupait, modestes au regard de ceux de son maître, étaient mieux aménagés que les plus belles maisons du village.

C'est après avoir obtenu cette charge très prisée que Gérios avait demandé la main de Lamia. Son futur beau-père, un paysan plutôt aisé dont la fille aînée était l'épouse du curé, ne l'avait toutefois agréé qu'après longue hésitation. Le prétendant semblait parfaitement en mesure de subvenir aux besoins d'un foyer, mais le père de Lamia ne parvenait pas à le prendre en affection. Peu de gens l'appréciaient, d'ailleurs, bien que nul n'eût su formuler un reproche, sinon une certaine froideur. Il était, comme on dit au village, « de ceux qui ne rient pas en présence d'un pain chaud ». Du coup, on le jugeait sournois et hautain. On lui manifestait de l'hostilité, même. Si la chose l'affectait, il n'en laissait rien paraître, et ne réagissait jamais. Dans sa position, il aurait pu rendre la vie difficile aux personnes qui ne le portaient pas dans leur cœur. Il se l'interdisait. Personne, cependant, ne s'en montrait reconnaissant. « Il ne sait faire ni le bien ni le mal », se contentait-on de dire avec une parfaite mauvaise foi.

Lorsque le prédécesseur de Gérios avait quitté son poste, le cheikh l'avait accusé d'avoir détourné d'importantes sommes d'argent. Le mari de Lamia n'aurait jamais pu commettre de pareils forfaits, mais à en croire ses détracteurs, c'était moins par intégrité que par couardise. Difficile à dire, maintenant que tous les témoins se sont tus. Il paraît certain toutefois que son maître lui inspirait une véritable terreur, qu'il tremblait en sa présence plus que le plus humble paysan et se pliait à tous ses caprices. Le cheikh pouvait lui faire rédiger une lettre à l'émir et, l'instant d'après, lui tendre le pied pour qu'il l'aidât à se déchausser. Jamais Gérios n'opposait la moindre résistance.

Quand les vieux du village évoquent aujourd'hui le mari de Lamia, il y a une histoire qu'ils se plaisent à rapporter. Avec quelques variantes d'un récit à l'autre, mais la substance est la même. Le cheikh, je l'ai dit, portait moustache abondante et barbe rase, c'était là un sujet qui revenait constamment dans sa conversation. Les moustaches, pour lui, c'était l'honneur, c'était la puissance, et lorsqu'il faisait une promesse importante, il s'arrachait un poil qu'il confiait très solennellement à la personne concernée, laquelle le recueillait dans un linge propre, pour le lui rendre le jour où la promesse serait tenue. A l'inverse, il avait l'habitude de moquer ceux qui portaient la barbe, les taxant de malpropreté, prétendant qu'il les avait vus s'essuyer les mains dessus ; si bien que, hormis le curé, pas un villageois n'osait se garnir le menton de peur de devenir la cible des sarcasmes. Alors que tous, bien entendu, cultivaient la moustache, à la mode du cheikh. Gérios ne faisait pas exception, la sienne était la réplique exacte de celle de son maître, épaisse, parfois gominée, et retroussée vers le haut en double accroche-cœur. Jusque-là, rien d'inhabituel ; ce mimétisme est, depuis l'aube des temps, une marque de déférence.

Seulement, un jour, parlant une fois de plus moustache devant ses visiteurs, le cheikh avait fait observer, avec une pointe d'agacement, que celle de son intendant était plus florissante que la sienne. Le soir même, Lamia avait vu son mari devant un miroir, occupé à tailler dans le gras de sa moustache pour la désépaissir. Elle avait assisté à cette étrange mutilation sans rien dire. Mais elle se sentait rabaissée.

Il était ainsi, Gérios. Il parlait peu, mangeait peu, souriait rarement. Il avait quelque instruction, mais aucune autre ambition que celle de garder sa place et la bienveillance de son maître, maître qu'il servait, du reste, avec honnêteté et application.

Lamia se serait très certainement accommodée d'un mari moins terne. Elle qui était si gaie, espiègle, primesautière, chaque fois qu'elle se faisait remarquer en public par un mot d'esprit, un petit rire, chaque fois qu'elle fredonnait une chanson, Gérios était là, à la fixer, sourcils froncés, renfrogné, la mine inquiète. Alors elle se taisait. Et lorsqu'elle se joignait aux femmes venues travailler au château, qu'elle prenait part à leurs rires, à leurs chuchotements, qu'elle mêlait ses mains aux leurs, son homme le lui reprochait. Il ne cessait de lui répéter qu'elle devait « tenir son rang au lieu de travailler comme une servante » ; lorsqu'elle voulait lui être agréable, elle s'en allait faire la conversation à la cheikha et se gaver en sa compagnie.

Peut-être avait-il raison. Si elle avait suivi ses conseils, elle aurait sans doute su éviter à elle-même et à ses proches bien des malheurs. Son existence n'aurait pas fait de vagues, elle aurait vécu selon son rang, vieilli selon son rang, elle serait aujourd'hui enterrée selon son rang, et aucun dicton ne serait venu ranimer le souvenir de sa beauté imprudente.

Entre la mariée et l'époux, il y a une différence d'âge
Elle est en son quinzième printemps, et lui en son trentième hiver.

A l'occasion de quelles noces villageoises ont été composés ces vers d'un poète populaire ? La *Chronique montagnarde*, qui les cite, ne le précise pas ; je ne serais pas étonné de découvrir un jour que c'est Lamia et Gérios qu'ils voulaient décrire.

De fait, la jeune femme se laissait souvent guider par son tempérament printanier. Elle n'était joyeuse que des joies qui l'entouraient, et de celles qu'elle faisait naître autour d'elle. Plaire était sa façon d'être, et elle plaisait. On aurait pu s'attendre que les femmes du village fussent jalouses de sa beauté ou de ce fameux « rang » qu'elle était censée tenir. Pas le moins du monde. Toutes décelaient chez elle cette limpidité, cette absence totale d'affectation, de prétention comme de sournoiserie, toutes lui parlaient comme à une sœur. Même la cheikha lui témoignait de l'amitié, bien que son indomptable mari n'eût d'yeux que pour l'épouse de Gérios ; certes, il disait à toutes les femmes « ma fille ! », mais quand cette parole s'adressait à Lamia, il y mettait tant de bonheur, tant de douceur, que c'en était une caresse. Aux cuisines, les femmes en plaisantaient, essayant de singer le maître avec des « *ya binté !* » de miel ; en présence de Lamia, d'ailleurs, qui riait de bon cœur. Nul doute qu'elle était flattée, mais sans penser un instant à un possible dérapage.

Le cheikh, lui, avait probablement des arrière-pensées. Ce qui ne signifie pas que chacun de ses sourires, chacune de ses paroles affectueuses était un acte calculé.

A vrai dire, si l'incident qui a entremêlé leurs vies obéissait à un quelconque dessein, ce ne pouvait être que celui de la Providence.

« Un incident, juste un incident, rien de plus », insista Gébrayel. Ses yeux cependant pétillaient lorsqu'il ajouta : « Infime, comme un grain de sable, ou comme une étincelle. »

Et quand il se mit à raconter, ce fut avec pompe et fioritures. « C'était par une de ces journées de juillet comme au village on ne les aime pas. L'air sec et rare. Sur les routes, à chaque pas, une poussière de troupeau. On n'en finissait plus d'ouvrir fenêtres et portes, mais pas un volet ne claquait, pas un battant ne grinçait dans ses gonds. Le souffle retenu de l'été, tu as connu cela ! »

Il est vrai que les gens de Kfaryabda se résignent mal à la fournaise. Ils ne parlent plus, mangent à peine. Tout au long de la journée, ils se désaltèrent à la cruche, la tenant haut au-dessus de leur tête, puis, de dépit, laissent l'eau noyer leur visage, leurs cheveux, leurs habits. Et, quoi qu'il arrive, ils ne mettent pas les pieds hors de chez eux avant l'heure fraîche.

« Le cheikh avait quelques visiteurs, cependant. Des étrangers. C'est Lamia qui avait préparé le café, ce jour-là, et qui l'avait apporté dans la salle aux Piliers, sans doute les gens de service étaient-ils assoupis chacun dans son coin. Puis c'est toujours elle qui était venue reprendre les tasses vides. Le cheikh n'était plus à sa place. Chose curieuse, le bout doré de son narguilé traînait par terre. D'ordinaire, quand il se levait, il enroulait le tuyau autour du foyer, d'un geste machinal, et retirait le bout pour le garder propre. »

En sortant dans le couloir, Lamia entendit le son d'une respiration lourde venant d'une petite pièce qui servait parfois de salon privé pour des conciliabules. Le cheikh était là, dans la pénombre, debout mais affalé, le front contre le mur.

— Notre cheikh se sent-il mal ?

— Rien de grave, *ya binté*.

Mais sa voix était essoufflée.

— Mieux vaut s'asseoir, dit-elle en le prenant doucement par le bras.

Il se redressa, sa respiration redevint plus régulière, il arrangea sa mise, et passa ses pouces sur ses tempes.

— Ce n'est rien. La chaleur, sûrement. Surtout, pas un mot. A personne.

— C'est juré, dit-elle. Par le Messie !

Elle prit le crucifix qu'elle avait autour du cou, le porta à ses lèvres, puis le pressa contre son cœur. Satisfait, le maître lui donna une petite tape sur le bras, avant de repartir vers ses invités.

Rien d'autre ne devait se passer ce jour-là, rien que ce banal malaise d'été. Mais pour Lamia, quelque chose venait de changer dans sa manière de regarder cet homme. Jusque-là, elle lui vouait une déférence mêlée d'une bonne dose de prévention et, comme tant d'autres femmes, elle redoutait de se retrouver seule avec lui. A présent, elle remarquait que les veines de ses tempes étaient enflées, que son front parfois se ridait, comme si des hordes de soucis étaient venues l'assaillir, et elle guettait le moment de le revoir en tête à tête. Simplement pour s'assurer qu'il n'avait plus eu de malaise.

De tout autres sentiments, jusque-là tenus à distance, se glissaient cependant en elle sous le couvert de sa légitime inquiétude. Pour le cheikh, pour l'« assiégeant », un véritable cheval de Troie était dans la place. Sans qu'il eût rien fait pour l'y introduire. Inspirer une tendresse apitoyée est peut-être, pour certains, l'un des ressorts du jeu amoureux ; pas pour lui, il n'eût jamais voulu de cette flèche dans son carquois !

Plusieurs jours s'écoulèrent avant que Lamia ne trouvât une autre occasion de revoir le cheikh sans témoin pour lui demander s'il s'était de nouveau senti mal. Il émit de la langue ce claquement mouillé qui, dans le parler du village, signifie « non », mais elle avait la certitude qu'il mentait.

Et avait-il parlé de l'autre incident à son épouse ?

— A personne ! Il n'est pas né celui qui m'entendra gémir !

Pour le rassurer, Lamia renouvela sa promesse de silence en posant encore le crucifix sur ses lèvres, puis sur son cœur. Pendant qu'elle accomplissait ce bref rituel de piété, le cheikh lui prit la main gauche dans la sienne, et la serra un court instant, comme pour partager son serment. Puis il s'éloigna sans plus la regarder.

Elle se surprit à avoir un sourire attendri. « Il n'est pas né, celui qui m'entendra gémir ! » avait-il dit. Il croyait parler en homme, mais, aux oreilles d'une femme, cette réflexion sonnait comme une crânerie de petit garçon. Lamia se souvenait que son plus jeune frère avait dit la même chose, mot pour mot, le jour où on lui avait appliqué des ventouses. Non, décidément, elle ne parvenait plus à voir le seigneur du village tel qu'il voulait qu'on le voie, ni tel que les autres le voyaient. Et quand, devant elle, on parlait de lui, ce qui arrivait à toute heure de la journée, les paroles avaient une autre résonance dans sa tête ; certaines l'irritaient, d'autres la réjouissaient ou l'inquiétaient, aucune ne la laissait indifférente, elle avait cessé de prendre les ragots pour ce qu'ils étaient, une manière de tromper l'ennui. Et elle n'avait plus jamais envie d'apporter son propre grain de sel.

Parfois, quand les villageoises poussaient un peu trop loin les allusions graveleuses, elle était tentée de les faire taire. Mais elle se retenait, et se forçait même à imiter leurs rires. Si une seule fois elle les avait contraintes au silence, elle serait devenue pour elles une étrangère et son nom se serait retrouvé aussitôt dans le hachoir de leurs babillages. Mieux valait rester dans leurs bonnes grâces ! Mais si Lamia agissait de la sorte, ce n'était pas par habileté, elle était ainsi, elle ne se sentait jamais aussi bien que lorsqu'elle se fondait en silence dans l'assemblée des femmes aux mains trempées, se laissant bercer par leurs voix cassées et leurs taquineries.

Un jour — ce devait être à la mi-septembre, ou peu après —, en arrivant dans la petite cour enfumée où l'on préparait le pain, elle entendit tout un clapotis de rires. Elle vint s'asseoir sur une pierre tout près du *saje*, la plaque de fer ronde et bombée sous laquelle crissait un feu de branches de genêts. Une cousine se chargea de la mettre au courant :

— Nous étions en train de dire que, depuis des semaines, il semble assagi, on n'entend plus parler de ses aventures...

Quand, au village, on disait « il » ou « lui », sans prendre la peine d'expliciter, chacun savait de qui il s'agissait.

— C'est la cheikha qui l'a repris en main, assura une matrone, tout en plaquant la pâte sur le fer brûlant à l'aide d'un coussin.

— La cheikha, sûrement pas ! dit une autre. Hier

même, j'étais auprès d'elle, et elle m'a annoncé qu'elle partait dans une semaine avec son fils dans le grand Jord, pour passer l'hiver chez sa mère. Si elle avait su regagner l'affection de son homme, pourquoi s'en irait-elle ?

— Il est peut-être malade, suggéra une autre.

On se tourna vers Lamia, qui dut rassembler tout son souffle pour dire, sur un ton détaché :

— S'il était malade, on l'aurait remarqué.

Il y avait là, tout à côté d'elle, assise sur une pierre, une femme si vieille et silencieuse que personne ne pensait qu'elle suivait la conversation. Pourtant, elle dit :

— ... Ou alors, il est fou amoureux.

Les autres n'avaient pas bien entendu.

— Que dis-tu, *hajjé* ?

On l'appelait ainsi parce que, dans sa jeunesse, elle était partie en pèlerinage à Bethléem, voir la Sainte-Crèche.

— Il est sûrement amoureux, et il attend que sa femme ait le dos tourné.

— Il ne s'est jamais gêné pour faire ce qu'il voulait ! objecta la matrone.

— Je le connais, moi, votre cheikh, du temps où il s'asseyait encore sur les genoux de sa mère. S'il est fou amoureux d'une femme, il ne bougera pas tant que la cheikha n'aura pas quitté le château...

On se mit alors à spéculer sur l'identité de l'élue. On murmura un prénom, un deuxième, un troisième... Puis un homme vint à passer, et l'on changea de conversation.

Dans la tête de Lamia, ces bavardages continuèrent cependant à résonner, tout au long de la journée. Et quand vint la nuit, elle y pensait encore.

Se pouvait-il que le cheikh fût si gravement malade ? Ne devrait-elle pas en parler à quelqu'un, faire appeler le médecin de Dayroun ? Non, il lui en voudrait. Mieux valait attendre et observer. Dans une semaine, si elle voyait quelque jolie femme rôder dans les couloirs qui mènent à ses appartements, elle serait rassurée !

Mais était-ce vraiment ce qu'elle souhaitait, voir cet homme reprendre son activité galante ?

La nuit avançait. Etendue sur sa couche, elle tournait et se retournait sans trouver la position confortable. Elle ne savait plus ce qu'elle devait souhaiter. Elle se retourna encore. Et pourquoi donc devait-elle souhaiter quoi que ce soit au sujet de cet homme ?

A côté d'elle son mari dormait sur le dos, la bouche ouverte comme un poisson.

III

La veille du jour où la cheikha devait partir, alors que tout le monde au château s'agitait pour les derniers préparatifs, Gérios eut la surprise d'entendre sa femme lui demander, avec une insistance enfantine, s'il l'autoriserait à se joindre au voyage.

— Tu voudrais passer l'hiver dans le Jord ?

— Pas tout l'hiver, juste quelques semaines. La cheikha m'a déjà invitée plus d'une fois...

— Tu n'as rien à faire, là-bas.

— Je pourrais être sa dame de compagnie.

— Tu n'es ni une servante, ni une dame de compagnie, combien de fois devrais-je le répéter ? Tu es mon épouse, et tu resteras à mes côtés. On ne quitte pas son mari ainsi pendant des semaines et des mois, je ne comprends même pas que tu oses y songer.

Elle dut se résigner. Accompagner la cheikha ne l'avait jamais vraiment tentée auparavant, mais ce matin-là, après une nouvelle nuit tourmentée, elle s'était réveillée avec cette idée en tête. Partir, s'éloigner un peu du château, des murmures des femmes, des regards des hommes, et de ses propres doutes. Elle ne se faisait guère d'illusions quant à la réaction de Gérios, mais elle avait espéré un miracle. Elle avait besoin de ce miracle. Et quand elle fut contrainte d'y renoncer, elle parut soudain anéantie et s'enferma pour le restant de la journée chez elle à pleurer.

— Lamia avait seize ans, et lorsqu'elle pleurait, deux fossettes se creusaient au milieu de ses joues comme pour recueillir ses larmes.

Gébrayel n'ignorait aucun détail dès qu'il s'agissait d'elle.

— Crois-tu vraiment qu'elle était aussi belle qu'on le dit ?

Ma question était presque sacrilège.

— Et plus belle encore ! La plus belle des femmes ! Gracieuse, de la nuque aux chevilles. Ses mains longues et fines, ses cheveux si noirs qui tombaient lisses jusqu'au milieu du dos, ses grands yeux maternels et sa voix affectueuse. Elle se parfumait au jasmin, comme la plupart des filles du village. Mais son jasmin ne ressemblait à aucun autre.

— Pourquoi cela ? demandai-je naïvement.

— Parce que ce jasmin-là sentait la peau de Lamia.

Gébrayel ne souriait pas. Il regardait ailleurs.

— Sa peau était rosâtre et si douce que tous les hommes rêvaient de la frôler ne fût-ce que du revers des doigts. Sa robe s'ouvrait jusqu'aux marches du Crucifix, et plus loin encore. Les femmes de ce temps-là dévoilaient leur poitrine sans le moindre soupçon d'indécence, et Lamia laissait paraître une face entière de chaque sein. Sur ces collines-là j'aurais voulu poser ma tête chaque nuit...

Je m'éclaircis la gorge.

— Comment peux-tu savoir tant de choses, tu ne l'as jamais vue !

— Si tu ne veux pas me croire, pourquoi m'interroger ?

Mon intrusion dans son rêve l'avait irrité. Mais il ne

m'en tint pas rigueur. Il se leva, prépara pour lui et pour moi deux grands verres de sirop de mûre.

— Bois lentement, me dit-il, l'histoire est encore longue.

Quand la caravane de la cheikha se mit en route, un peu avant l'aube, le château sembla se vider. Parce que des gardes et des servantes en grand nombre avaient accompagné la châtelaine, et aussi parce que la saison des récoltes battait son plein, et que les hommes et les femmes de Kfaryabda étaient presque tous aux champs. Cette matinée-là, le cheikh n'eut que trois visiteurs, et il n'en retint aucun à déjeuner. Il se fit apporter sur un plateau les mets les plus légers, du pain, de l'origan à l'huile d'olive, du lait caillé égoutté. Et comme Gérios s'affairait dans les couloirs, il l'invita à se joindre à lui. Puis il lui demanda où était Lamia.

Elle n'était sortie de chez elle que pour souhaiter bonne route à la cheikha, puis elle était revenue s'enfermer, comme la veille. Et quand Gérios vint lui dire que le maître l'invitait, elle répondit qu'elle n'avait pas faim. Son mari leva une main menaçante.

— Mets un fichu et suis-moi !

Le cheikh se montra, comme chaque fois, ravi de la voir, et elle-même évita de paraître grincheuse. Bientôt la conversation ne fut plus qu'un dialogue entre eux deux, Gérios se contentant de promener son regard de l'un à l'autre ; avec un visage ouvert et un hochement ininterrompu d'approbation quand c'était le cheikh qui parlait ; mais dès que Lamia ouvrait la bouche, il se mettait à mordiller sa lèvre inférieure comme pour lui dire d'abréger. Jamais il ne riait spontanément de ses mots d'esprit à elle, il attendait que le cheikh eût commencé à rire, et c'est exclusivement le maître qu'il regardait tant que durait le rire.

Lamia le lui rendait bien. Elle ne regardait que le cheikh, ou alors le plat où elle trempait son pain. Et le maître, à mesure qu'avançait la conversation, n'adressait plus le moindre regard à Gérios. C'est seulement à la fin, tout à la fin du repas, qu'il se tourna brusquement vers lui, comme s'il venait à l'instant de remarquer sa présence.

— J'ai failli oublier le plus important. Il faut absolument que tu ailles voir Yaacoub le tailleur. J'ai promis de lui payer mille piastres avant ce soir, et je tiendrai parole. De plus, je veux que tu lui dises de venir demain à la première heure, j'ai besoin d'habits pour la saison froide.

Yaacoub habitait à Dayroun, la bourgade voisine, un trajet de deux bonnes heures.

Lamia saisit aussitôt le plateau pour l'emporter vers les cuisines.

— Je vais faire du café.

— *Khwéja* Gérios n'aura pas le temps d'en prendre, il faut qu'il parte à l'instant pour revenir avant la nuit.

C'est ainsi qu'il l'appelait quand il avait envie de lui faire plaisir, *khwéja*, un vieux mot turco-persan qui désignait dans la Montagne ceux qui, dotés d'instruction et de fortune, ne travaillaient plus la terre de leurs mains. L'intendant se leva sans tarder.

— Moi non plus je ne prendrai pas de café tout de suite, reprit le cheikh après une hésitation. Plutôt après la sieste. Mais si notre belle Lamia pouvait me porter une corbeille de fruits comme elle seule sait les arranger, je lui serai reconnaissant jusqu'en mes vieux jours.

La jeune femme ne s'attendait pas à pareille demande. Elle parut embarrassée, troublée, elle ne savait que dire. Son silence n'avait duré qu'une fraction de seconde, mais c'était encore trop pour Gérios qui, tout en l'accablant du regard, s'empressa de répondre à sa place.

— Bien sûr, notre cheikh ! Tout de suite ! Lamia, secoue-toi !

Pendant que le seigneur se dirigeait tranquillement vers sa chambre, Gérios se hâtait vers la petite pièce

qui lui servait de bureau. C'est là qu'il gardait son
registre, ses plumes, ses encriers, et c'est là également
que se trouvait le coffre où il devait prendre l'argent
pour le tailleur. Lamia le suivit.

— Attends, je dois te parler !

— Plus tard ! Tu sais bien que je dois partir !

— Je vais préparer la corbeille de fruits pour le
cheikh, mais je voudrais que ce soit toi qui la lui portes. Je n'ai pas envie d'aller dans sa chambre, je ne
voudrais pas qu'il me demande autre chose.

— Que pourrait-il bien te demander ?

— Je ne sais pas, cet homme est tellement exigeant,
il voudra que je lui épluche les fruits, que je les
découpe...

Elle balbutiait. Gérios avait lâché la porte du coffre
qu'il venait d'ouvrir, et s'était tourné vers elle.

— Si tu avais su tenir ton rang, comme je t'ai constamment suppliée de le faire, le cheikh ne t'aurait
jamais rien demandé.

« Et toi, aurait-elle pu lui dire, est-ce que tu tiens ton
rang ? Est-ce qu'il n'aurait pas pu envoyer n'importe
lequel de ses serviteurs pour dire à Yaacoub de venir
demain ? » Mais elle n'avait nulle envie d'amorcer une
polémique. Son ton s'était fait implorant et contrit :

— J'ai eu tort, je le reconnais, et tu as eu raison.
Mais oublions le passé...

— Oui, oublions le passé, et à l'avenir, veille à tenir
ton rang. Mais pour aujourd'hui, notre maître t'a
demandé une chose, et tu vas lui obéir.

Lamia saisit alors son homme par les deux manches. Ses yeux débordaient de larmes.

— Comprends-moi, je redoute d'aller dans cette
chambre !

Leurs regards se croisèrent alors un long moment,
un très long moment. Lamia avait l'impression que
son mari hésitait, elle percevait ses tiraillements, et
l'espace d'un instant, elle s'imagina qu'il allait lui
dire : « J'ai compris ton angoisse, je sais ce qui me
reste à faire ! » Elle voulait tant s'en remettre à lui, en

cette heure-là. Elle avait envie d'oublier toutes les mesquineries qu'elle lui reprochait, pour se rappeler seulement que c'était son homme, qu'elle lui avait été donnée pour la vie, et qu'elle avait juré de lui obéir pour le meilleur et pour le pire.

Gérios ne disait rien, et Lamia se tut aussi de peur de l'irriter. Il paraissait indécis, ballotté. Quelques secondes, mais de longues secondes. Puis il l'a écartée. Puis il s'est éloigné.

— Tu m'as suffisamment retardé. Je n'aurai jamais le temps de revenir avant la tombée de la nuit.

Il ne l'a plus regardée. Mais ses yeux à elle le regardaient partir. Il était courbé et son dos n'était qu'une énorme bosse noire. Lamia ne l'avait jamais vu si ramassé.

Elle se sentait trahie, abandonnée. Trompée.

Le plateau de fruits, elle prit son temps pour le préparer. Avec un peu de chance, lorsqu'elle arriverait dans la chambre du cheikh, il serait déjà endormi.

En traversant le dernier corridor, elle ressentit des fourmillements, comme un engourdissement qui se propageait dans ses hanches. Etait-ce la peur ? Etait-ce le désir ? Ou peut-être la peur avait-elle animé le désir ?

A présent, ses mains tremblaient. Elle s'avança de plus en plus lentement. S'il y avait un Ciel pour veiller sur les créatures, Il ferait en sorte que jamais elle n'arrive à cette chambre.

La porte était entrouverte, elle la poussa doucement du bout de la corbeille, et regarda à l'intérieur. L'homme était étendu sur sa natte, le dos tourné. Dans sa main droite son passe-temps en pierres d'ambre. Quand il ne fumait pas son narguilé, il occupait ses doigts avec ce passe-temps ; il avait l'habitude de dire que le clapotis des graines qui s'entrechoquent procure la sérénité, comme l'écoulement de l'eau entre les pierres et le grésillement du bois dans le feu.

Lamia ne regardait ni l'ambre ni le sceau que le maître portait à l'annulaire. Elle vérifia seulement du regard que ses gros doigts de mâle ne bougeaient pas. Alors elle s'enhardit, fit deux pas dans la chambre, et plia les genoux pour poser la corbeille à terre. Au moment de se redresser, elle tressauta. Une grenade avait glissé, elle roulait, avec un bruit mat, mais qui, aux oreilles de Lamia résonnait comme un roulement de tambour. Le souffle interdit, elle laissa le fruit s'immobiliser, à un cheveu de la main du dormeur. Elle attendit encore un instant avant de se pencher par-dessus la corbeille pour ramasser la grenade rebelle.

Le cheikh avait bougé. Il s'était retourné. Lentement, comme un ensommeillé. Mais tout en se retournant, il avait saisi la grenade à pleine main, sans la regarder, comme s'il avait senti sa présence.

— Tu en as mis du temps, je m'étais presque endormi.

Il leva les yeux vers la fenêtre comme pour deviner l'heure. Mais les rideaux étaient rabattus et le temps était aux nuages. Il était l'heure qu'il peut être dans la pénombre d'un après-midi d'automne.

— Que m'as-tu apporté de bon ?

Lamia s'était redressée à grand-peine. Dans sa voix, un tremblement de frayeur.

— Du raisin, des figues chamelières, des azeroles, ces quelques pommes, et puis cette grenade.

— Et selon toi, de tous les fruits que tu m'as apportés, lequel est le plus délicieux ? Celui où je pourrais mordre, les yeux fermés, et n'avoir à la bouche qu'un goût de miel ?

Au-dehors, un nuage épais avait dû voiler le soleil, car la chambre était devenue infiniment plus sombre. C'était le commencement de l'après-midi et la nuit semblait déjà mûre. Le cheikh se leva, choisit dans la plus belle grappe le grain le plus charnu et l'approcha du visage de Lamia. Elle entrouvrit les lèvres.

Au moment où le raisin glissa dans sa bouche, l'homme lui murmura :

— Je voudrais te voir sourire !

Elle sourit. Et il partagea ainsi avec elle tous les fruits de septembre.

DEUXIÈME PASSAGE

L'été des sauterelles

En l'année 1821, vers la fin du mois de juin, Lamia, épouse de Gérios, l'intendant du château, donna naissance à un garçon, qu'on prénomma d'abord Abbas, puis Tanios. Avant même d'ouvrir ses yeux innocents, il avait attiré sur le village un torrent de malveillance imméritée. C'est lui qui, plus tard, fut surnommé kichk*, et connut le destin que l'on sait. Sa vie entière ne fut qu'une succession de passages.*

Chronique montagnarde,
œuvre du moine Elias de Kfaryabda.

(Avant de renouer le fil de l'histoire, je voudrais m'arrêter un instant sur les lignes mises en exergue, et notamment sur ce mot énigmatique, *oubour*, que j'ai traduit par « passage ». Nulle part, le moine Elias n'a jugé nécessaire d'en donner une définition ; il revient pourtant sans arrêt sous sa plume, et c'est par recoupements que j'ai pu en cerner le sens.

L'auteur de la *Chronique* dit par exemple : « Le destin passe et repasse à travers nous comme l'aiguille du cordonnier à travers le cuir qu'il façonne. » Et à un autre endroit : « Le destin dont les redoutables passages ponctuent notre existence et la façonnent... »

« Passage » est donc à la fois un signe manifeste du destin — une incursion qui peut être cruelle, ou ironique, ou providentielle — et un jalon, une étape d'une existence hors du commun. En ce sens, la tentation de Lamia fut, dans le destin de Tanios, le « passage » initial ; celui dont émaneraient tous les autres.)

I

Lorsque Gérios revint de sa course, c'était la nuit, la vraie. Son épouse était déjà dans leur chambre, étendue sur la couche, et ils ne se dirent rien.

Dans les semaines qui suivirent, Lamia ressentit les premières nausées. Elle était mariée depuis près de deux ans, ses proches s'inquiétaient de voir son ventre encore plat, et envisageaient d'en appeler aux saints et aux herbes pour dénouer le sort. La grossesse fit la joie de tous, et les femmes entourèrent la future mère à la mesure de leur affection. On aurait cherché en vain le moindre regard soupçonneux, le moindre ragot malveillant. Seulement, lorsque la cheikha s'en retourna au château, en mars, après un séjour prolongé chez les siens, Lamia eut l'impression que leurs rapports s'étaient brusquement refroidis. Il est vrai que l'épouse du maître était différente avec tout le monde, irascible et méprisante à l'égard des villageoises, qui s'étaient mises à l'éviter ; de plus, son visage paraissait creusé, quelque peu émacié, sans que pour autant elle cessât d'être obèse.

Les gens du pays ne se gênèrent pas pour commenter gaillardement la chose. De la part de « leur » cheikh, ils étaient prêts à accepter bien des caprices, mais cette étrangère, « cette outre de lait tourné », « cette femme-ronce née des lunes du Jord », si Kfaryabda ne lui convenait plus, elle n'avait qu'à rentrer chez les siens !

Lamia n'arrivait cependant pas à se persuader que la châtelaine était en colère contre le village entier, c'est contre elle qu'on avait dû la prévenir, et elle se demandait ce qu'on avait bien pu lui raconter.

L'enfant naquit en une journée d'été claire et clémente. Un fin nuage adoucissait le soleil, et le cheikh avait fait étaler des tapis sur une terrasse dominant la vallée, pour déjeuner en plein air. Se trouvaient en sa compagnie le curé, *bouna* Boutros, deux autres notabilités du village, ainsi que Gérios ; et, un peu à l'écart, assise sur un tabouret, la cheikha, son *tantour* sur la tête et son fils sur les genoux. L'arak aidant, tout le monde semblait de bonne humeur. Personne n'était ivre, mais la gaieté avait allégé les gestes et les paroles. Dans sa chambre, non loin de là, Lamia gémissait en poussant l'enfant hors d'elle à l'instigation de la sage-femme. Sa sœur lui tenait la main, sa grande sœur, la *khouriyyé,* l'épouse du curé.

Une petite fille arriva en courant vers les convives, prête à leur annoncer la nouvelle qu'ils attendaient ; leurs regards durent l'intimider, car elle rougit, se cacha le visage, et se contenta d'un mot murmuré à l'oreille de Gérios, avant de s'enfuir. Mais l'empressement de la messagère l'avait trahie, tout le monde avait compris, et le mari de Lamia, sortant pour une fois de sa réserve, annonça à voix haute : « *Sabi !* »

Un garçon !

On remplit les coupes pour fêter l'événement, puis le cheikh demanda à son intendant :

— Comment penses-tu l'appeler ?

Gérios allait prononcer le prénom qu'il avait en tête quand il sentit, par l'intonation de la voix du maître, que ce dernier avait également son idée ; aussi préféra-t-il dire :

— Je n'y ai pas encore réfléchi. Tant qu'il n'était pas né...

Il accompagna ce pieux mensonge d'une moue fort caractéristique signifiant que, par superstition, il n'avait pas osé choisir un nom à l'avance, car c'était présumer que ce serait un garçon et qu'il naîtrait vivant, comme si l'on prenait pour acquis ce qui n'avait pas encore été accordé, présomption que le Ciel n'apprécie guère.

— Eh bien moi, dit le cheikh, il y a un nom qui a toujours eu ma préférence, c'est Abbas.

Par habitude, dès que le maître avait commencé à parler, Gérios s'était mis à hocher la tête en signe d'assentiment, et lorsque le prénom fut prononcé, sa décision était déjà prise :

— Ce sera donc Abbas ! Et on dira plus tard au garçon que c'est notre cheikh en personne qui lui a choisi son nom !

Promenant son regard réjoui sur l'assistance pour recueillir les approbations d'usage, Gérios remarqua que le curé avait les sourcils froncés, et que la cheikha s'était mise soudain à serrer son enfant contre elle avec une rage incompréhensible. Elle était blême comme une branche de curcuma, on aurait pu lui taillader le visage et les mains, pas une goutte de sang n'en aurait jailli.

Les yeux de Gérios s'attardèrent un moment sur elle. Et soudain, il comprit. Comment diable avait-il pu agréer ce prénom ? Et surtout, comment le cheikh avait-il bien pu le proposer ? La joie et l'arak leur auraient embrouillé l'esprit à l'un comme à l'autre.

La scène n'avait duré qu'une pincée de secondes, mais pour l'enfant, pour ses proches, pour le village entier, tout avait soudain basculé. « Ce jour-là, écrit l'auteur de la *Chronique montagnarde*, leur destin à tous fut consigné et scellé ; comme un parchemin il n'aurait plus qu'à se dérouler. »

Tant de lamentation à cause d'une bourde commise par le cheikh, et d'ailleurs aussitôt réparée ?

Il faut dire qu'à Kfaryabda, et depuis des générations, il y avait des coutumes précises en matière de prénoms. Les villageois, « ceux d'en-bas » comme on

les appelait, donnaient à leurs garçons des prénoms
de saints, Boutros, Boulos, Gérios, Roukoz, Hanna,
Frem ou Wakim pour honorer saint Pierre, Paul,
Georges, Roch, Jean, Ephrem ou Joachim ; parfois
aussi des prénoms bibliques, tel Ayyoub, Moussé et
Toubiyya, pour Job, Moïse et Tobie.

Dans la famille du cheikh — « ceux d'en-haut » —,
on avait d'autres habitudes. Les garçons devaient porter des prénoms évoquant la puissance, ou les gloires
passées. Comme Sakhr, Raad, Hosn, qui signifient
« rocher », « tonnerre », « forteresse ». Egalement
certains noms issus de l'histoire islamique ; la famille
du cheikh était chrétienne depuis des siècles, ce qui ne
l'empêchait nullement de revendiquer, au nombre de
ses ancêtres, Abbas, l'oncle du Prophète, ainsi qu'une
bonne douzaine de califes ; il y avait d'ailleurs sur le
mur de la salle aux Piliers, juste derrière l'endroit où le
cheikh avait l'habitude de s'asseoir, un panneau large
et haut sur lequel était tracé un arbre généalogique qui
eût fait pâlir d'envie bien des têtes couronnées, y compris celle du sultan d'Istanbul, dont les origines ne
remontaient nullement à la noble famille mecquoise
mais se perdaient plutôt, tout calife qu'il fût, dans les
steppes d'Asie orientale.

Le cheikh avait appelé son fils Raad, du nom de son
propre père. Quant à lui — la chose ne va pas être
facile à expliquer, mais c'était ainsi —, il se prénom-
mait Francis. Oui, cheikh Francis. Prénom qui
n'appartenait, bien évidemment, ni à la panoplie guer-
rière ni à la famille du Prophète, et qui ressemblait
même fortement aux prénoms de saints répandus
parmi les villageois. Mais ce n'était que l'apparence
des choses. Il n'y avait là aucune référence particulière aux saints du calendrier, ni à saint François de
Sales ni à saint François d'Assise, sauf dans la mesure
où François Ier avait reçu son prénom en hommage à
ce dernier. Des « cheikh Francis », il y en avait eu à
chaque génération depuis le seizième siècle, depuis le
jour où le roi de France, ayant obtenu de Soliman le

Magnifique un droit de regard sur le sort des minorités chrétiennes du Levant ainsi que sur les Lieux saints, avait écrit aux chefs des grandes familles de la Montagne pour les assurer de sa protection. Parmi les récipiendaires se trouvait l'un des ancêtres de notre cheikh ; il reçut le message, dit-on, le jour de la naissance de son premier enfant. Lequel fut aussitôt prénommé Francis.

Si les explications que je viens de fournir semblent nécessaires aujourd'hui, les villageois de l'époque n'en auraient pas eu besoin. Pas un seul parmi eux n'aurait jugé anodin que le cheikh pût donner à l'enfant de Lamia le prénom le plus prestigieux de sa propre lignée. Gérios croyait déjà entendre l'immense ricanement qui allait secouer Kfaryabda ! Où donc pourrait-il cacher sa honte ? En se levant de table pour aller voir l'enfant, il n'avait rien d'un père heureux et fier, sa moustache paraissait défaite, c'est à peine s'il put marcher droit jusqu'à la chambre où Lamia somnolait.

Il y avait bien là une douzaine de femmes de tous âges qui s'affairaient. Sans voir dans son hébétement autre chose qu'une joie submergeante, elles le poussèrent vers le berceau où l'enfant dormait, la tête déjà couverte d'un bonnet de lin.

— Il a l'air en bonne santé, murmuraient-elles. Dieu permette qu'il vive !

Seule l'épouse du curé sut observer le visage de l'homme.

— Tu m'as l'air accablé, serait-ce parce que ta famille s'agrandit ?

Il demeura immobile et muet.

— Comment penses-tu l'appeler ?

Gérios aurait voulu dissimuler son désarroi, mais à elle, à la *khouriyyé*, il devait parler. En raison de l'ascendant qu'elle seule avait sur tous les habitants du village, y compris sur le cheikh. Prénommée Saada — mais plus personne ne l'appelait ainsi, pas même son époux —, elle avait été en son temps la plus belle des filles de Kfaryabda, tout comme sa sœur Lamia dix années plus tard. Et si ses huit ou neuf grossesses l'avaient, depuis, épaissie et défraîchie, son charme, plutôt que de la déserter, était en quelque sorte remonté tout entier à la surface de ses yeux, malicieux et autoritaires.

— Nous étions à déjeuner, et... le cheikh a proposé de l'appeler Abbas.

Gérios s'était efforcé de dominer son émotion, mais le dernier bout de phrase s'était échappé comme un gémissement. La *khouriyyé* se garda bien de sursauter. Elle réussit même à se montrer amusée.

— Je le reconnais bien là, ton cheikh, c'est un homme qui cède sans retenue aux impulsions de son grand cœur. Il apprécie ta collaboration, ton dévouement, ton honnêteté, il te considère maintenant comme un frère, et il croit t'honorer en donnant à ton fils un prénom de sa propre famille. Mais au village, on ne prendra pas la chose de la même manière.

Gérios desserra les lèvres pour demander comment les gens allaient réagir, mais aucun son ne sortit de sa gorge, et c'est l'épouse du curé qui enchaîna :

— On va murmurer : ce Gérios nous tourne le dos parce qu'il habite en haut, il ne veut pas donner à son fils un prénom comme les nôtres. Ils t'en voudront, ainsi qu'à ta femme, et leurs langues vont se déchaîner. Déjà qu'ils jalousent ta situation...

— Tu as peut-être raison, *khouriyyé*. Seulement, j'ai déjà dit au cheikh que j'étais honoré par son geste...

— Tu vas aller le voir, tu lui diras que Lamia avait fait un vœu, en secret. Comment voudrais-tu l'appeler, cet enfant ?

— Tanios.

— Parfait, tu diras que sa mère avait promis de lui donner le nom de *mar* Tanios si le saint le faisait naître en bonne santé.

— Tu as raison, c'est ce qu'il faudra lui dire. Je lui en parlerai dès demain, quand nous serons seuls.

— Demain, ce sera trop tard. Tu vas y aller de ce pas, sinon le cheikh va se mettre à claironner Abbas à gauche Abbas à droite, et il ne voudra plus se dédire.

Gérios s'en alla, malade à l'idée de devoir, pour la première fois de sa vie, contrarier son maître. Il s'évertua à préparer dans sa tête une longue explication circonstanciée, lourde de remerciements éternels et de plates contritions... Il n'eut pas à en faire usage. La chose fut bien plus simple qu'il ne prévoyait.

— Un vœu, c'est sacré, dit le cheikh dès les premières paroles. N'en parlons plus, ce sera Tanios !

Le seigneur du village avait eu, lui aussi, le temps de réfléchir. Surtout lorsque la cheikha s'était levée, qu'elle avait arraché son fils du sol avec un geste si brusque que l'enfant s'était mis à hurler, puis qu'elle s'était retirée sans dire un mot aux convives.

Elle était allée se réfugier dans sa chambre, ou, pour être plus précis, sur le balcon de sa chambre, qu'elle allait passer le reste de la journée à arpenter en marmonnant de brûlantes imprécations. Jamais elle ne s'était sentie humiliée de la sorte. Elle qui avait vécu choyée dans une des plus grandes maisons de la Montagne, qu'était-elle diable venue faire chez ce coq de village ? Elle en voulait au monde entier, et même au patriarche, son confesseur. N'est-ce pas lui qui avait eu l'idée de ce mariage ?

Elle se jurait que le lendemain, avant l'aube, elle aurait quitté ce maudit château avec son fils, et si quelqu'un cherchait à l'en empêcher, elle ferait parvenir un message à son père et à ses frères, qui viendraient la délivrer les armes à la main, avec tous leurs hommes, et qui dévasteraient le domaine du cheikh ! Jusque-là, elle s'était toujours montrée résignée, elle avait tout accepté en silence. Mais cette fois, il ne s'agissait plus d'une de ces galipettes villageoises, c'était tout autre chose : cet homme avait fait un enfant à une femme qui habitait sous leur toit, et il ne s'était pas contenté de le faire, il voulait encore le revendiquer à voix haute, il voulait donner à cet enfant le nom de son illustre ancêtre, pour que personne n'eût plus le moindre doute sur sa paternité !

Cela, elle avait beau se l'expliquer de mille maniè-res, elle avait beau chercher des prétextes pour se montrer une fois de plus conciliante et soumise, non, elle ne pouvait le tolérer. Même la plus humble pay-sanne aurait cherché à se venger si on lui avait fait subir un tel affront, et elle, fille d'un puissant seigneur, elle se laisserait piétiner ?

Saisissant alors des deux mains le haut *tantour* de sa coiffe, elle l'arracha et le jeta à terre. Ses cheveux s'abattirent par touffes sombres. Et sur son visage d'enfant gras, un sourire de victoire se fit place au milieu des larmes.

Dans les cuisines du château, en l'honneur du garçon qui venait de naître, les femmes du village, leurs mains dans la cannelle et le carvi, préparaient d'un cœur léger le *meghli* des réjouissances.

II

Le lendemain de la naissance de Tanios, le cheikh s'en alla de bonne heure à la chasse aux perdrix, accompagné de Gérios et de quelques autres notables de Kfaryabda. A son retour, en début d'après-midi, une servante vint l'avertir à voix haute, devant toute la maisonnée rassemblée pour l'accueillir, que la cheikha était partie précipitamment vers le grand Jord, emmenant leur enfant, et qu'on l'avait entendue murmurer qu'elle ne reviendrait pas de sitôt.

Peu de gens ignoraient que le maître s'accommo-dait fort bien des absences prolongées de son épouse ; si elle lui avait exprimé son intention de partir, il n'aurait pas cherché à la retenir. Mais de se faire annoncer la chose ainsi, en public, de passer pour un mari délaissé, cela, il ne pouvait le tolérer. Il la ramènerait au château, dût-il la traîner par les cheveux !

Sellant sa meilleure monture, une jument alezane qu'il appelait Bsat-er-rih, « Tapis-du-vent », accompagné par deux hommes de sa garde, excellents cavaliers, il prit la route sans s'être même lavé le visage, se coucha en rase campagne, plus pour reposer les bêtes que pour lui-même tant sa rage le tenait en éveil, et atteignit la résidence de son beau-père alors que l'équipage de son épouse n'était pas encore dessellé.

Elle était venue sangloter dans sa chambre de jeune fille, où son père et sa mère l'avaient suivie. Le cheikh les rejoignit aussitôt. Et prit les devants :

— Je suis venu pour dire un seul mot. Ma femme est la fille d'un homme puissant, que je respecte autant que mon propre père. Mais elle est devenue mon épouse, et même si elle avait été la fille du sultan, je n'admets pas qu'elle quitte le domicile sans ma permission !

— Et moi, dit le beau-père, j'ai également un seul mot à dire : j'ai donné ma fille au descendant d'une famille prestigieuse, pour qu'il la traite honorablement, pas pour que je la voie revenir chez moi effondrée !

— A-t-elle jamais demandé une seule chose sans l'obtenir ? N'a-t-elle pas autant de servantes qu'elle le souhaite, et des dizaines de villageoises qui n'attendent qu'un mot de sa bouche pour la servir ? Qu'elle le dise, qu'elle parle sans retenue puisqu'elle est dans la maison de son père !

— Tu ne l'as peut-être privée de rien, mais tu l'as humiliée. Je n'ai pas marié ma fille pour la mettre à l'abri du besoin, vois-tu. Je l'ai mariée au fils d'une grande famille pour qu'elle soit respectée dans la maison de son époux autant qu'elle l'a été dans celle-ci.

— Pourrions-nous parler d'homme à homme ?

Le beau-père fit signe à sa femme de prendre leur

fille et de passer dans la chambre voisine. Il attendit qu'elles aient refermé la porte pour ajouter :

— On nous avait prévenus que tu ne laissais aucune femme en paix dans ton village, mais nous avions espéré que le mariage te rendrait plus raisonnable. Il y a malheureusement des hommes qui ne se calment que dans la mort. Si c'est cela, le remède, nous avons dans cette contrée des milliers de médecins qui savent l'administrer.

— Tu me menaces de mort dans ta propre maison ? Eh bien vas-y, tue-moi ! Je suis venu seul, les mains nues, et tes partisans sont partout. Tu n'as qu'à les appeler.

— Je ne te menace pas, je cherche seulement à savoir quel langage on peut te parler.

— Je parle la même langue que toi. Et je n'ai rien fait que tu n'aies fait. Je me suis déjà promené dans ton village, et dans tout ce vaste domaine qui t'appartient, la moitié des enfants te ressemble et l'autre moitié ressemble à tes frères et à tes fils ! J'ai dans mon village la réputation que tu as dans le tien. Nos pères et nos grands-pères avaient la même, en leur temps. Tu ne vas pas me montrer du doigt comme si j'avais fait l'infaisable, simplement parce que ta fille est venue sangloter. Est-ce que ton épouse a jamais quitté cette maison parce que tu labourais les femmes du village ?

L'argument dut porter, car le maître du grand Jord demeura un long moment pensif, comme s'il n'arrivait pas à se décider sur l'attitude à adopter.

Quand il reprit la parole, ce fut un peu plus lentement, et un ton plus bas.

— Nous avons tous des choses à nous reprocher, je ne suis pas saint Maron et tu n'es pas Siméon le Stylite. Mais, pour ma part, je n'ai jamais délaissé ma femme pour m'enticher de celle de mon garde champêtre, et jamais surtout je n'ai engrossé une autre femme sous mon propre toit. Et si une femme avait eu un garçon de mon fait, je n'aurais pas songé à lui donner le nom du plus prestigieux de mes ancêtres.

— Cet enfant n'est pas de moi !

— Tout le monde a l'air de penser le contraire.

— Ce que tout le monde pense n'a aucune importance. Moi je sais. Je n'ai tout de même pas dormi avec cette femme à mon insu !

Le beau-père s'interrompit à nouveau, comme pour évaluer une fois de plus la situation, puis il ouvrit la porte et héla sa fille.

— Ton mari m'assure qu'il n'y a rien eu entre lui et cette femme. Et s'il le dit, nous devons le croire.

La mère de la cheikha, aussi volumineuse qu'elle, et enveloppée de noir comme certaines religieuses, intervint alors.

— Je veux que cette femme s'en aille avec son enfant !

Mais le cheikh de Kfaryabda eut cette réponse :

— Si cet enfant était mon fils, je serais un monstre en le chassant de ma maison. Et si ce n'est pas mon fils, que me reproche-t-on ? Que reproche-t-on à cette femme, que reproche-t-on à son mari et à leur enfant ? Pour quel crime voudrait-on les punir ?

— Je ne reviendrai pas au château tant que cette femme ne l'aura pas quitté, dit la cheikha sur un ton de grande assurance, comme si la chose ne souffrait aucun marchandage.

Le cheikh s'apprêtait à répondre, lorsque son hôte le devança :

— Quand ton père et ton mari délibèrent, tu te tais !

Sa fille et sa femme le regardèrent avec des yeux horrifiés. Mais lui, sans leur accorder la moindre attention, s'était déjà tourné vers son gendre, il avait mis la main autour de ses épaules.

— Dans une semaine, ta femme sera revenue dans ta maison, et si elle s'entête, c'est moi qui te la ramènerai ! Mais nous avons suffisamment bavardé. Viens, mes visiteurs vont s'imaginer que nous nous disputons !

» Et vous, les femmes, au lieu de rester là comme des corbeaux à nous dévisager, allez voir aux cuisines si le dîner est prêt ! Que va penser de nous notre gendre si nous le laissons affamé après cette longue route ? Qu'on fasse venir la fille de Sarkis, pour qu'elle nous chante un *ataba* ! Et qu'on nous apporte les narguilés, avec le nouveau tombac de Perse !

» Tu verras, cheikh, on dirait une fumée de miel.

Au retour du maître, le village entier trépidait de rumeurs sur le départ de son épouse, sur son propre départ précipité, et bien entendu sur Lamia, son fils, et le prénom qu'on avait failli lui donner. Mais le cheikh n'y prêtait guère l'oreille, tout autre chose le préoccupait. Son beau-père. Ce personnage redouté dans toute la Montagne, par quel miracle s'était-il rangé à son avis alors que, l'instant d'avant, il l'avait menacé de mort ? Il ne pouvait croire que ses arguments l'avaient convaincu, des hommes tels que lui ne cherchent pas à convaincre ou à être convaincus, tout pour eux est échange de coups, et s'il n'avait pas rendu séance tenante tous ceux qu'il avait reçus, il y avait lieu de s'inquiéter.

Aux villageois venus nombreux lui souhaiter bon retour, le cheikh répondait par des formules courtes et creuses, et ne parlait de son épouse et de son beau-père que dans les termes les plus mesurés.

Il n'était rentré que depuis quelques heures lorsque la *khouriyyé* fit dans la salle aux Piliers une entrée remarquée. Elle portait un objet couvert d'un voile en soie mauve, et alors qu'elle était encore à bonne distance du maître, elle dit à voix haute :

— J'ai quelque chose à demander à notre cheikh, en privé.

Tous ceux qui étaient là se levèrent ensemble pour sortir. Seule la *khouriyyé* pouvait ainsi vider le salon du château sans que le maître songeât à dire le moindre mot. Il s'en amusa, même, lançant à l'intruse :

— Que veux-tu me demander cette fois ?

Cela eut le don de susciter parmi les hommes qui

s'égaillaient une cascade de rires qui se poursuivit au-dehors.

Car nul n'ignorait ce qui s'était passé la fois précédente.

C'était il y a plus de douze ans, cette femme corpulente n'était alors qu'une toute jeune fille, et le cheikh avait été surpris de la voir arriver chez lui sans ses parents, et exiger de le rencontrer sans témoins.

— J'ai une faveur à demander, avait-elle dit, et je ne pourrai rien donner en échange.

Sa requête n'était pas simple : elle avait été promise à son cousin Boutros, fils du vieux curé de l'époque, mais le jeune homme, parti au couvent pour faire des études afin de se préparer à remplacer son père, avait été remarqué par un prêtre italien qui l'avait persuadé de prononcer ses vœux sans se marier, comme en Europe, lui expliquant qu'aucun sacrifice n'était plus agréable au Ciel que le célibat. Il lui avait même promis que s'il s'abstenait de prendre femme, il serait envoyé au Grand Séminaire, à Rome, et qu'à son retour il pourrait bien devenir évêque.

— Renoncer à une jolie fille comme toi pour devenir évêque, ce Boutros ne doit pas avoir tous ses esprits, dit le cheikh sans sourire.

— C'est ce que je pense aussi, renchérit la jeune fille en rougissant à peine.

— Mais que voudrais-tu que j'y fasse ?

— Notre cheikh trouvera bien une manière de lui parler. J'ai su que Boutros allait monter au château demain avec son père...

Le vieux prêtre se présenta en effet, s'appuyant sur le bras de son fils, et entreprit d'expliquer fièrement au cheikh que son garçon avait été brillant dans ses études, au point que ses supérieurs l'avaient remarqué, même un visiteur italien qui promettait de le conduire à « Roumieh », la ville du pape, rien de moins.

— Demain, conclut-il, notre village aura un curé bien plus méritant que votre serviteur.

Le vieil homme attendait de la part du maître un visage épanoui et quelques paroles d'encouragement. Il n'eut droit qu'à un regard d'ombre. Suivi d'un silence ostensiblement embarrassé. Et puis de ces mots :

— Quand tu nous auras quittés, *bouna*, après une longue vie, nous n'aurons plus besoin de curé.

— Comment cela ?

— C'est une chose convenue de longue date. Moi, avec tous les miens, et tous les métayers, nous avons décidé de nous faire musulmans.

Un regard furtif fut échangé entre le cheikh et les quatre ou cinq villageois qui se trouvaient chez lui à ce moment-là, et qui tous, alors, d'un même mouvement, se mirent à hocher tristement la tête.

— Nous ne voulons pas le faire de ton vivant, pour ne pas te briser le cœur, mais dès que tu ne seras plus parmi nous, l'église sera transformée en mosquée, et nous n'aurons plus jamais besoin de curé.

Le jeune séminariste était atterré, le monde entier semblait s'écrouler autour de lui. Mais le vieux curé ne paraissait pas autrement perturbé. Lui connaissait « son » cheikh.

— Qu'est-ce qui ne va pas, cheikh Francis ?

— Plus rien ne va, *bouna* ! Chaque fois que l'un de nous se rend à Tripoli, à Beyrouth, à Damas, à Alep, il doit subir des vexations, on lui reproche de porter telle couleur au lieu de telle autre, de marcher à droite plutôt qu'à gauche. N'avons-nous pas suffisamment souffert ?

— Souffrir pour sa Foi est agréable au Seigneur, dit le séminariste, tout enflammé, il faut être prêt à tous les sacrifices, même au martyre !

— Pourquoi voulez-vous que nous mourions pour la religion du pape, quand Rome nous ignore.

— Comment cela ?

— Ils n'ont aucun respect pour nos traditions. Un jour, vous verrez, ils finiront par nous envoyer des curés célibataires qui regarderont nos femmes avec concupiscence, aucune d'entre elles n'osera plus se confesser, et les péchés s'accumuleront sur nos têtes.

Le séminariste commençait tout juste à comprendre l'objet véritable du débat. Il crut utile de déployer ses arguments.

— En France, tous les prêtres sont célibataires, et ce sont de bons chrétiens !

— En France c'est en France, ici c'est ici ! Nous avons toujours eu des curés mariés, et nous leur avons toujours donné la plus belle fille du village pour qu'ils aient l'œil rassasié et qu'ils ne regardent pas avec envie les femmes des autres.

— Il y a des hommes qui savent résister à la tentation.

— Ils résistent mieux si leur femme est à leur côté !

Les visiteurs hochaient la tête de plus belle, d'autant qu'ils étaient à présent rassurés sur les véritables intentions de leur cheikh, lui dont les ancêtres s'étaient faits chrétiens justement pour se conformer à la foi de leurs sujets.

— Ecoute, mon fils, poursuivit le maître, je vais maintenant te parler sans détour, mais je ne reviendrai sur aucune de mes paroles. Si tu cherches à être un saint homme, ton père, tout marié qu'il soit, a plus de sainteté en lui que toute la ville de Rome ; si tu cherches à servir le village et les fidèles, tu n'as qu'à suivre son exemple. En revanche, si ton but est de devenir évêque, si ton ambition est plus grande que ce village, alors tu peux partir, à Rome, ou à Istanbul, ou ailleurs. Mais sache que tant que je ne serai pas mort et enterré, tu ne remettras plus jamais les pieds dans cette Montagne.

Estimant que la discussion était allée trop loin, le vieux curé voulut trouver une issue.

— Que veut notre cheikh ? Si nous sommes venus le voir, c'est justement pour lui demander conseil.

— A quoi bon prodiguer des conseils quand personne ne veut entendre ?

— Parle, cheikh, nous ferons ce que tu désires.

Tous les regards s'étaient tournés vers Boutros. Qui, sous tant de pression, dut acquiescer de la tête. Alors le cheikh fit signe à l'un de ses gardes, lui murmura trois mots à l'oreille. L'homme s'absenta quelques minutes, pour revenir en compagnie de la jeune Saada et de ses parents.

Le futur curé quitta le château ce jour-là dûment fiancé, avec la bénédiction de son père. Plus question de poursuivre ses études à Rome, plus question de devenir évêque. Pour cela, il en voulut au cheikh pendant quelque temps. Mais dès qu'il commença à vivre avec la *khouriyyé*, il se mit à vouer à son bienfaiteur une reconnaissance infinie.

C'est à cet épisode que le cheikh avait fait allusion lorsque l'épouse du curé était arrivée chez lui, ce jour-là. Et quand ils se retrouvèrent seuls, il renchérit :

— La dernière fois, tu voulais la main de *bouna* Boutros, je te l'ai donnée. Cette fois, que veux-tu ?

— Cette fois, je veux ta main, cheikh !

Avant qu'il ne fût revenu de sa surprise, elle lui avait saisi la main, justement, puis elle avait fait glisser le voile qui couvrait l'objet qu'elle portait. C'était un évangile. Elle plaça la main du cheikh dessus, d'autorité. Face à toute autre personne, il se serait rebiffé, mais par elle, il se laissa faire docilement. L'aplomb de cette femme lui avait toujours inspiré une admiration amusée.

— Considère que tu es au confessionnal, cheikh !

— Depuis quand se confesse-t-on à une femme ?

— Depuis aujourd'hui.

— Parce que les femmes ont appris à garder un secret ?

— Ce que tu diras ne sortira pas d'ici. Et si moi, dehors, je suis obligée de mentir pour protéger ma sœur, je mentirai. Mais je veux que tu me dises la vérité.

Il semble que le cheikh soit demeuré alors un long

moment silencieux. Avant de lâcher, feignant la lassitude :

— Cet enfant n'est pas de moi, si c'est cela que tu veux savoir.

Peut-être allait-il ajouter autre chose, elle ne lui en laissa pas le temps, et n'ajouta rien elle-même. Elle recouvrit l'évangile de son voile de soie et l'emporta au-dehors.

Le cheikh a-t-il pu mentir, la main sur le Saint Livre ? Je ne le pense pas. En revanche, rien ne permet d'affirmer que la *khouriyyé* avait fidèlement rapporté ses propos. Elle s'était promis de ne dire aux gens du village que ce qu'elle estimait devoir leur dire.

L'avaient-ils crue ? Peut-être pas. Mais pas un parmi eux n'aurait voulu mettre sa parole en doute.

A cause des « sauterelles »...

III

Lorsque la cheikha revint à Kfaryabda dans la première semaine d'août, son père l'accompagnait, mais également ses cinq frères, ainsi que soixante cavaliers et trois cents hommes à pied, et aussi des écuyers, des dames de compagnie, des servantes et des serviteurs — en tout près de six cents personnes.

Les gardes du château voulaient se répandre dans le domaine pour appeler les villageois aux armes, mais le cheikh leur dit de se calmer, de faire bonne figure ; ce n'était, malgré les apparences, qu'une visite. Il sortit lui-même sur le perron afin de recevoir dignement son beau-père.

— Je suis venu avec ma fille, comme je l'avais promis. Ces quelques cousins ont tenu à m'accompagner. Je leur ai dit qu'on trouve toujours sur les terres du

cheikh un coin d'ombre où poser la tête et deux olives
pour tromper sa faim.

— Vous êtes chez vous, parmi les vôtres !

Le seigneur du grand Jord se tourna alors vers ses
partisans.

— Vous avez entendu, vous êtes ici chez vous. Je
reconnais là la générosité de notre gendre !

Paroles accueillies par des vivats trop allègres pour
ne pas être inquiétants.

Le premier jour, il y eut un banquet de bienvenue,
comme le veut la coutume. Le deuxième jour, il fallut
également nourrir tout ce monde, et encore le troisième jour, le quatrième, le cinquième... Les provisions pour la nouvelle année n'étaient pas encore faites, et à raison d'un festin par jour, parfois deux, les
réserves du château furent très vite épuisées. Plus une
goutte d'huile, de vin ou d'arak, plus de farine, plus de
café ni de sucre, plus de confit d'agneau. La récolte
s'annonçait déjà maigre, cette année-là, et à voir les
bêtes qu'on abattait chaque jour — des veaux, des chèvres pour la viande pilée, des moutons par douzaines,
et des basses-cours de volaille —, les gens de mon village sentaient poindre la disette.

Pourquoi alors ne réagissaient-ils pas ? Ce n'était
certes pas l'envie qui leur manquait, et ce n'était pas
non plus la prétendue « intouchabilité des invités »
qui les retenait — oh non, ils les auraient embrochés
jusqu'au dernier en toute bonne conscience dès l'instant où ces « invités » avaient sciemment enfreint les
règles de l'hospitalité. Mais l'événement était trop singulier pour être pesé à l'aune des conventions. Car
c'était, ne l'oublions pas, une scène de ménage. Gro-
tesque, disproportionnée, mais une scène de ménage
tout de même. Le seigneur du grand Jord était venu
rudoyer à sa manière un gendre qui l'avait offensé, et
nul mieux que la cheikha n'avait su exprimer cela
lorsqu'elle avait lancé à une villageoise qui se plaignait
de ce qui arrivait : « Va dire à ton maître que s'il n'a pas
les moyens d'entretenir un train de grande dame, il

aurait mieux fait d'épouser une de ses paysannes ! »
C'était cela l'état d'esprit de ces « visiteurs ». Ils
n'étaient pas venus massacrer la population, incen-
dier le village, saccager le château... Ils cherchaient
seulement à épuiser les ressources de leur hôte.

Leurs héros n'étaient d'ailleurs pas leurs plus valeureux combattants, mais leurs plus gros mangeurs. A
chaque festin, ils étaient rassemblés au milieu de la
troupe qui les encourageait par ses acclamations et
ses rires, et ils se mesuraient ainsi, à qui avalerait le
plus d'œufs durs, à qui engloutirait à lui seul une jarre
de vin d'or, ou un plateau entier de *kebbé*, un plateau
large comme des bras ouverts. La vengeance par les
ripailles, en quelque sorte.

Et si l'on profitait d'un de ces banquets abondamment arrosés pour leur sauter à la gorge ? Les gens de
Kfaryabda avaient le culte des exploits guerriers, et
plus d'un brave était venu murmurer à l'oreille du
cheikh qu'il suffirait d'un mot de lui, qu'il suffirait d'un
geste... « Il ne s'agit pas de les massacrer, pas du tout,
on se contenterait de les assommer, puis on les désha-
billerait, on les attacherait tout nus aux arbres, ou on
les pendrait par les pieds en attendant qu'ils aient
rendu gorge. »

Mais le cheikh répondait invariablement : « Le premier d'entre vous qui dégaine son arme, je l'étripe de
mes propres mains. Ce que vous ressentez, je le res-
sens ; ce qui vous fait mal me fait mal ; et ce que vous
avez envie de faire, j'en ai envie plus que vous tous. Je
sais que vous savez vous battre, mais je ne veux pas
d'une boucherie, je ne veux pas inaugurer des vengeances sans fin avec mon propre beau-père qui dis-
pose de vingt fois plus d'hommes que moi. Je ne veux
pas que ce village se remplisse de veuves, génération
après génération, parce qu'un jour nous avons
manqué de patience avec ces innommables. Faisons
confiance à Dieu, Il saura leur faire payer ! »

Quelques jeunes gens étaient repartis du château en
maugréant. D'ordinaire, c'était le curé qui invoquait

Dieu et le cheikh qui menait les troupes au combat...
Mais la plupart se rangèrent à l'avis du maître, et personne, en tous cas, ne voulait prendre l'initiative de
faire couler le premier sang.

On se rabattit alors sur une autre vengeance, celle
des sans-bras : le village se mit à bruire d'anecdotes
féroces sur celui que, par une légère torsion de mot, on
s'était mis à nommer non plus le seigneur du Jord —
qui veut dire « les hauteurs arides » — mais le seigneur des *jrad* — qui veut dire « sauterelles ». Les
mots d'esprit, à l'époque, se composaient en vers
populaires, sur le mode de celui-ci :

On me demande pourquoi je me lamente sur mon sort,
Comme si jamais avant je n'avais souffert des sauterelles !
Il est vrai qu'elles avaient envahi mon champ l'année
dernière,
Mais celles de l'année dernière ne dévoraient pas les
moutons.

A chaque veillée, les diseurs de vers se déchaînaient
contre les gens du grand Jord, moquant leur accent et
leur mise, ridiculisant leur pays et leur chef, mettant
en doute leur virilité, réduisant tous leurs faits
d'armes passés et à venir à ceux de la meute des gros
mangeurs, qui avaient durablement frappé les imaginations. Mais la plus malmenée de tous était la
cheikha, qu'on dépeignait dans les postures les plus
scabreuses, sans se soucier de la présence des enfants.
Et l'on riait jusqu'à l'oubli.

En revanche, personne ne se serait hasardé à faire la
moindre plaisanterie, la moindre allusion désobligeante concernant Lamia, son mari, ou l'incertaine
paternité de son fils. Nul doute que si tous ces événements n'avaient pas eu lieu — si la cheikha n'avait pas
cherché à se venger, si elle était seulement partie en
laissant tomber quelque phrase assassine —, les chu-

chotements et les regards en biais auraient rendu la
vie insupportable à Gérios et aux siens, et les aurait
contraints à s'exiler. Mais en déclarant ainsi la guerre
au village entier, en s'employant à l'appauvrir, à l'affa-
mer, à l'humilier, le seigneur du grand Jord avait
abouti au résultat inverse. Mettre désormais en doute
la vertu de Lamia et la paternité de son fils, c'était
reconnaître le bien-fondé des arguments des « sauterelles », c'était justifier leurs exactions, quiconque
adoptait une telle attitude se posait en ennemi du village et de ses habitants, il n'avait plus sa place parmi
eux.

Même Gérios qui, après l'épisode du prénom, s'était
senti devenir la risée du village voyait à présent les
gens se presser autour de lui, avec des embrassades
chaleureuses, comme pour le féliciter. Le féliciter de
quoi ? En apparence, de la naissance d'un fils, mais la
vérité était autre, et si nul n'aurait été capable de
l'expliquer, chacun la comprenait dans son cœur : ce
forfait pour lequel on les punissait, les villageois
l'avaient érigé, par bravade, en acte de défi dont chacun des protagonistes était désormais absous, et
devait être défendu, fût-il amant imprudent, épouse
infidèle ou mari abusé.

Parlant de ce dernier, il faut dire que, dès l'arrivée
des « sauterelles » et en attendant leur départ, Gérios
avait prudemment quitté le château, avec sa femme et
le nouveau-né, alors âgé de quarante jours, pour se
loger quelque temps chez le curé, son beau-frère, dans
une pièce attenante à l'église. Là, ce fut un défilé ininterrompu de visiteurs attentionnés — plus qu'ils n'en
avaient reçu en deux ans dans leurs appartements
« d'en-haut » —, notamment des mères qui toutes
tenaient à allaiter cet enfant, ne fût-ce qu'une fois,
pour exprimer dans la chair leur fraternité.

Bien des gens devaient se demander si cette extrême
bienveillance allait se poursuivre quand les « sauterelles » ne seraient plus là pour la nourrir.

« ... Car leur nuée néfaste allait finir par s'envoler, dit la *Chronique*, vers les hauteurs arides du grand Jord. »

La veille de cette journée bénie, des bruits avaient couru, mais les villageois n'y avaient pas ajouté foi ; depuis six pénibles semaines des rumeurs circulaient chaque jour pour se démentir à la tombée de la nuit. Souvent, d'ailleurs, elles émanaient du château, et des propres lèvres du cheikh, à qui, toutefois, nul ne tenait rigueur pour ces mensonges. « Ne dit-on pas que les époques sombres se traversent de fausse lueur en fausse lueur, comme lorsque, dans la montagne, au printemps, l'on se retrouve au milieu d'un cours d'eau, et qu'on doit avancer vers la rive en sautant d'une pierre glissante à une autre ? »

Cette fois-là, pourtant, le cheikh avait eu l'impression que ses « invités » étaient réellement sur le point de partir. A moitié prisonnier dans son propre château, il s'était cependant efforcé de préserver les apparences, et chaque matin il invitait son beau-père à venir prendre le café en sa compagnie dans le *liwan* en forme de balcon intérieur qui donnait sur la vallée, le seul endroit d'où l'on pût contempler autre chose que les dizaines de tentes dressées en pagaille par les visiteurs et qui avaient transformé les abords du château en un véritable campement nomade.

Beau-père et gendre se lançaient depuis un moment déjà des flèches trempées dans le miel lorsque la cheikha vint dire à son père qu'elle s'ennuyait de son fils, laissé à sa grand-mère le temps de cette « visite », et qu'elle aimerait bien le revoir. Le seigneur des « sauterelles » feignit la plus franche indignation :

— Comment ? C'est à moi que tu demandes la permission de partir alors que ton mari est présent ?

Ledit mari eut alors le sentiment que la boucle enfin se bouclait, que la visite-châtiment était sur le point de s'achever. Il s'en réjouit et s'en inquiéta à la fois. Il craignait en effet qu'au moment de prendre congé, en guise de bouquet final, et pour laisser un souvenir, la horde ne se livrât à une orgie de pillage et de feu. Bien des gens au village avaient la même peur, au point de ne plus oser souhaiter que le jour fatidique du départ fût proche, préférant encore voir se prolonger les semaines de paisible pillage.

Les événements allaient démentir ces craintes. Contre toute attente, les sauterelles se retirèrent en bon ordre, ou presque ; on était fin septembre, les vignes et les vergers furent « visités » au passage, et proprement dépouillés — mais cela, personne ne pensait pouvoir l'éviter. En revanche, on ne déplora aucune mort, aucune destruction. Eux non plus ne voulaient pas déclencher un *thar*, un cycle de vengeance ; ils voulaient seulement infliger au gendre une coûteuse humiliation, c'était fait. Le cheikh et son beau-père se donnèrent même l'accolade sur le perron, comme à l'arrivée, au milieu des mêmes vivats moqueurs.

Le dernier mot entendu de la bouche de la cheikha fut pour dire : « Je reviendrai à la fin de l'hiver. » Sans préciser si elle serait aussi abondamment escortée.

Cet hiver-là, le pays entier connut la disette, et notre village en souffrit plus durement que d'autres. Plus les vivres s'amenuisaient, plus on maudissait les « sauterelles » ; si ces gens-là s'étaient avisés de revenir, personne, pas même le cheikh, n'aurait pu empêcher un carnage.

Pendant des années, on les attendit, on posta des guetteurs sur les routes et au sommet des montagnes, on échafauda des plans pour les exterminer, et si certains redoutaient leur retour, beaucoup d'autres l'espéraient de pied ferme, inconsolables de s'être montrés si patients la première fois.

Ils ne sont pas revenus. Peut-être n'en avaient-ils jamais eu l'intention. Mais peut-être était-ce en raison de la maladie dont fut atteinte la cheikha, une phtisie, dit-on, dans laquelle les gens de mon village ne virent bien entendu qu'un juste châtiment. Des visiteurs qui revenaient du grand Jord et qui l'avaient aperçue dans la maison de son père vinrent raconter qu'elle était affaiblie, amaigrie, vieillie, méconnaissable, et qu'à l'évidence elle dépérissait...

Peu à peu, à mesure que le danger s'éloignait, ceux qui avaient toujours eu des doutes concernant la naissance de Tanios, et qui jugeaient un peu trop cher payée cette aventure galante, se hasardèrent à élever la voix.

Au début, le fils de Lamia n'en eut aucun écho, personne n'aurait voulu parler en sa présence. S'il avait grandi comme tous les villageois de sa génération dans la hantise des « sauterelles », il ne pouvait se douter que c'était sa venue au monde qui avait attiré sur les siens cette calamité. Il eut une enfance heureuse, paisible, et même gourmande et gaie et capricieuse, il était un peu la mascotte du village, et en toute innocence il en profitait.

Au fil des années, il arriva quelquefois qu'un visiteur, ignorant ou pervers, voyant ce bel enfant habillé de neuf gambader à son aise dans les couloirs du château, lui demandât s'il n'était pas le fils du cheikh. Tanios répondait en riant : « Non, je suis le fils de Gérios. » Sans hésiter, et sans penser à mal.

Il semble qu'il n'ait jamais eu le plus infime soupçon concernant sa naissance avant cette journée maudite entre toutes où quelqu'un lui hurla à la figure par trois fois : Tanios-kichk ! Tanios-kichk ! Tanios-kichk !

TROISIÈME PASSAGE

Le destin sur les lèvres du fou

La parole du sage s'écoule dans la clarté. Mais de tout temps les hommes ont préféré boire l'eau qui jaillit des grottes les plus obscures.

Nader,
La Sagesse du muletier.

I

L'endroit où se tenait l'enfant de Lamia quand cet incident a eu lieu, je pourrais le désigner avec exactitude. Les lieux ont peu changé. La grand-place a gardé le même aspect et la même appellation, « Blata », qui veut dire « dalle ». On ne se donne pas rendez-vous « sur la place », mais « sur la dalle ». Aujourd'hui comme hier. Tout à côté, l'école paroissiale, active depuis trois siècles ; nul cependant ne songe à s'en vanter, parce que le chêne dans la cour va sur ses six cents ans et que l'église en compte deux fois plus encore, du moins ses plus vieilles pierres.

Juste derrière l'école, la maison du curé. Il s'appelle *bouna* Boutros, tout comme celui qui vivait à l'époque de Tanios ; j'aurais aimé pouvoir dire qu'il s'agit d'un de ses descendants, mais cette homonymie n'est qu'une coïncidence, aucune parenté ne lie les deux hommes, sinon dans la mesure où tous les gens du village se retrouvent cousins dès qu'on remonte de quatre marches l'échelle des aïeux.

Les gamins de Kfaryabda jouent toujours devant l'église et sous l'arbre. Autrefois, ils portaient une espèce de robe-tablier, le *koumbaz*, et aussi un bonnet, il fallait être complètement démuni, ou désaxé, ou tout au moins fort original pour sortir *kcheif* — nu-tête —, un mot qui sonnait comme une réprimande.

A l'autre bout de la place, il y a une fontaine qui

s'écoule du ventre de la colline par une grotte ; il s'agit de cette même colline dont le château couronnait jadis le sommet. Même aujourd'hui, on ne peut que s'arrêter pour en admirer les vestiges ; autrefois, le spectacle devait être quelque peu écrasant. J'ai vu tout récemment une gravure du siècle dernier, œuvre d'un voyageur anglais et qu'un peintre de mon village avait coloriée ; le château tournait alors vers le village une façade d'un même tenant, on eût dit une falaise bâtie de main d'homme, avec cette pierre qu'on appelle justement pierre de Kfaryabda, dure et blanche avec des reflets violacés.

Les gens avaient d'innombrables noms pour la demeure du seigneur. On allait « au sérail », « à la colline », « à la maison-du-haut », et même « à l'aiguille » — pour une raison que je ne devais découvrir que plus tard ; mais le plus souvent on se rendait « au château », ou tout simplement « en haut ». Des marches, fort irrégulières, y conduisaient à partir de la Blata ; c'est par là que les villageois passaient quand ils montaient « voir la main du cheikh ».

A l'entrée de la grotte, une voûte ornée d'inscriptions grecques, écrin majestueux pour une fontaine précieuse, vénérable, puisque c'est autour d'elle que s'est bâti le village. Son eau, glaciale en toute saison, parcourt les dernières coudées sur la surface d'un rocher creusé en entonnoir, puis se déverse par un large bec crénelé dans un petit bassin, avant d'aller irriguer quelques champs alentour. En ce lieu, depuis toujours, les jeunes du village se plaisent à comparer leur endurance : c'est à qui laissera sa main le plus longtemps sous l'eau qui s'abat.

Je m'y suis essayé plus d'une fois. Tout fils de Kfaryabda peut tenir quinze secondes ; à partir de trente, une douleur sourde se propage de la main au bras, puis à l'épaule, on se sent envahi par une sorte d'engourdissement généralisé ; au-delà d'une minute, le bras est comme amputé, arraché, on risque à cha-

que instant de perdre connaissance, il faut être héroï-
que ou suicidaire pour s'entêter encore.

A l'époque de Tanios, on se mesurait, de préférence,
les uns aux autres. Deux garçons mettaient leur main
sous l'eau en même temps, celui qui la retirait en premier avait perdu, il devait faire le tour de la place à
cloche-pied. Tous les oisifs du village, qui se retrouvaient dans l'unique café autour d'un jeu de *tawlé*, ou
qui traînaient au voisinage de la dalle, attendaient
cette attraction immémoriale pour, tapant des mains,
encourager les sautilleurs et les narguer à la fois.

Ce jour-là, Tanios avait défié l'un des fils du curé. En
quittant la classe, ils s'étaient dirigés ensemble vers le
lieu du duel, suivis d'une nuée de camarades. Suivis,
aussi, par Challita, le fou du village, une espèce de vieil
enfant squelettique, haut sur échasses, nu-pieds
nu-tête, à la démarche titubante. Il était toujours à
rôder autour des enfants, inoffensif mais parfois aga-
çant, riant de leurs rires sans même en connaître la
raison, semblant s'amuser plus qu'eux de leurs jeux,
écoutant leurs conversations sans que nul se préoc-
cupât de sa présence.

Arrivés à la fontaine, les deux gamins avaient pris
leurs marques, s'étaient étendus sur le sol de chaque
côté du bassin, main levée, prêts à entamer leur
épreuve d'endurance dès que le signal en serait donné.
A cet instant, Challita, qui se trouvait juste derrière
Tanios, eut l'idée de le pousser dans l'eau. Le garçon
fut déséquilibré, bascula, se sentit plonger dans le bassin, mais des mains se tendirent qui le repêchèrent à
temps. Il se releva tout mouillé, ramassa une écuelle
qui traînait par là pour la remplir et aller la vider sur
la tête du malheureux en l'agrippant par les guenilles.
Challita qui, jusque-là, riait de sa plaisanterie se mit à
hurler comme un muet, et quand Tanios, au moment
de le lâcher, le projeta violemment à terre, on l'entendit crier, d'une voix soudain intelligible : Tanios-
kichk ! Tanios-kichk ! Tanios-kichk ! en martelant de

son poing gauche la paume de sa main droite en signe
de vengeance.

Une vengeance, c'en était une, en effet. Chose qu'on
lisait fort clairement dans les yeux de tous ceux qui
entouraient Tanios, plus encore que dans les siens.
Quelques gamins avaient commencé par rire, mais ils
s'étaient aussitôt ravisés en observant la consterna-
tion générale. Le fils de Lamia mit un certain temps à
comprendre ce qui venait de lui être dit. Les pièces de
l'atroce charade ne s'emboîtèrent dans son esprit que
lentement, l'une après l'autre.

Le mot *kichk* n'était nullement destiné à servir de
sobriquet ; il désigne une sorte de soupe épaisse et
aigre à base de lait caillé et de blé. C'est l'un des plus
vieux monuments culinaires que l'on puisse visiter
aujourd'hui, on le prépare encore à Kfaryabda de la
même façon qu'il y a cent ans, qu'il y a mille ans, qu'il
y a sept mille ans. Le moine Elias en parle abondamment dans sa *Chronique* au chapitre des coutumes
locales, précisant de quelle manière le blé, au préala-
ble concassé, doit « boire son lait » dans de grandes
terrines pendant plusieurs jours. « On obtient ainsi la
pâte appelée *kichk* vert, dont les enfants raffolent, et
qu'on étale sur une peau de mouton tannée pour la
laisser sécher sur les terrasses ; alors les femmes la
récoltent dans leurs mains et l'effritent avant de la passer au tamis pour obtenir la poudre blanchâtre qui se
garde dans des sacs en toile tout au long de l'hiver... »
Il suffira alors d'en dissoudre quelques louches pleines dans l'eau bouillante pour obtenir la soupe.

Le goût peut paraître étrange aux profanes, mais
pour un fils de la Montagne, aucun mets n'accompagne plus chaudement les rigueurs de l'hiver. Le *kichk*
a longtemps constitué l'ordinaire des dîners villageois.

S'agissant du cheikh, il avait, certes, les moyens de
manger autre chose que ce plat de pauvres, mais par
goût, et peut-être aussi par habileté politique, il vouait
au *kichk* un véritable culte, proclamant sans arrêt que

c'était le roi des mets, comparant devant ses invités les diverses manières de le préparer. C'était, en concurrence avec les moustaches, son sujet de conversation préféré.

La première chose dont Tanios se souvint, en entendant Challita l'appeler ainsi, c'est d'un banquet qui avait eu lieu au château deux semaines plus tôt, au cours duquel le cheikh avait dit, à qui voulait l'entendre, que pas une seule femme au village ne savait préparer le *kichk* aussi parfaitement que Lamia ; elle-même n'était pas présente au banquet, mais son fils y était, ainsi que Gérios, vers lequel il s'était tourné en entendant ses paroles, pour voir s'il se sentait aussi fier que lui. Eh bien non, Gérios semblait plutôt atterré, les yeux dans les genoux et le teint blême. Tanios avait mis cette réaction sur le compte de la politesse. N'est-il pas convenable de se montrer embarrassé face aux éloges du maître ?

A présent, le garçon interprétait d'une tout autre façon l'extrême embarras de Gérios. Il savait en effet qu'à propos de plusieurs enfants du village, et aussi de quelques autres personnes un peu moins jeunes, on racontait que le cheikh avait l'habitude de « convoquer » leur mère pour qu'elle lui préparât tel ou tel plat, et que ces visites n'étaient pas sans rapport avec leur venue au monde ; alors on accolait à leur nom celui du plat concerné, on les appelait Hanna-*ouzé*, Boulos-*ghammé*... Ces surnoms étaient extrêmement injurieux, nul n'aurait voulu y faire la moindre allusion en présence des intéressés, et Tanios rougissait quand on les prononçait devant lui.

Jamais, dans ses pires cauchemars, il n'aurait pu se douter que lui-même, l'enfant choyé du village, pouvait faire partie des malheureux qu'on affublait de cette tare, ou que sa propre mère était au nombre de ces femmes qui...

Comment décrire ce qu'il ressentit à cet instant-là ? Il en voulait au monde entier, au cheikh et à Gérios, ses deux « pères », à Lamia, à tous ceux qui, au village, savaient ce qui se disait de lui, et qui devaient le regarder avec pitié ou avec dérision. Et parmi les compagnons qui avaient assisté à la scène, même ceux qui s'étaient montrés effarés n'avaient pas grâce à ses yeux, car leur attitude prouvait bien qu'il y avait un secret qu'ils partageaient avec les autres, un secret que le fou du village avait été le seul à dévoiler en un moment de rage.

« A chaque époque, commente le moine Elias, il s'est trouvé parmi les gens de Kfaryabda un personnage fou, et lorsqu'il disparaissait, un autre était prêt à prendre sa place comme une braise sous la cendre pour que ce feu ne s'éteigne jamais. Sans doute la Providence a-t-elle besoin de ces pantins qu'elle agite de ses doigts pour déchirer les voiles que la sagesse des hommes a tissés. »

Tanios était encore debout à la même place, anéanti, incapable même de déplacer son regard, quand le fils du curé s'en fut prédire à Challita que, la prochaine fois qu'il le verrait au village, il le pendrait à la corde de l'église, qu'il lui désigna clairement du doigt ; le malheureux, terrorisé, n'osa plus jamais suivre les gamins ni même s'aventurer du côté de la Blata.

Il allait désormais élire domicile à l'extérieur du village, sur un vaste terrain en pente qu'on nomme l'Eboulement, tant il est encombré de rochers mal plantés qui tremblent sur leurs assises. Challita vécut parmi eux, à les épousseter, à les brosser, à les sermonner ; il prétendait qu'ils se déplaçaient la nuit, qu'ils gémissaient et toussaient, et aussi qu'ils faisaient des petits.

Ces étranges conceptions allaient laisser une trace dans la mémoire des villageois. Lorsque nous jouions, enfants, si l'un de nous se baissait pour regarder au pied d'un rocher, les autres lui criaient à l'unisson : « Alors, Challita, est-ce que la pierre a mis bas ? »

A sa manière, Tanios aussi allait prendre ses distances à l'égard du village. A peine ouvrait-il les yeux chaque matin qu'il partait pour de longues randonnées pensives et solitaires, au cours desquelles il se remémorait des épisodes de son enfance en les interprétant à la lumière de ce qu'à présent il n'ignorait plus.

Personne, en le voyant passer, ne lui demandait ce qu'il avait, l'incident près de la fontaine avait fait en deux petites heures le tour du village, seules peut-être les personnes directement aussi impliquées — sa mère, Gérios, le cheikh — n'en avaient pas eu l'écho. Lamia remarquait bien que son fils était différent, mais il avait plus de treize ans, bientôt quatorze, l'âge où l'on se transforme en homme, et dans ce calme extrême qu'il affichait en tous lieux, elle ne vit qu'un signe de précoce maturité. D'ailleurs, il n'y avait plus jamais entre eux la moindre dispute, le plus faible éclat de voix, Tanios semblait même avoir gagné en politesse. Mais c'était la politesse de qui se sent étranger.

A l'école du curé, c'était la même chose. Il assistait avec recueillement aux classes de calligraphie ou de catéchisme, il répondait correctement quand *bouna* Boutros l'interrogeait, mais dès que la clochette tintait, il s'éloignait au plus vite, évitant la Blata, se faufilant par des sentiers peu battus, pour déambuler loin des regards jusqu'à la tombée de la nuit.

C'est ainsi qu'un jour, ayant marché droit devant lui jusqu'aux abords de la bourgade de Dayroun, il aperçut, à quelque distance de lui, un cortège qui s'approchait, un personnage à cheval avec un serviteur à pied qui tenait la bride, et en cercle autour de lui une dizaine d'autres cavaliers, sa garde selon toute apparence. Tous portaient des fusils et de longues barbes qui se remarquaient de loin.

II

Ce personnage, Tanios l'avait déjà croisé à deux ou trois reprises par le passé, toujours dans les environs de Dayroun, sans jamais lui adresser le salut. Au village, c'était la consigne. On ne parlait pas au banni.

Roukoz, l'ancien intendant du château. Celui-là même dont Gérios avait pris la place une quinzaine d'années plus tôt. Le cheikh l'avait accusé de s'être approprié le produit de la vente des récoltes ; c'était, en un sens, l'argent du seigneur, puisqu'il s'agissait de la part des récoltes que les métayers lui devaient ; mais c'était aussi l'argent des paysans, puisqu'il devait servir à payer l'impôt, le *miri*. A cause de ce forfait, tous les villageois avaient dû payer, cette année-là, une contribution supplémentaire. Cela pour dire que leur hostilité à l'ancien intendant était motivée autant par leur obéissance au cheikh que par leurs propres ressentiments.

L'homme avait d'ailleurs été contraint de s'expatrier, pendant de longues années. Non seulement du village et de son voisinage, mais de toute la Montagne, le cheikh s'étant juré de se saisir de lui. C'est donc jusqu'en Egypte que Roukoz avait dû fuir, et le jour où Tanios l'avait croisé, il était revenu au pays depuis trois ans à peine. Un retour remarqué, puisqu'il avait acheté, juste à la limite du domaine du cheikh, de vastes terrains sur lesquels il avait planté des mûriers pour la culture du ver à soie, et bâti une maison et une magnanerie. Avec quel argent ? Les villageois n'avaient pas le moindre doute à ce sujet, c'est leur argent que ce forban avait fait fructifier sur les rives du Nil !

Tout cela n'était, cependant, qu'une version des faits ; Roukoz en avait une autre, que Tanios avait déjà entendu chuchoter à l'école du village : l'histoire du vol n'aurait été qu'un prétexte inventé par le cheikh pour discréditer son ancien collaborateur et l'empêcher de revenir à Kfaryabda ; la véritable cause de leur brouille était que le maître avait tenté de séduire la femme de Roukoz, et que ce dernier avait décidé de quitter le château pour préserver son honneur.

Qui disait vrai ? Tanios avait toujours admis sans la moindre hésitation la version du cheikh, pour rien au monde il n'aurait voulu se montrer aimable avec le banni, il aurait eu l'impression de trahir ! Mais les choses lui apparaissaient à présent sous un tout autre jour. Que le cheikh eût cherché à séduire la femme de Roukoz, était-ce si impensable ? Et n'aurait-il pas pu inventer cette histoire de malversation afin d'éviter que le village ne donnât raison à son intendant, et pour contraindre ce dernier à s'enfuir ?

A mesure que l'équipage s'approchait, Tanios se sentait porté par un élan du cœur vers l'homme qui avait osé quitter le château en claquant la porte pour préserver son honneur, cet homme qui avait occupé les mêmes fonctions que Gérios, mais qui, lui, ne s'était pas résigné à s'aplatir jusqu'à la fin de sa vie, qui, tout au contraire, avait préféré s'exiler, pour revenir défier le cheikh aux abords même de son fief.

Le jour où son ancien intendant était retourné au pays, le maître de Kfaryabda avait ordonné à ses sujets de le capturer sur-le-champ et de le lui amener. Mais Roukoz s'était muni d'une lettre de protection de l'émir de la Montagne, d'une autre portant la signature du vice-roi d'Egypte, et d'une troisième écrite de la propre main du patriarche, documents qu'il prenait soin de montrer à tout venant ; le cheikh n'était pas de taille à affronter toutes ces hautes autorités à la fois, et il avait dû ravaler sa colère et un peu de sa dignité.

De plus, l'ancien intendant, ne voulant pas s'en remettre uniquement à ces protections écrites, et craignant d'être victime de quelque coup de main, s'était attaché une trentaine d'hommes qu'il défrayait grassement et qu'il avait dotés d'armes à feu ; cette petite troupe assurait la garde de sa propriété et l'escortait dès qu'il mettait les pieds hors de chez lui.

Tanios observait à présent l'équipage avec ravissement, il se délectait au spectacle de sa richesse et de sa puissance, et quand il se trouva enfin à sa hauteur, il cria d'une voix jubilante :

— Bonne journée, *khwéja* Roukoz !

Un garnement venant de Kfaryabda qui s'adressait à lui si respectueusement, et avec un si large sourire ! L'ancien intendant ordonna à ses gardes de s'arrêter.

— Qui es-tu, jeune homme ?

— On m'appelle Tanios, fils de Gérios.

— Fils de Gérios, l'intendant du château ?

Le garçon hocha la tête, et Roukoz fit de même, plusieurs fois de suite, incrédule. Dans son visage envahi de barbe grise et de vérole, un tremblement d'émotion. Cela devait faire des années que pas un villageois ne lui avait souhaité une bonne journée...

— Où vas-tu par là ?

— Nulle part. Je suis sorti de l'école et j'avais envie de réfléchir, alors je me suis mis à marcher, droit devant moi.

Les hommes de l'escorte ne purent s'empêcher de se gausser quand fut prononcé le mot « réfléchir », mais leur maître les fit taire. Avant de dire au garçon :

— Si tu n'as pas de destination précise, peut-être pourrais-tu m'honorer d'une visite.

— Tout l'honneur est pour moi, fit Tanios cérémonieusement.

L'ancien intendant ordonna à son équipage éberlué de faire demi-tour, et dépêcha l'un des cavaliers auprès du notable chez lequel il se rendait :

— Tu lui diras que j'ai eu un contretemps, et que la visite est remise à demain.

Les hommes de Roukoz ne comprenaient pas qu'il pût changer ses plans simplement parce que ce gamin lui avait dit qu'il était libre... Ils ne pouvaient comprendre à quel point leur maître souffrait d'avoir été ainsi mis au ban du village, et ce que représentait pour lui qu'un habitant de Kfaryabda, fût-il un gamin, acceptât de le saluer et de franchir le seuil de sa maison. Il l'installa donc à la place d'honneur, lui proposa du café et des confiseries, lui parla du passé, de son conflit avec le cheikh, évoquant le harcèlement que ce dernier avait fait subir à son épouse, sa malheureuse épouse qui était morte depuis, dans la fleur de l'âge, peu après la naissance de leur unique enfant, Asma, que Roukoz fit venir pour la lui présenter, et que Tanios serra contre lui comme les grandes personnes embrassent les enfants.

Le « banni » parlait, parlait, une main posée sur l'épaule de l'honoré visiteur, l'autre main voltigeant à l'appui de ses dires :

— Tu ne peux pas avoir pour toute ambition de baiser chaque matin la main du fils du cheikh comme ton père baise la main du cheikh. Tu dois t'instruire et t'enrichir si tu veux vivre pour toi-même. D'abord les études, puis l'argent. Pas l'inverse. Quand tu auras de l'argent, tu n'auras plus la patience ni l'âge d'étudier. D'abord les études, mais de vraies études, pas seulement à l'école de ce brave curé ! Puis tu viendras travailler avec moi. Je suis en train de bâtir de nouvelles magnaneries pour le ver à soie, les plus grandes de toute la Montagne, et je n'ai ni fils ni neveu qui puisse me succéder. J'ai passé la cinquantaine, et même si je me remariais, et que j'aie enfin un fils, je n'aurai jamais le temps de le préparer à prendre la relève. C'est le Ciel qui t'a mis sur mon chemin, Tanios...

En revenant vers le village, le garçon laissait ces phrases retentir encore dans sa tête. Et son visage s'éclairait. Cette journée avait pour lui un goût de revanche. Sans doute avait-il trahi les siens en pactisant avec le banni, mais ce sentiment d'avoir trahi le réconfortait. Depuis quatorze ans le village entier partageait un secret que lui seul devait ignorer, un exécrable secret qui ne concernait que lui, pourtant, et qui l'affectait dans sa chair ! A présent, juste retour des choses, c'était lui qui détenait un secret dont le village entier était exclu.

Cette fois-là, il ne chercha plus à éviter la Blata, il se

fit même un devoir de la traverser par le milieu, la martelant bruyamment de ses pas, saluant d'un geste hâtif ceux qu'il croisait.

Après avoir dépassé la fontaine et commencé à gravir les marches qui menaient au château, il se retourna, promena son regard sur la grand-place, et se rendit compte que la foule y était plus dense qu'à l'ordinaire, et les discussions plus animées.

Il s'imagina un moment que sa « trahison » était déjà connue ; mais c'est une tout autre nouvelle que les gens commentaient : la cheikha était morte de sa longue maladie, un messager était venu l'annoncer ce soir-là et le cheikh s'apprêtait à partir dans le grand Jord avec quelques notables pour assister aux funérailles.

Personne, au village, ne feignait d'être triste. Sans doute cette femme avait-elle été trompée, bafouée, sans doute son mariage n'avait-il été qu'une épreuve humiliante, mais depuis sa dernière « visite », nul n'était prêt à lui concéder la moindre circonstance atténuante. Ce que son époux lui avait fait endurer durant leurs brèves années de vie commune, c'était, à entendre les gens sur la Blata, tout ce que méritait « la cheikha des sauterelles » ; et au moment même où elle devait être enterrée, certaines femmes au village n'avaient aux lèvres que cette hideuse imprécation : « Que Dieu l'enfonce davantage ! »

Murmurée fort bas, car le cheikh n'aurait pas apprécié un tel acharnement. Il paraissait plus compatissant, et en tout cas plus digne. Lorsque le messager lui avait apporté la nouvelle, il avait convoqué les villageois les plus en vue pour leur dire :

— Mon épouse vous a donné le restant de son âge. Je sais que nous avons eu à souffrir de ce que la parenté de la défunte a commis, mais devant la mort ces choses sont oubliées. Je veux que vous m'accompagniez pour assister aux obsèques, et si quelqu'un là-bas prononce un mot déplacé, nous n'avons rien entendu, nous sommes sourds, nous faisons notre devoir puis nous rentrons.

La foule, dans le grand Jord, les accueillit fraîchement, mais aucun d'eux ne fut molesté.

A son retour, le cheikh annonça trois nouvelles journées de condoléances, cette fois chez lui, au château ; pour les hommes, dans la salle aux Piliers, et pour les femmes dans le salon où la cheikha avait l'habitude de s'asseoir entourée de ces villageoises qui venaient s'abriter près d'elle des assiduités du maître, une vaste pièce aux murs nus, sans autres meubles que des banquettes basses couvertes de cotonnades bleues.

Mais qui donc allait recevoir les condoléances ? L'auteur de la *Chronique montagnarde* nous explique que, « la défunte n'ayant au village ce jour-là ni mère ni sœur ni fille ni belle-sœur, il revenait à l'épouse de l'intendant du château de tenir le rôle d'hôtesse ». Le brave moine ne commente pas la chose, il nous laisse le soin d'imaginer l'atmosphère qui devait régner lorsque les villageoises, venues par pure convenance sociale, voilées de noir ou de blanc mais sans deuil au cœur, faisaient leur entrée dans la pièce, se tournaient vers la place qu'occupait jadis la châtelaine, découvraient que c'était Lamia qui s'y était assise, et devaient alors marcher vers elle et se pencher pour l'embrasser en disant : « Que Dieu te donne la force de supporter ce malheur ! » ou bien « Nous savons quelle est ta souffrance ! », ou quelque autre mensonge de circonstance. Combien de ces femmes avaient su accomplir dans le sérieux et la dignité ce rituel d'embûches ? Cela, le chroniqueur ne le précise pas.

Les choses se passèrent bien différemment chez les hommes. Là non plus, personne n'était dupe des sentiments de ses voisins, mais il n'était pas question de transiger sur les apparences. Par respect pour le cheikh, et plus encore à cause de son fils, qu'il avait ramené avec lui du grand Jord, Raad, âgé de quinze ans, la seule personne à être sincèrement endeuillée.

Les villageois — et même son propre père — le dévisageaient comme un étranger. Ce qu'il était, en vérité, n'ayant plus remis les pieds au village depuis l'âge d'un an ; sa famille maternelle ne l'y encourageait guère, et le cheikh n'osait pas trop insister de peur que son beau-père ne décidât de « l'escorter » à sa manière...

Découvrir ce jeune homme fut une épreuve pour les gens de Kfaryabda. Une épreuve renouvelée à chaque fois qu'il ouvrait la bouche et qu'on entendait l'accent du Jord, l'accent abhorré des « sauterelles ». Forcément, c'est là-bas qu'il avait toujours vécu. « Dieu seul sait ce qui se cache derrière cet accent, se disait-on, et tout ce que sa mère a pu lui mettre dans la tête au sujet du village. » Les gens n'y avaient jamais pensé tant que Raad était loin, mais ils découvraient à présent que leur maître, proche de la soixantaine, pouvait disparaître le lendemain, laissant ses terres et ses hommes entre des mains ennemies.

Si le cheikh avait également des inquiétudes, il n'en laissait rien paraître, et traitait son fils en homme qu'il devenait et en héritier qu'il était. L'ayant installé à sa gauche pour recevoir les condoléances, il lui disait parfois le nom de ceux qui entraient, et le surveillait du coin de l'œil pour vérifier s'il avait bien observé les gestes paternels et s'il avait su les reproduire.

Car il ne suffisait pas d'accueillir chaque visiteur selon son rang, il fallait aussi respecter les nuances de sa position. Avec le métayer Bou-Nassif, qui avait essayé de tricher autrefois sur les parts de récolte, il fallait le laisser se courber, prendre la main du maître dans les siennes, y apposer un long baiser, puis se relever. Avec le métayer Toubiyya, honnête serviteur de la famille seigneuriale, il fallait, une fois le baisemain accompli, faire semblant de l'aider à se relever en le prenant par le coude.

Quant au métayer Chalhoub, compagnon de longue date à la guerre comme à la chasse, il allait lui aussi se pencher, mais avec une imperceptible lenteur, s'attendant à voir le maître retirer sa main, puis l'aider à se relever en lui donnant une brève accolade ; il irait alors prendre place en se lissant la moustache. S'agissant du métayer Ayyoub, qui s'était enrichi et qui venait de se faire construire une maison à Dayroun, il fallait également l'aider à se relever et lui donner une brève accolade, mais seulement après qu'il eut effleuré de ses lèvres les doigts de son seigneur.

Cela pour les métayers, et il y avait d'autres normes pour les gens de la ville, le curé, les notables, les compagnons d'armes, les pairs, les serviteurs du château... Il y avait ceux dont il fallait prononcer le nom, ceux dont la formule de consolation appelait une autre formule les concernant, pas la même pour tous, évidemment, et pas avec la même intonation.

Et puis il y avait des cas plus particuliers encore, tel celui de Nader, muletier et marchand ambulant, chassé du château quatre ans plus tôt et qui profitait de l'occasion pour se faire pardonner. Il était venu se mêler à la foule, l'air plus affecté qu'il n'eût été nécessaire ; le cheikh avait murmuré alors une longue phrase à l'oreille de son fils ; puis le muletier s'était approché, courbé, avait pris la main du cheikh, l'avait portée à ses lèvres et l'y avait laissée un long moment.

Si le maître n'avait pas voulu d'une telle réconciliation, chose exceptionnelle en une période de deuil, il se serait détourné, faisant semblant de parler à Gérios, qui était derrière lui, et il aurait continué à ignorer le personnage jusqu'à ce qu'il se fût retiré, ou qu'on l'eût « aidé » à le faire. Mais une telle attitude, le cheikh n'aurait pu l'adopter qu'en cas de faute extrêmement grave, par exemple si un individu tel que Roukoz, considéré par le maître comme un voleur et un félon, était venu tranquillement se faire absoudre à bon compte. La faute commise par Nader n'était pas « du même carat », comme on dit au village ; aussi le cheikh, après l'avoir laissé ainsi suspendu à sa main pendant quelques secondes, finit-il par lui toucher l'épaule dans un soupir de lassitude.

— Dieu te pardonne, Nader, mais que ta langue est
pendue !

— C'est de naissance, cheikh !

Aux yeux du maître, le muletier s'était rendu coupable d'une grave impertinence. Il avait été un visiteur
régulier du château, où l'on appréciait sa conversation et son savoir ; c'était effectivement l'un des hommes les plus instruits de la Montagne, même si son
allure et son métier ne le laissaient guère soupçonner.
Toujours à l'affût d'une nouvelle ou d'une nouveauté,
il prêtait volontiers l'oreille à ses clients les plus instruits. Mais il avait plus de plaisir encore à s'écouter, et
peu lui importait alors la qualité de son auditoire.

On prétend qu'il lui arrivait de s'asseoir sur sa mule,
un livre calé contre la nuque de la bête, et de parcourir
les routes dans cette posture. Lorsqu'il entendait parler de quelque ouvrage qui l'intéressait, en arabe ou en
turc — les seules langues qu'il lisait couramment —, il
était prêt à payer très cher pour l'acquérir. Il avait
l'habitude de dire que pour cette raison il ne s'était
jamais marié, car aucune femme n'aurait voulu d'un
homme qui dépensait pour l'achat des livres chaque
piastre qu'il gagnait. La rumeur du village parlait
d'autre chose, une préférence pour les éphèbes, mais
jamais il n'avait été pris sur le fait. De toute manière,
si le cheikh lui en avait voulu, ce n'était pas à cause de
ces penchants inavoués, mais à cause de la Révolution
française.

Nader en avait été, dès l'enfance, un admirateur
inconditionnel ; en revanche, le cheikh et tous ses
pairs n'y avaient vu qu'une abomination, un égarement   heureusement   passager ;   « nos »   Français
avaient perdu la tête, disaient-ils, mais Dieu n'avait
pas tardé à « nous » les remettre sur le droit chemin.
Une ou deux fois, le muletier avait fait des allusions à
l'abolition des privilèges, le cheikh avait répondu sur
un ton ambigu, mi-comique mi-menaçant, et son visiteur se l'était tenu pour dit. Mais un jour, étant parti
vendre sa camelote chez le drogman du consulat de

France, il avait récolté une nouvelle si extraordinaire qu'il n'avait pas eu la force de la garder pour lui. C'était en 1831, il y avait eu en France, l'année précédente, un changement de régime, Louis-Philippe était monté sur le trône.

— Notre cheikh ne devinera jamais ce qu'un Français m'a raconté la semaine dernière.

— Vide ton sac, Nader !

— Le père du nouveau roi était un partisan de la Révolution, et il avait même voté la mort de Louis XVI !

Le muletier était certain d'avoir marqué un point dans leur interminable débat. Son gros visage imberbe luisait de contentement. Mais le cheikh n'avait pas pris la chose sur le mode plaisant. Il s'était levé pour mieux crier :

— Chez moi, on ne prononce pas des paroles comme celles-là. Sors d'ici et ne remets plus jamais les pieds dans cette maison !

Pourquoi cette réaction ? Gébrayel, qui m'a rapporté cet épisode, demeurait perplexe. Il est certain que le cheikh avait jugé les paroles de Nader hautement inconvenantes, impertinentes, peut-être même lui avaient-elles semblé subversives en présence de ses sujets. Etait-ce l'information elle-même qui l'avait choqué ? L'avait-il estimée injurieuse pour le nouveau roi des Français ? Etait-ce le ton qu'il avait trouvé offensant ? Personne n'osa le lui demander, le muletier moins que tout autre, qui avait dû se mordre les doigts puisque ce village était le sien, qu'il y avait sa maison et ses livres, et que le cheikh faisait partie de ses plus généreux clients. Aussi avait-il profité des premières condoléances pour venir se faire pardonner.

A propos de cet homme, je n'ai pas encore dit le plus important : il est l'auteur du seul ouvrage qui renferme une explication plausible de la disparition de Tanios-kichk.

Nader avait en effet l'habitude de consigner sur un

cahier des observations et des maximes de son cru,
longues ou succinctes, transparentes ou sibyllines,
généralement en vers ou alors dans une prose passablement maniérée.

Plusieurs de ces textes commencent par « J'ai dit à
Tanios », ou bien « Tanios m'a dit », sans que l'on
puisse établir avec certitude si c'est là une simple
astuce de présentation ou le compte rendu de conversations authentiques.

Sans doute ces écrits n'étaient-ils pas destinés tels
quels à la publication. C'est en tout cas bien après la
mort de Nader qu'un universitaire les a retrouvés et
édités sous un titre que j'ai traduit par « la Sagesse du
muletier » ; j'aurai souvent recours à ce précieux
témoignage.

III

A peine pardonné, le muletier était allé s'asseoir
près de Tanios, pour murmurer à son oreille :

— Sale vie ! Devoir baiser des mains pour ne pas
perdre son gagne-pain !

Tanios approuva discrètement. Les yeux rivés sur le
groupe formé par le cheikh, son fils et, un pas derrière
eux, Gérios, il se faisait justement la même réflexion,
et se demandait surtout si, dans quelques années, il se
retrouverait dans la même position que l'intendant,
courbé, obséquieux, à guetter les ordres de Raad.
« Plutôt mourir », se jura-t-il, et ses lèvres frémirent
tant sa rage soufflait fort.

Nader s'approcha encore :

— C'était quelque chose, la Révolution française,
toutes ces têtes de cheikhs qui tombaient !

Tanios ne réagit pas. Le muletier s'agitait sur son
siège, comme s'il était sur le dos de sa mule et qu'elle

n'avançait pas assez vite. Et, tel un lézard, il se tordait le cou pour scruter tout à la fois les tapis au sol et les arcades du plafond et ses hôtes et leurs visiteurs, distribuant au passage mimiques et clins d'œil. Puis il se pencha à nouveau vers son jeune voisin.

— Le fils du cheikh, est-ce qu'il n'aurait pas un peu des airs de voyou ?

Tanios eut un sourire. Mais il l'accompagna d'une mise en garde :

— Tu vas te faire chasser une deuxième fois !

Au même instant, les yeux du garçon croisèrent ceux de Gérios, qui lui fit signe de venir lui parler.

— Ne reste pas à côté de Nader ! Va voir si ta mère n'a besoin de rien !

Pendant que Tanios se demandait s'il allait obéir ou bien crâner et reprendre sa place, une clameur s'éleva au-dehors. On vint chuchoter quelques mots à l'oreille du cheikh, qui se dirigea vers la sortie, en faisant signe à Raad de le suivre. Gérios leur emboîta le pas.

Un visiteur de marque arrivait, et la tradition voulait qu'on allât à sa rencontre. C'était Saïd beyk, seigneur druze du village de Sahlaïn, vêtu d'une longue *abaya* aux rayures franches, qui tombait des épaules aux mollets, ajoutant à la majesté de son visage orné d'une moustache blonde.

Selon la coutume, il commença par dire :

— Une nouvelle s'est répandue, pourvu qu'elle ne soit pas vraie !

Le cheikh fournit la réponse convenue :

— Le Ciel a voulu nous éprouver.

— Sachez que vous avez des frères à vos côtés dans les épreuves.

— Depuis que je t'ai connu, Saïd beyk, le mot voisin est plus agréable à mes oreilles que le mot frère.

Des formules, mais pas que des formules, le cheikh n'avait eu que des ennuis avec sa propre parenté, tandis que ses relations avec son voisin avaient été sans nuage depuis vingt ans. Les deux hommes se prirent par le bras, et entrèrent du même pas.

Le cheikh installa son invité à sa droite, et le présenta à Raad par ces mots :

— Sache que le jour où je serai mort, tu as un autre père ici pour veiller sur toi !

— Dieu prolonge ta vie, cheikh Francis !

Encore des formules. Mais on arriva finalement à l'essentiel. A ce curieux personnage qui se tenait à l'écart et que toute l'assistance scrutait de la tête aux pieds. Même dans la salle des femmes le bruit s'était répandu, et certaines s'étaient précipitées pour le voir. Il n'avait ni barbe ni moustache, et portait une sorte de chapeau aplati qui lui couvrait la nuque et les oreilles. Les quelques cheveux qui dépassaient étaient gris, presque blancs.

Saïd beyk lui fit signe de venir plus près.

— Cet homme honorable qui m'accompagne est un pasteur anglais. Il a tenu à faire son devoir en cette douloureuse occasion.

— Qu'il soit le bienvenu !

— Il est venu habiter à Sahlaïn avec son épouse, une dame vertueuse, et nous n'avons eu qu'à nous féliciter de leur présence.

— C'est ton sang noble qui parle par ta bouche, Saïd beyk ! dit le pasteur en arabe, l'arabe un peu guindé des orientalistes.

Remarquant le regard admiratif du cheikh, Saïd beyk expliqua :

— Le révérend a vécu sept ans à Alep. Et après avoir connu cette belle métropole, au lieu d'aller à Istanbul ou à Londres, il a choisi de venir vivre dans notre humble village, Dieu saura le récompenser pour ce sacrifice !

Le pasteur s'apprêtait à répondre quand le cheikh lui indiqua une place pour s'asseoir. Non pas tout près de lui, ce qui n'aurait étonné personne vu le caractère exceptionnel d'une telle visite, mais un peu plus loin, sur le côté. Car, à vrai dire, ce que le cheikh venait d'entendre, il le savait déjà — tout ce qui se passait à Sahlaïn était connu à Kfaryabda avant la tombée du jour, et l'arrivée d'un Anglais, pasteur ou pas, pour élire domicile dans le pays, n'était pas un événement ordinaire. A présent, notre cheikh avait besoin d'en savoir plus, sans que le révérend pût entendre. Sa tête et celle de Saïd beyk se penchèrent l'une vers l'autre, chacun dans l'assemblée pouvait apprécier l'étendue de leur complicité :

— On m'a dit qu'il avait l'intention d'ouvrir une école.

— Oui, je lui ai prêté un local. Nous n'avons pas d'école à Sahlaïn, et depuis un moment je souhaitais qu'il y en ait une. Même mes fils vont y aller, il a promis de leur apprendre l'anglais et le turc, en plus de la poésie arabe et de la rhétorique. Je ne voudrais pas parler à sa place, mais je crois qu'il espère beaucoup que ton fils y aille aussi.

— Ne chercherait-il pas à convertir nos enfants, par hasard ?

— Non, nous en avons parlé, et il me l'a promis.

— Tu lui fais donc confiance.

— Je fais confiance à son intelligence. S'il cherchait à convertir nos fils, il serait chassé du village dans l'heure qui suit, pourquoi commettrait-il pareille maladresse ?

— Tes enfants et le mien, c'est vrai, il n'osera pas. Mais il voudra convertir nos paysans.

— Non, pour cela aussi, il m'a fait une promesse.

— Mais alors, qui va-t-il convertir ?

— Je ne sais pas, quelques fils de commerçants, quelques orthodoxes... Il y a aussi Yaacoub le juif et sa famille.

— S'il réussit à convertir mon tailleur, il aura fait un exploit... Mais je ne suis pas sûr que ce soit du goût de *bouna* Boutros ; pour lui, juif vaut mieux qu'hérétique !

Le curé était resté là toute la matinée, puis il était parti, une heure plus tôt, en prenant congé du cheikh comme de l'assistance. Mais voilà qu'il était de retour, quelqu'un avait dû l'avertir que le loup était dans la bergerie, et il avait accouru. Il avait repris sa place, et dévisageait sans vergogne le pasteur avec son drôle de chapeau.

— En fait, reprit Saïd beyk, je n'ai pas l'impression que le révérend cherche à convertir les gens.

— Ah bon, dit le cheikh, pour la première fois surpris.

— Il veut surtout que nous ne soyons pas prévenus contre lui, et il ne fera rien qui puisse nous embarrasser.

Le cheikh se pencha un peu plus.

— C'est peut-être un espion.

— J'y ai pensé aussi. Mais nous ne détenons pas les secrets du sultan à Sahlaïn. Il ne va tout de même pas écrire à son consul que la vache de Halim a donné des jumeaux !

Les deux compères se mirent à rire du fond de la gorge, laissant échapper des bouffées d'air saccadées, mais tout en maintenant leurs lèvres et leurs mâchoires en position de deuil, jusqu'à en être endolories. Leurs regards croisèrent celui du pasteur, qui leur adressa un sourire déférent, auquel ils répondirent par des hochements de tête bienveillants.

Lorsqu'au bout d'une heure Saïd beyk se leva pour partir, le cheikh lui dit :

— Le projet du pasteur ne me déplaît pas. Je vais réfléchir. Nous sommes mardi... s'il venait me voir vendredi dans la matinée, il aura sa réponse.

— Prends ton temps, cheikh, je lui dirai de venir beaucoup plus tard, si tu veux.

— Non, ce n'est pas la peine, jeudi soir, ma décision sera prise, et je la lui communiquerai sans faute le lendemain.

Quand, ayant raccompagné ces visiteurs de marque jusqu'au perron, le cheikh était revenu s'asseoir, le curé avait pris tout à côté de lui la place d'honneur.

— Un pasteur anglais dans notre village ! Comme dit le proverbe, qui vit longtemps verra beaucoup de merveilles ! Il faudra que je revienne avec de l'eau bénite pour purifier le château avant qu'il n'arrive d'autres malheurs.

— Attends, *bouna*, ne gaspille pas ton eau. Le pasteur revient me voir vendredi, et tu pourras alors passer pour de bon avec ton brin d'hysope au lieu de te déranger deux fois !

— Il est venu aujourd'hui, et il revient dans trois jours !

— Oui, le climat du village a dû lui convenir.

Le curé se mit à renifler ostensiblement.

— Est-ce que notre air serait mêlé de soufre ?

— Tu as tort, *bouna*, il paraît que c'est un saint homme.

— Et qu'est-il venu faire, le saint homme ?

— Présenter ses condoléances, comme tout le monde !

— Et vendredi, que reviendra-t-il faire ? Encore des condoléances ? Aurait-il prévu un autre décès ? Le mien, peut-être ?

— A Dieu ne plaise ! Cet homme va ouvrir une école à Sahlaïn...

— Je le sais.

— ... et il est simplement venu me proposer d'y envoyer mon fils !

— Rien que ça ! Et quelle a été la réponse de notre cheikh ?

— J'ai dit que j'allais réfléchir jusqu'à jeudi soir. Et que je donnerai ma réponse vendredi.

— Pourquoi jeudi soir ?

Jusque-là le cheikh avait un sourire légèrement moqueur, cela l'amusait de taquiner le curé. Mais son visage se fit soudain plus sévère.

— Je vais tout t'expliquer, *bouna*, pour que tu ne me reproches pas demain de t'avoir pris de court. Si, jeudi, au coucher du soleil, ton patriarche n'est pas encore venu me présenter ses condoléances, j'enverrai mon fils à l'école des Anglais.

Cela faisait bien quatorze ans — depuis la naissance

de Tanios — que le prélat n'avait plus visité notre village. Il avait pris le parti de la cheikha jusqu'au bout, peut-être parce qu'on l'avait rendu responsable de ce mariage désastreux, et qu'il en voulait au cheikh de l'avoir mis dans un tel embarras. Il s'était montré si partisan dans ce conflit, si insensible aux souffrances des villageois lors de l'expédition des hommes du grand Jord, que sans égard pour sa barbe blanche ni pour son rang on l'avait affublé du même sobriquet que sa protégée ; « le patriarche des sauterelles » s'était alors promis de ne plus mettre les pieds à Kfaryabda.

On s'était résigné à son absence. Il était de bon ton de dire qu'on se passait aisément de lui, tant à la fête de la Croix qu'aux cérémonies de la confirmation, quand la gifle du prélat devait laisser sur le visage des adolescents un souvenir durable ; celle de *bouna* Boutros faisait gaillardement l'affaire. N'empêche, cette sorte de malédiction pesait sur les épaules des fidèles ; chaque fois que survenait un décès, une maladie grave, la perte d'une récolte — ces malheurs ordinaires qui poussent à se demander « qu'ai-je donc fait au Ciel ? » —, la querelle avec le patriarche revenait comme un vieux couteau sur une vieille plaie. N'était-ce pas le moment d'en finir ? Ces condoléances n'étaient-elles pas l'occasion idoine pour une réconciliation ?

Lors des funérailles de la cheikha, dans le grand Jord, le prélat, qui présidait la cérémonie, avait eu devant le caveau un mot de consolation pour chacun des membres de la famille. A l'exception du cheikh. Qui avait pourtant oublié ses griefs et ceux du village pour se joindre à eux, et qui était après tout l'époux de la défunte.

D'autant plus offensé que sa belle-famille ainsi que les notables de Kfaryabda avaient été témoins de cette attitude dédaigneuse, le cheikh était allé voir aussitôt le bedeau du patriarche pour lui signaler, sur un ton proche de la menace, qu'il prévoyait trois jours de condoléances au château, et qu'il s'attendait à voir arriver *sayyedna* le patriarche, sinon...

Tout au long de cette première journée, pendant que les visiteurs défilaient, le cheikh n'avait eu qu'une interrogation en tête : « Viendra-t-il ? » Et au curé, il réitéra le message :

— Si ton patriarche ne vient pas, ne songe surtout pas à me blâmer pour ce que je vais faire.

Bouna Boutros disparut du village pendant deux jours. Une mission de la dernière chance qui ne mena à rien. Il revint en disant que *sayyedna* était en tournée dans les villages du grand Jord, et qu'il n'avait pas réussi à le rejoindre. Il est également possible qu'il l'ait retrouvé, sans réussir à le convaincre. Toujours est-il que le jeudi soir, lorsque le cheikh quitta la salle des condoléances entouré des derniers visiteurs, aucune mitre n'était à l'horizon.

Le curé dormit peu, cette nuit-là. Deux vaines journées sur le dos de sa mule l'avaient laissé perclus de courbatures, sans permettre d'apaiser ses tourments.

— Et encore, dit-il à la *khouriyyé,* avec cette mule, on sait où elle va, elle n'aurait pas eu l'idée de marcher droit vers le précipice. Alors que ce cheikh et ce patriarche, ils portent tous les chrétiens sur leur dos et ils courent s'écorner comme des boucs.

— Va faire une prière à l'église, lui dit son épouse. Si Dieu est bon avec nous, il installera dès demain une mule au château, et une autre au patriarcat.

QUATRIÈME PASSAGE

L'école du pasteur anglais

Je suis heureux de vous confirmer, en réponse à votre lettre, qu'il y avait bien, parmi les tout premiers élèves de l'école de Sahlaïn, un dénommé Tanios Gérios, de Kfaryabda.

Le fondateur de notre établissement, le révérend Jeremy Stolton, était venu s'installer dans la Montagne avec son épouse au début des années 1830. Il existe, dans notre bibliothèque, un petit coffret où sont conservées ses archives, notamment, pour chaque année, des éphémérides parsemées d'annotations diverses, ainsi que des lettres. Si vous souhaitez les consulter, vous êtes le bienvenu, mais vous comprendrez qu'il ne puisse être question pour nous de les laisser sortir...

Extrait d'une lettre du révérend Ishaac,
directeur actuel de l'Ecole anglaise de Sahlaïn.

I

Bouna Boutros n'avait pas dû prier avec suffisamment de ferveur, car le lendemain, quand il pénétra
avec sa barbe mal lissée dans la salle aux Piliers, le
cheikh était encore là, son vêtement ne s'était pas
transformé en harnais, ses oreilles n'avaient pas percé
le haut de son bonnet, et sous sa moustache blanchis-
sante, ses lèvres et ses mâchoires ne s'étaient pas
allongées...

Il était visiblement réveillé depuis un bon moment,
peut-être même n'avait-il pas trouvé le sommeil à
cause de ses propres tourments. Il y avait déjà près de
lui Gérios et quelques villageois. Le curé salua
l'assemblée d'un geste bougon et s'assit tout près de
l'entrée.

— *Bouna* Boutros, lui cria presque le cheikh sur un
ton jovial, viens plutôt près de moi, la moindre des
choses serait que nous l'accueillions ensemble.

Le curé eut un moment d'espoir. Peut-être l'une au
moins de ses nombreuses prières avait-elle été exau-
cée !

— Alors il vient !

— Bien sûr qu'il vient. D'ailleurs le voilà, justement.

Il fallut déchanter. Ce n'était pas le patriarche qui
faisait son entrée, mais le pasteur. Il salua son hôte de
plusieurs formules arabes bien tournées, sous le

regard ébahi des villageois. Puis, sur un signe du maître, il s'assit.

— Le Ciel fait bien les choses, *bouna*, le révérend
s'est assis juste à la place que tu viens de quitter.

Mais le curé n'avait pas le cœur à apprécier les plaisanteries, il pria le cheikh de venir lui parler un
moment en privé, dans le *liwan*.

— Si j'ai bien compris, notre cheikh a pris sa décision.

— C'est ton patriarche qui l'a prise pour moi, j'ai
fait tout ce que je pouvais, j'ai la conscience tranquille.
Regarde-moi, est-ce que j'ai les yeux de quelqu'un qui
a mal dormi ?

— Tu as peut-être fait tout ce qu'il fallait, en ce qui
concerne *sayyedna*. Mais envers ton fils, est-ce que tu
es en train de faire ce que ton devoir t'ordonne ? Est-ce
que tu peux vraiment avoir la conscience tranquille
quand tu l'envoies chez ces gens qui vont lui faire lire
un évangile falsifié et qui ne respectent ni la Vierge ni
les saints ?

— Si Dieu n'avait pas voulu que je prenne cette
décision, il aurait ordonné au patriarche de venir
montrer sa barbe aux condoléances !

Bouna Boutros était mal à l'aise quand le cheikh
parlait de barbes, et encore plus quand il parlait de
Dieu, car ses propos avaient alors quelque chose
d'exagérément familier. Aussi lança-t-il, l'air digne :

— Il arrive que Dieu dirige ses créatures sur le chemin de leur perdition.

— Il aurait fait cela avec un patriarche ? fit le
cheikh du ton le plus faux.

— Ce n'est pas seulement au patriarche que je pensais !

Leur conciliabule terminé, le curé et le cheikh revin-
rent vers la salle aux Piliers. Où le pasteur les attendait
avec quelque inquiétude. Mais son hôte le rassura
d'emblée.

— J'ai réfléchi. Mon fils ira à votre école, révérend.

— Je saurai me montrer digne de cet honneur.

— Il faudra le traiter comme tous les élèves, sans égards particuliers, et ne pas hésiter à le rouer de coups s'il le mérite. Mais j'ai deux exigences, et il me faut une promesse ici même devant témoins. La première, c'est qu'on ne lui parle pas de religion ; il restera dans la foi de son père, et il ira chaque dimanche chez *bouna* Boutros ici présent pour apprendre le catéchisme.

— Je m'y engage, dit le pasteur, comme je l'ai déjà fait avec Saïd beyk.

— La deuxième chose, c'est que je m'appelle cheikh Francis, et non cheikh Ankliz, et je tiens à ce qu'il y ait dans cette école un maître de français.

— Cela aussi je le promets, cheikh Francis. La rhétorique, la poésie, la calligraphie, les sciences, le turc, le français, l'anglais. Et chacun garde sa religion.

— Dans ces conditions, il n'y a rien à redire. Je me demande même si *bouna* Boutros ne songe pas maintenant à envoyer ses propres fils à votre école, révérend...

— L'année où les figues mûriront en janvier, marmonna le curé sans desserrer les dents.

Puis il se leva, écrasa son bonnet sur la tête, et se retira.

— En attendant ces figues-là, reprit le cheikh, je connais au moins un garçon qui sera heureux d'accompagner mon fils à cette école. N'est-ce pas, Gérios ?

L'intendant acquiesça, comme toujours, et remercia son maître de sa constante bienveillance envers lui et les siens. Mais en lui-même, il était plus que réservé. Retirer Tanios de l'école du curé, son beau-frère, pour l'envoyer chez cet Anglais, et encourir les foudres de l'Eglise, il ne le ferait pas de gaieté de cœur. Cependant, il ne pouvait pas non plus s'opposer à la volonté du maître et bouder les faveurs qu'il lui accordait.

Il oublia ses réserves au vu des réactions du garçon. Quand il lui rapporta la suggestion du cheikh, son visage s'illumina, et Lamia jugea le moment propice pour ramener quelque chaleur au sein de sa famille :

— Alors, tu n'embrasses pas ton père pour cette nouvelle ?

Et Tanios l'embrassa, et aussi sa mère, comme il ne l'avait plus fait depuis l'incident près de la fontaine.

Pour autant, il ne remettait pas en question sa révolte. Il avait, tout au contraire, le sentiment que sa métamorphose, provoquée par les paroles du fou et manifestée par sa visite à Roukoz le banni, avait débridé son existence. Comme si le Ciel attendait de sa part un acte de volonté pour lui ouvrir les routes... Ce n'était pas à l'école du pasteur qu'il allait, mais au seuil du vaste univers, dont il parlerait bientôt les langues et dévoilerait les mystères.

Il était encore là, avec Lamia et Gérios, mais il était loin, il contemplait la scène qu'il vivait comme si elle s'évoquait déjà dans son souvenir, il voguait au-delà de ce lieu, au-delà de ses attaches et de ses ressentiments, au-delà de ses doutes les plus déchirants.

Au même moment, à deux couloirs de là, dans le bâtiment principal du château, le cheikh s'épuisait à convaincre son fils qu'il ne serait pas humiliant pour lui, même à quinze ans, d'aller apprendre autre chose que le maniement des armes et la course à cheval.

— Si tu recevais un jour, comme notre ancêtre, un message du roi de France...

— Je le ferais traduire par mon secrétaire.

— Et si c'était un message confidentiel, serait-il vraiment prudent que ton secrétaire en connaisse la teneur ?

Le pasteur Stolton ne devait pas tarder à remarquer la différence entre ces deux élèves qui arrivaient tous les matins de Kfaryabda, un trajet d'environ une heure en empruntant le raccourci par la forêt de pins. Dans ses éphémérides de l'année 1835, on peut lire cette appréciation : « Tanios. Un immense appétit de connaissance et une intelligence vive, compromis par les soubresauts d'une âme tourmentée. » Puis, deux pages plus loin : « La seule chose qui intéresse profondément Raad, c'est que l'on manifeste de la considération pour son rang. Si l'un des enseignants ou l'un des élèves, à n'importe quel moment de la journée, s'adresse à lui sans prononcer le mot "cheikh", il se comporte comme s'il n'avait rien entendu, ou bien se met à regarder derrière lui en cherchant le manant à qui pourraient être destinées de telles paroles. En tant qu'élève, je crains qu'il n'appartienne à la catégorie la plus décourageante de toutes, celle dont la devise semble être : *teach me if you can !* Je ne songerais pas à me battre pour qu'il continue à fréquenter cet établissement si les considérations scolaires étaient les seules que je doive prendre en compte. »

Ce dernier bout de phrase est presque un aveu. Car si le pasteur était sincèrement préoccupé par la formation des jeunes esprits, il n'était pas indifférent à la politique orientale de Sa Gracieuse Majesté.

Mais en quoi, diable, la scolarisation d'un adolescent dans un village de la Montagne pouvait-elle revêtir la moindre importance aux yeux d'une puissance européenne ? Je comprends qu'on veuille glousser, hausser les épaules — je m'y étais longtemps obstiné moi-même avant de consulter les archives. Mais les faits sont là : la présence de ces gamins à l'école du pasteur Stolton était connue et fut âprement commentée jusque dans le bureau de Lord Ponsonby, ambassadeur auprès de la Sublime-Porte, et sans doute également à Paris, à la Chambre des députés, à l'initiative d'Alphonse de Lamartine — « parfaitement, s'indignait le "professeur" Gébrayel, ce lourdaud de Raad n'a probablement jamais entendu parler de son contemporain Lamartine, mais Lamartine avait entendu parler de Raad ! »

Par quel prodige ? Il faut dire qu'en ces années-là les chancelleries européennes étaient préoccupées par un événement exceptionnel : Méhémet-Ali pacha, vice-roi d'Egypte, avait entrepris de bâtir en Orient, sur les décombres de l'Empire ottoman, une nouvelle puissance qui devait s'étendre des Balkans jusqu'aux sources du Nil, et contrôler la route des Indes.

De cela, les Anglais ne voulaient à aucun prix, et ils étaient prêts à tout pour l'empêcher. Les Français, en revanche, voyaient en Méhémet-Ali l'homme providentiel qui allait sortir l'Orient de sa léthargie, et bâtir une Egypte nouvelle en prenant justement la France pour modèle. Il avait fait venir des médecins français, des ingénieurs français, et il avait même nommé à l'état-major de son armée un ancien officier de Napoléon. Des utopistes français étaient allés vivre en Egypte dans l'espoir d'y bâtir la première société socialiste, porteurs de projets inouïs — tel celui de percer un canal de la Méditerranée jusqu'à la mer Rouge. Décidément, ce pacha avait tout pour plaire aux Français. Et puis, s'il irritait à ce point les Anglais, il ne pouvait être foncièrement mauvais. Et il n'était pas question de laisser Londres se défaire de lui.

Dans ce combat de géants, de quel poids pouvaient peser les gens de mon village et singulièrement les deux élèves du pasteur anglais ?

Plus qu'on ne l'imaginerait. On aurait dit que leurs noms étaient gravés sur le fléau de la balance, et qu'il suffisait de se pencher d'assez près pour les lire. C'est ce qu'avait fait Lord Ponsonby. Il s'était penché sur la carte, puis il avait placé son doigt à un endroit précis : c'est ici que l'empire de Méhémet-Ali se fera ou se défera, c'est ici que sera livrée la bataille !

Car cet empire en voie de constitution avait deux ailes : l'une au nord — les Balkans et l'Asie Mineure ; l'autre au sud — l'Egypte et ses dépendances. Entre les deux, une seule liaison, par la longue route côtière qui allait de Gaza à Alexandrette, en passant par Haïfa, Acre, Saïda, Beyrouth, Tripoli, Lattaquieh. Il s'agit d'une bande de terre enserrée entre la mer et la Montagne. Si cette dernière échappait au contrôle du viceroi, la route deviendrait impraticable, l'armée égyptienne serait coupée de ses arrières, le nouvel empire serait brisé en deux. Mort-né.

Et du jour au lendemain, toutes les chancelleries n'eurent plus d'yeux que pour ce coin de montagne. On n'avait jamais vu autant de missionnaires, de négociants, de peintres, de poètes, de médecins, de dames excentriques et d'amateurs de vieilles pierres. Les Montagnards étaient flattés. Et lorsqu'ils comprirent, un peu plus tard, que les Anglais et les Français se faisaient la guerre chez eux pour ne pas avoir à se battre directement entre eux, ils n'en furent que plus flattés encore. Privilège dévastateur, mais privilège quand même.

L'objectif des Anglais était clair : inciter la Montagne à se rebeller contre les Egyptiens ; ce que ces derniers, avec l'appui de la France, s'efforçaient bien entendu d'éviter.

Comme le relate la *Chronique montagnarde*, « lorsque les troupes égyptiennes étaient arrivées aux abords de notre pays, leur général en chef avait dépêché un messager auprès de l'émir lui demandant de se joindre à lui ». Jugeant qu'il serait fort imprudent de prendre parti dans cet affrontement qui dépassait de loin sa minuscule principauté et ses maigres forces, l'émir avait cherché à tergiverser ; alors le général lui avait envoyé un deuxième message ainsi libellé : « Soit tu viens te joindre à moi avec tes troupes, soit c'est moi qui viendrai vers toi, je raserai ton palais, et je planterai des figuiers sur son emplacement ! »

Le malheureux avait dû s'exécuter, et la Montagne était passée sous l'autorité de l'Egypte. Malheureux, entendons-nous ; il demeurait un homme fort redouté, paysans et cheikhs tremblaient à la seule mention de son nom ; mais devant le pacha et ses représentants, c'était lui qui tremblait.

Méhémet-Ali espérait qu'en mettant ainsi l'émir de son côté, il se retrouverait maître du pays. La chose aurait sans doute été vraie dans d'autres pays, pas dans celui-ci. L'émir avait de l'autorité, certes, et de l'influence, mais la Montagne ne se réduisait pas à sa personne. Il y avait les communautés religieuses, avec leur clergé, leurs chefs, leurs notabilités, il y avait les grandes familles et les petits seigneurs. Il y avait les murmures sur les grand-places, et les querelles de village. Il y avait que le cheikh était en froid avec le patriarche, parce que le patriarche était persuadé que le cheikh avait fait un enfant à Lamia, laquelle habitait toujours au château, et que, dans ces conditions, le patriarche ne voulait pas mettre les pieds au château, et que le cheikh, pour bien montrer qu'on ne traitait pas de la sorte un homme de son rang, avait envoyé son fils, par bravade, à l'école du pasteur anglais !

Lorsque Lord Ponsonby s'était penché sur ce minuscule point de la carte, ses collaborateurs ne lui avaient pas expliqué les choses avec tant de détails. Ils lui avaient seulement dit que la communauté druze, hostile à l'émir depuis qu'il avait fait tuer l'un de ses principaux chefs, était prête à se révolter contre lui et contre ses alliés Egyptiens, mais qu'une telle révolte ne mènerait à rien si les chrétiens, qui formaient la majorité de la population, n'y participaient pas.

— Et chez les chrétiens, nos gens n'ont-ils rien pu faire encore ? s'était enquis l'ambassadeur.

On lui rappela que pour cette population, en grande majorité catholique, l'Anglais était avant tout un hérétique.

— Pas un seul de nos gens n'a pu établir un contact significatif... à l'exception d'un pasteur, qui a ouvert une école.

— Une école à nous dans un village catholique ?

— Non, pensez-vous, il aurait été chassé dans l'heure qui suit ou alors un incendie aurait ravagé son bâtiment. Non, il s'est installé sur les terres d'un vieux chef druze, Saïd beyk, mais il a réussi à inscrire dans son école deux élèves catholiques, dont le propre fils du cheikh de Kfaryabda.

— Kfar quoi ?

Il fallut aller chercher une carte plus détaillée pour lire, à l'aide d'une loupe, le nom de Kfaryabda et celui de Sahlaïn.

— Intéressant, dit Lord Ponsonby.

Dans le rapport rédigé à l'intention du Foreign Office, il ne citait pas nommément Kfaryabda, mais faisait état de « signes encourageants ». Que le descendant d'une des plus grandes familles catholiques, une famille qui s'enorgueillissait depuis trois siècles de ses rapports avec la France, se retrouvât à l'école du pasteur anglais, c'était effectivement un succès, une percée.

Et, bien entendu, il n'était pas question que le cheikh Raad fût renvoyé à cause d'une mauvaise note !

II

Personne, dans l'autre camp, ne voulait prendre la chose avec autant de sérieux que Lord Ponsonby. Ni l'émir, ni Monsieur Guys, le consul de France, ni Soliman pacha, alias Octave Joseph de Sèves, qui commandait au nom de l'Egypte la place de Beyrouth. On était engagé dans un conflit majeur, et personne n'avait du temps à consacrer à cette querelle villageoise. Personne, à l'exception du patriarche. Lui seul s'égosillait à expliquer qu'il ne fallait pas négliger la signification de la présence des deux enfants à l'école du pasteur ; et finalement, pour ne pas l'offenser, on se décida à sanctionner le cheikh présomptueux : un agent du Trésor émirien lui fut envoyé, porteur d'une liste interminable d'impôts non acquittés, ceux, en réalité, dont il avait su jusque-là se faire exempter par toutes sortes d'habiletés ; à présent tout était rappelé, et l'on avait ajouté de nouvelles taxes encore, notamment la *ferdé*, instaurée par l'occupant égyptien. Le prétexte de cette démarche était de renflouer les caisses de l'émir, épuisées par les nécessités du conflit en cours. Mais personne ne se trompait sur les vraies raisons. Et pour le cas où quelqu'un aurait eu des doutes, le patriarche avait convoqué le curé pour lui dire clairement que si le cheikh retirait les deux garçons de l'école hérétique, il intercéderait en sa faveur auprès de l'émir...

Le maître de Kfaryabda était pris à la gorge. La récolte avait été désastreuse cette année-là, et la somme qu'on lui réclamait — trois cents bourses, soit cent cinquante mille piastres — dépassait de loin ce qu'il pouvait rassembler, même obligeait tous ses sujets à lui livrer leurs économies.

Impossible de payer donc, mais l'autre solution était doublement humiliante : le cheikh aurait commencé par perdre la face en retirant les garçons de l'école du pasteur anglais, puis il lui aurait fallu quémander aux pieds du « patriarche des sauterelles » pour qu'il daignât parler à l'émir.

Avant de quitter le village avec son escorte, le fonctionnaire du Trésor précisa que si les sommes dues n'étaient pas entièrement payées dans le mois qui suivait, les terres du cheikh seraient confisquées et adjointes au domaine émirien. Perspective qui n'enchantait guère les habitants de Kfaryabda, conscients d'avoir, en la personne de leur seigneur, le moins mauvais des maîtres.

Le plus singulier fut la manière dont Tanios vécut ces événements. Ils le réconcilièrent pour un temps avec le village et même, pourrait-on dire, avec sa présumée bâtardise. Car ce qui se passait devant ses yeux d'adolescent n'était en réalité que la poursuite de cette même querelle qui avait provoqué autrefois l'invasion des « sauterelles », une querelle dont la cause avait été sa propre venue au monde. A présent, il le comprenait parfaitement, il savait pourquoi le patriarche réagissait ainsi, il comprenait aussi l'attitude du cheikh et celle des villageois. Et il la partageait. Ne serait-ce que pour une raison : l'école. A ses yeux, c'était ce qui comptait plus que tout. Il étudiait avec acharnement, avec rage, il aspirait comme une éponge sèche chaque mot, chaque bribe de savoir, il ne voulait rien voir d'autre que cette passerelle entre lui, Tanios, et le reste de l'univers. Pour cette raison il se retrouvait du côté des villageois, du côté du cheikh, contre tous les ennemis du village, contre l'émir, contre le patriarche... Il épousait toutes les causes présentes et passées.

Il avait même pris ses distances par rapport à Roukoz parce que ce dernier lui avait dit : « Pourquoi faudrait-il que je me lamente si les terres du cheikh étaient confisquées ? Ne veux-tu pas comme moi abolir les privilèges des féodaux ? » L'adolescent avait répondu : « C'est mon vœu le plus cher mais je ne voudrais pas que cela arrive de cette manière ! » Et l'ancien intendant s'était fait sentencieux : « Lorsque tu as un vœu très cher dont la réalisation te comblerait de bonheur, tu peux demander à Dieu de l'exaucer. Mais tu ne peux Lui dicter la manière dont Il doit s'y prendre. Moi j'ai demandé au Ciel de punir le cheikh de Kfaryabda. C'est à Lui de décider de l'instrument dont Il va se servir, un cataclysme, des sauterelles, ou les armées d'Egypte ! »

Ce raisonnement avait mis Tanios mal à l'aise. Il désirait bien, quant à lui, abolir les privilèges du cheikh, et il n'avait certainement pas envie de se retrouver, quinze ans plus tard, en train d'aider Raad à se déchausser... Mais dans l'épreuve de force qui se déroulait, il savait parfaitement de quel côté il se trouvait, et quels vœux il voulait voir exaucés.

« Ce midi, écrit le pasteur dans ses éphémérides à la date du 12 mars 1836, Tanios est venu me voir dans mon bureau pour m'expliquer la situation dramatique dans laquelle se trouvait son village, qu'il a comparé à un ichneumon pris au piège et qui attend la lame du trappeur... Je lui recommandai de prier, et lui promis de faire ce qui était en mon pouvoir.

« J'écrivis aussitôt à notre consul une lettre détaillée que j'espère confier dès demain à quelque voyageur en partance pour Beyrouth. »

C'est très probablement à la suite de cette lettre, véritable appel à l'aide, que l'on vit arriver au château un étrange visiteur. A Kfaryabda, on parle aujourd'hui encore de la visite du consul d'Angleterre. Vérification faite, Richard Wood n'était pas encore consul — il le deviendrait plus tard ; à l'époque, il était l'émissaire officieux de Lord Ponsonby, et il habitait à Beyrouth depuis quelques semaines auprès de sa sœur qui se trouvait être l'épouse du vrai consul d'Angleterre. Mais cette précision n'a aucune incidence sur les événements, ni sur la manière dont ils ont été rapportés.

« Cette année-là, dit la *Chronique montagnarde*, notre village reçut la visite du consul d'Angleterre, porteur de cadeaux précieux qui remplirent de joie grands et petits. Il fut accueilli comme aucun visiteur ne l'avait jamais été, il assista à la sainte messe, et l'on festoya pendant trois jours et trois nuits. »

Excessif, n'est-ce pas, pour la visite d'un pseudo-consul, tant de festoiement, tant de superlatifs ? Pas quand on sait la nature de ces « cadeaux précieux ». Le moine Elias ne dit rien de plus, mais Wood lui-même a évoqué sa visite dans une lettre adressée peu après au pasteur Stolton et conservée dans les archives de ce dernier, à l'école de Sahlaïn. L'émissaire demeure vague sur l'objet de sa mission, que son correspondant connaît, à l'évidence, tout autant que lui ; mais il explique dans le détail la nature des cadeaux qu'il avait apportés et la manière dont il fut reçu. Le pasteur avait très certainement mentionné dans sa propre lettre la somme précise que le Trésor émirien exigeait, car Wood commença par faire porter dans la grande salle du château, pour les placer juste derrière le narguilé de son hôte, des sacs contenant très exactement cent cinquante mille piastres. Le cheikh fit mine de vouloir protester ; son visiteur ne lui en laissa pas le loisir.

— Ce qui vient d'être déposé à vos pieds, ce n'est pas notre cadeau pour vous, mais pour votre trésorier, afin qu'il puisse faire face aux exigences de l'émir sans avoir besoin de vous importuner.

Le seigneur de Kfaryabda en prit acte dignement, mais son cœur flatté sautillait comme celui d'un enfant.

Il y avait, de fait, trois autres « vrais » cadeaux, que Wood décrit dans sa lettre. « Pour le cheikh, une horloge monumentale frappée aux armoiries de la maison de Hanovre, transportée à dos de chameau depuis Beyrouth. » Pourquoi une horloge et pas un pur-sang, par exemple ? Mystère. Peut-être fallait-il y voir le symbole d'une amitié durable.

Les deux autres cadeaux s'adressaient aux élèves du pasteur. Pour Tanios « une superbe écritoire nacrée, qu'il accrocha tout de suite à sa ceinture ». Et pour Raad — qui possédait déjà une écritoire en or qu'il dissimulait à la sortie de l'école de peur qu'on ne murmurât que le cheikh s'était ravalé au rang de secrétaire —, « un fusil de chasse, un forsyth à percussion digne d'une battue royale, que son père se hâta de lui prendre des mains pour le soupeser et le caresser avec envie — peut-être est-ce à lui qu'il aurait fallu l'offrir, plutôt qu'au fils, il en aurait été comblé, et l'arme se serait trouvée en des mains plus sûres ».

Une phrase qui n'avait rien de prophétique, mais qui laisse songeur, quand on sait quels malheurs attendaient au bout de ce fusil.

Le « consul » était arrivé un samedi dans l'après-midi, et le cheikh lui proposa de passer la nuit au château avec sa suite. Les femmes du village s'évertuèrent à préparer les mets les plus recherchés — Wood mentionne un cou d'agneau farci, et fait l'éloge d'un « *kebbé* à la bergamote », ce qui résulte très certainement d'une confusion, car s'il existe bien une viande pilée aux oranges amères, la bergamote est inconnue dans la cuisine de la Montagne. L'émissaire précise par ailleurs que le cheikh Francis eut un sourire amusé en le voyant ajouter de l'eau à son vin...

Le lendemain, après une brève conversation ami-cale dans le *liwan*, face à la vallée, autour d'un café et de quelques fruits secs, le seigneur de Kfaryabda avait demandé la permission de s'absenter pendant une heure.

— La messe va commencer. Je ne devrais pas quit-ter mon invité de la sorte, mais Dieu a été bon avec moi, ces deux derniers jours, Il a presque accompli des miracles, et je tiens à Lui rendre grâces.

— Je vous accompagnerai, si vous n'y voyez pas d'inconvénient...

Le cheikh se contenta de sourire. Lui-même ne voyait là aucun inconvénient, mais il craignait un esclandre de *bouna* Boutros s'il faisait son entrée dans l'église en compagnie d'un Anglais.

De fait, le curé les attendait devant la porte de l'édi-fice. Courtois mais ferme :

— Notre village est reconnaissant pour ce que vous avez fait. C'est pourquoi, si vous vouliez bien m'hono-rer d'une visite, mon épouse a préparé un café pour vous dans mon humble maison, dont l'entrée est par-derrière. Elle vous tiendra compagnie, ainsi que mon fils aîné, jusqu'à ce que j'aie fini de dire la sainte messe. Alors je viendrai vous rejoindre.

Il eut un petit regard vers le cheikh, l'air de dire : « Plus poli que cela avec tes amis anglais, je n'aurais pas pu être ! »

Mais le « consul » répliqua, dans son arabe approxi-matif :

— Il n'est pas nécessaire de faire un traitement spé-cial pour moi, mon père, je suis moi-même catholi-que, et je vais suivre la messe avec les autres fidèles.

— Anglais et catholique, vous êtes la huitième merveille du monde, ne put s'empêcher de dire *bouna* Boutros.

Avant d'inviter le fidèle à entrer.

Envoyer à cette nation catholique un agent irlandais, telle avait été l'habileté suprême de Lord Ponsonby, habileté qui allait valoir à « ces diables d'Ankliz », pour longtemps, l'admiration des Montagnards.

III

Cette nuit-là, le patriarche dormit « à plat sur le visage », comme disent les gens de Kfaryabda, et les prières qu'il marmonnait n'avaient rien de charitable ; il vouait à l'Enfer tant d'âmes et de corps, c'est à se demander quel Royaume il cherchait à servir. La moustache du cheikh était comme un chardon dans la couche du prélat, il avait beau se tourner, se retourner, il ne faisait que s'enrouler autour d'elle.

Il était pourtant au faîte de sa puissance. Entre l'émir, l'état-major égyptien, les diplomates français et les principaux seigneurs de la Montagne, il était l'intermédiaire reconnu, le pivot de la coalition, et aussi son rebouteux, puisqu'il fallait sans arrêt réparer les fractures. Le consul de France pensait pis que pendre de Méhémet-Ali, « un despote oriental qui se fait passer pour un réformateur afin de leurrer les bonnes âmes d'Europe » ; et lorsqu'on l'interrogeait sur de Sèves, son ancien compatriote, il disait : « Soliman pacha ? Il sert fidèlement ses nouveaux maîtres », et son nez se retroussait en une moue pincée. Quant à l'émir, il se réjouissait en secret des déboires de ses protecteurs égyptiens, lesquels disaient de lui, presque à voix haute, qu'il demeurerait leur plus fidèle allié tant que leurs troupes auraient leurs tentes sous les fenêtres de son palais.

Le patriarche avait parfois l'impression de maintenir cette coalition bancale à la force de ses poignets, et dans toute la Montagne, il était respecté, et parfois vénéré. Aucune porte ne lui était fermée, aucune faveur ne lui était refusée. Sauf dans mon village. A Kfaryabda, même le curé lui tournait le dos.

Sa nuit fut donc inquiète, mais au lever, il paraissait plus confiant.

— Je saurai leur faire réciter l'acte de contrition, promit-il au bedeau qui l'aidait à s'habiller. Ils tomberont à mes pieds comme une pièce d'argent dans le tronc de l'église. Pour tout mal, il y a un traitement, et j'ai celui qu'il leur faut.

Quelques jours plus tard, un messager du grand Jord arriva au château pour dire que la grand-mère de Raad se mourait, et qu'elle désirait le revoir. Le cheikh ne chercha pas à s'opposer au voyage, il vit là, bien au contraire, l'occasion de se raccommoder avec sa belle-famille, et fit porter à son fils une lettre de bons vœux, rédigée par Gérios, et quelques menus cadeaux.

Si la grand-mère se mourait, c'était sans aucune hâte. La *Chronique* ne mentionnera son décès que cent trente pages — et dix-sept années — plus loin, à l'âge de soixante-quatorze ans. Peu importe ; sans doute avait-elle réellement envie de revoir son petit-fils. Mais c'était surtout le patriarche qui avait insisté pour faire venir Raad. Il avait des choses graves à lui confier.

Leur conversation débuta comme une devinette pour enfants en classe de catéchisme :

— Si tu étais un chevalier du Messie et que tu te retrouves soudain prisonnier dans la demeure de Satan, que ferais-tu ?

— Je chercherais à m'échapper, mais pas avant d'avoir tout détruit, sans laisser pierre sur pierre !

— Voilà une belle réponse, digne d'un vrai chevalier.

— Et je massacrerais Satan avec toute sa progéni-
ture !

— N'en faisons pas trop, cheikh Raad, aucun mor-
tel ne peut tuer Satan. On peut néanmoins jeter la
confusion dans sa maison comme il jette la confusion
dans la nôtre. Mais ta ferveur me plaît, j'ai eu raison de
placer ma confiance en toi, et je suis sûr que ta foi et
ton sang noble inspireront tes actes comme ils viennent d'inspirer tes paroles.

Prenant les mains du garçon dans les siennes, et
fermant les yeux, le prélat murmura une longue
prière. Raad n'en comprenait pas un mot, mais il avait
l'impression de sentir l'encens monter dans ses narines. La pièce était sans fenêtre, noyée dans la nuit, et
la barbe blanche du patriarche était la seule source de
lumière.

— Tu es dans la maison de Satan !

Le jeune cheikh ne comprenait pas. Il se mit à regarder autour de lui, passablement effrayé.

— Je ne parle pas de la maison de ton grand-père.

— Le château...

— Je ne parle pas non plus de la maison de ton père,
Dieu lui pardonne. Je parle de l'école anglaise, foyer
d'hérésie et de dépravation. Tous les matins, tu vas
dans la maison de Satan, et tu ne le sais pas.

Son visage était grave comme une pierre mortuaire.
Mais, peu à peu, un sourire s'y dessina.

— Mais eux non plus ne savent pas qui tu es. Ils
croient avoir seulement affaire au cheikh Raad, fils du
cheikh Francis ; ils ne savent pas qu'en toi se cache le
chevalier du châtiment.

Quand Raad revint au village quelques jours plus
tard, et qu'il emprunta comme à l'ordinaire le raccourci qui traverse la forêt de pins, Tanios remarqua
qu'il avait au menton une barbiche naissante, et dans
les yeux un regard qui n'était pas le sien.

A l'école du révérend Stolton, les cours se donnaient dans la partie la plus ancienne du bâtiment, le *kabou*, formé de deux salles voûtées, à peu près identiques, allongées, plutôt obscures pour des lieux d'étude. Plus tard, d'autres salles leur seraient adjointes, mais à l'époque de Tanios, il n'y avait guère plus d'une trentaine d'élèves, et l'école se réduisait à ces deux pièces et à une troisième, adjacente, où le pasteur avait ses livres et son bureau. A l'étage se trouvaient ses appartements privés. La maison n'était pas vaste, mais avec les tuiles de son toit montées en pyramide parfaite, ses balcons symétriques, ses fenêtres en arcades fines et le lierre tapissant les murs, elle parvenait à donner une impression de douceur mêlée de solidité. De plus, elle disposait d'un vaste terrain clos où les élèves pouvaient se récréer, et où, des années plus tard, seraient construits, pour des raisons fort louables — la venue d'un bon millier d'élèves —, des bâtiments bien moins coquets, hélas. Mais c'est là une tout autre question...

Dans une partie de ce terrain, l'épouse du pasteur s'adonnait à la seule vraie passion de sa vie : le jardinage. Elle avait un petit potager, ainsi que des parterres de fleurs — des jonquilles, des œillets, un massif de lavandes et tout un carré de roses. Les élèves ne venaient jamais de ce côté-là ; l'épouse du pasteur avait même construit de ses mains un muret, rien que des pierres superposées, mais qui établissaient une clôture symbolique.

Raad s'empressa pourtant de l'enjamber le jour même de son retour à l'école. Il alla droit vers les rosiers qui, en ce mois d'avril, commençaient à fleurir ; puis, tirant de sa ceinture un couteau, il se mit à cueillir les plus belles fleurs, en les coupant tout près des pétales, comme s'il les décapitait.

L'épouse du pasteur n'était pas loin, dans le potager. Elle voyait tout, mais l'élève agissait avec tant d'assurance, tant d'effronterie, qu'elle demeura muette un long moment avant de hurler une phrase inintelligible. Le jeune cheikh ne fut guère impressionné. Il continua sa besogne, jusqu'à ce que la dernière tête de rose fût tombée dans son mouchoir ouvert. Alors, rangeant son couteau, il enjamba tranquillement la clôture dans l'autre sens pour aller montrer son butin aux élèves.

Le pasteur accourut, trouva sa femme en larmes, et convoqua le coupable dans son bureau. Il le dévisagea un long moment, cherchant à déceler une quelconque expression de remords. Avant de lui dire, de sa voix de prédicateur :

— Te rends-tu compte de ce qui vient de se produire en toi ? En arrivant ici ce matin, tu étais un cheikh respecté, et maintenant tu es devenu un voleur !

— Je n'ai commis aucun vol.

— Mon épouse t'a vu prendre ses roses, comment peux-tu nier ?

— Elle m'a vu, et j'ai bien vu qu'elle me voyait. Ce n'est donc pas du vol, c'est du pillage !

— Où est la différence ?

— Les vols sont commis par des misérables, alors que le pillage, c'est comme la guerre, il est pratiqué de tout temps par les nobles, les chevaliers.

— Je crois entendre quelqu'un d'autre parler par ta bouche, qui t'a appris à répondre ainsi ?

— Pourquoi aurais-je besoin qu'on m'apprenne une chose pareille ? Je la sais depuis que je suis né !

Le pasteur soupira. Réfléchit. Il pensa au cheikh. A Mr Wood. A Lord Ponsonby. Peut-être même à Sa Gracieuse Majesté. Il soupira encore. Puis il reprit, avec une emphase désormais empreinte de résignation :

— Sache en tout cas que le pillage, si tant est qu'il puisse se pratiquer, ne devrait l'être qu'aux dépens des ennemis, de ceux dont on a conquis les terres ou forcé la porte par un acte de guerre. Et certainement pas dans les maisons où l'on est accueilli en ami.

Raad eut l'air de méditer intensément, et le pasteur considéra cette attitude, faute de mieux, comme un geste de repentir. Il demanda au jeune cheikh de ne plus se considérer en état de guerre avec son établissement, et passa l'éponge.

Trahir ainsi sa mission d'éducateur pour ne pas trahir les intérêts de la Couronne ? A lire entre les lignes de ses éphémérides, le pasteur Stolton en avait un peu honte.

Les jours suivants, Raad parut assagi. Mais le démon — pardon, l'ange — tentateur ne devait pas le lâcher.

L'instrument de la Providence fut cette fois un passe-temps en bois précieux que le fils d'un négociant de Dayroun avait apporté à l'école ; il avait cette particularité qu'en l'égrenant. ou, mieux encore, en le ramassant en boule pour frotter les graines les unes contre les autres entre ses paumes, on en dégageait un parfum de musc. Raad voulait ce passe-temps coûte que coûte, mais lorsque son camarade parla de le lui vendre, il se montra offusqué. C'eût été tellement plus simple de se l'approprier par noble pillage ! Ou alors, lui suggéra un élève facétieux, il pourrait le gagner. Par le biais d'un jeu répandu parmi les élèves, qu'on appelait *aassi*, qui signifie en traduction libre « défi ». Il consistait à imposer à quelqu'un une gageure, et s'il la tenait, il emportait l'enjeu.

Le cheikh Raad dit *aassi* ! et ses condisciples, joyeux de cette distraction, répétèrent *aassi* ! *aassi* ! jusqu'à ce que le propriétaire du précieux objet se fût décidé à prononcer à son tour le mot magique, suivi de la gageure :

— *Aassi* que tu vas là où se trouve Mrs Stolton, que tu lui soulèves la robe avec tes deux mains à la hauteur de ta tête, comme si tu cherchais quelque chose, et que tu cries : où est ce passe-temps, je ne le trouve pas !

Le fils du marchand était tout heureux de sa trouvaille. Il était sûr d'avoir inventé la gageure ultime, qu'aucun élève ne pourrait tenir. Mais Raad fit aussitôt quelques pas dans la direction indiquée. Les autres — ils étaient sept — le suivirent à distance, per-

suadés qu'il n'allait pas tarder à revenir sur ses pas.
L'épouse du pasteur était penchée au-dessus de ses
parterres de fleurs, vêtue d'une robe fort longue dont
les bords étaient noirs de boue. Robe dont le valeureux
cheikh agrippa les pans à pleines mains, et qu'il souleva d'un geste si brusque que la dame bascula à
l'avant, la tête dans ses fleurs.

— Où est donc ce passe-temps, je ne le trouve pas !
proclama-t-il sur un ton de victoire.

Personne d'autre ne riait.

Cette fois, le pasteur, oubliant les intérêts supérieurs de sa patrie, vint hurler à la face du voyou, en
anglais :

— Dehors ! Sors à l'instant de cet établissement et
n'y remets plus jamais les pieds ! Ta présence ici est
une disgrâce pour chacun de nous. Et même si le roi
William venait en personne à Sahlaïn pour me demander de te garder, je répondrais : jamais, jamais, jamais
et jamais !

Comment aurait-il pu réagir autrement ? Quel respect aurait-il conservé, sinon, pour lui-même et pour
sa mission ? Pourtant, dans les heures qui suivirent, le
remords commença à grandir en lui, un remords
déchirant, le sentiment d'avoir démoli de ses mains
l'édifice qu'il avait entrepris de bâtir. Il éprouva le
besoin d'aller s'en expliquer à Saïd beyk, son hôte et
protecteur.

Le seigneur de Sahlaïn, qui avait déjà eu écho de
l'incident, ne chercha nullement à rassurer son visiteur.

— Dieu n'a donné à personne toutes les qualités,
révérend. Vous avez l'intelligence, le savoir, l'intégrité,
la vertu, le dévouement... Il ne vous manque que la
patience.

La patience ? Le pasteur soupira longuement, et
s'efforça de retrouver un semblant de sourire.

— Sans doute avez-vous raison, Saïd beyk. Mais il

faut une variété de patience très particulière pour supporter le cheikh Raad. Et cette variété-là, je le crains, ne pousse pas en Angleterre.

— Notre Montagne est ainsi, révérend. Vous avez cru punir un élève insolent, vous avez seulement puni son père, qui est votre ami, et qui a dû affronter la moitié de l'univers à cause de l'amitié qu'il vous porte.

— Cela, je le regrette sincèrement, et si je pouvais réparer le tort qui lui a été fait... Peut-être faudrait-il que j'aille le voir.

— C'est trop tard. La seule manière de lui témoigner votre amitié, c'est de ne pas lui en vouloir pour ce qu'il va devoir dire pour se tirer d'embarras.

IV

Extrait de la *Chronique montagnarde* :

« A la fin du mois d'avril, peu après la Grande Fête, le cheikh Francis, maître de Kfaryabda, décida de retirer son fils, le cheikh Raad, de l'école des Anglais hérétiques. On dit qu'un incident avait eu lieu quelques jours auparavant, au cours duquel le pasteur avait surpris son épouse avec le jeune cheikh dans une position compromettante. La chair est faible au printemps de la nature et aussi à l'automne.

« Au troisième jour, qui tombait un vendredi, *sayyedna* le patriarche arriva au village avec une importante suite. Il n'y était pas venu depuis quinze ans, et tout le monde se réjouit de son retour. Il dit qu'il venait écouter la confession du cheikh Raad comme il avait été le confesseur de sa mère.

« Le cheikh Francis et le patriarche se donnèrent l'accolade devant le peuple réuni sur la Blata, et dans son sermon, *sayyedna* parla de pardon et de réconciliation, et il maudit l'hérésie et la perversion, causes de division et de déchirements dans les rangs des fidèles.

« On festoya au village jusqu'à l'aube. Et le lendemain, le patriarche et le cheikh partirent ensemble vers le palais de Beiteddine pour renouveler leur allégeance à l'émir, gouverneur de la Montagne, et lui annoncer leur réconciliation. Il les reçut avec les honneurs. »

« Dieu que je me sens étranger au milieu de cette fête ! » Les sentiments de Tanios avaient basculé, une nouvelle fois, résolument du côté de la rage et du mépris. De temps à autre, pour se distraire de ses noires pensées, il imaginait l'épouse du pasteur transie dans les bras de Raad, ou bien ce dernier au confessionnal, à recevoir les chaleureux compliments du prélat pour les péchés qu'il revendiquait. Le fils de Lamia se surprenait à ricaner à voix haute, mais pour revenir aussitôt à son indignation muette.

Et il marchait, marchait, comme chaque fois que la colère l'agitait.

— Alors, Tanios, on réfléchit avec les pieds ?

Le garçon n'était pas d'humeur à se laisser interpeller de la sorte, mais cette voix était familière, et la silhouette encore plus. Non pas tant celle de Nader, que celle de son inséparable mule, chargée à hauteur d'homme.

Tanios vint entourer le muletier spontanément de ses bras, avant de se souvenir de la réputation qu'avait cet homme et de reculer d'un pas. Mais l'autre poursuivait son idée.

— Moi aussi, je réfléchis avec les pieds. Forcément, je ne fais que sillonner les routes. Les idées que tu forges avec les pieds et qui remontent vers la tête te réconfortent et te stimulent, celles qui descendent de la tête aux pieds t'alourdissent et te découragent. Ne souris pas, tu devrais m'écouter gravement... Et puis non après tout, tu peux sourire, comme les autres. Personne ne veut de ma sagesse. C'est pour ça d'ailleurs que je suis obligé de vendre ma camelote. Autrefois, chez les Arabes, on donnait un chameau en récompense pour chaque parole de sagesse.

— Ah ça, si tu pouvais vendre tes paroles, Nader...

— Je sais, je parle beaucoup, mais il faut que tu me comprennes, quand je vais d'un village à l'autre, des quantités de choses me passent par la tête sans que je puisse en parler à quiconque. Alors quand j'arrive au village, je me rattrape.

— Tu te rattrapes à tel point que tu te fais chasser...

— C'est arrivé quelquefois, mais ça n'arrivera plus. Ne compte pas sur moi pour aller raconter sur la Blata que le cheikh Raad s'est fait expulser de l'école parce qu'il a massacré les roses et soulevé comme un sale voyou la robe de cette dame. Et je ne raconterai pas non plus que son père lui a donné une gifle à l'endroit et une autre à l'envers avant de le parader comme un héros dans le village au milieu des vivats.

Tanios se retourna et cracha trois fois du bout de la langue. Geste que Nader réprouva.

— Tu aurais tort d'en vouloir à ces gens ! Ils savent comme toi et moi ce qui est arrivé, et ils jugent Raad comme toi et moi le jugeons. Mais cette querelle avec le patriarche et avec l'émir devenait coûteuse et périlleuse, cette alliance avec les Anglais était lourde à porter, il fallait s'en sortir, et il fallait le faire la tête haute...

— La tête haute ?

— Un séducteur téméraire peut être blâmé, il n'est jamais méprisé. C'est ainsi. Son père peut parler de ses exploits en riant.

— Moi, je n'ai pas envie de rire. Quand je pense à Mrs Stolton, aux bruits qui vont lui parvenir, j'ai honte.

— Ne t'en fais pas pour la femme du pasteur, elle est anglaise.

— Et alors ?

— Elle est anglaise te dis-je ; la pire chose qui puisse lui arriver, c'est qu'elle soit obligée de quitter ce pays. Alors que pour toi et moi, quitter ce pays, c'est ce qui peut nous arriver de mieux.

— Va-t'en, Nader, je suis déjà assez triste comme cela, sans ta sagesse de hibou !

L'indignation, la honte, la tristesse, ces sentiments que les réjouissances du village nourrissaient en lui, Tanios en tirait malgré tout un certain réconfort, celui de savoir qu'il avait raison contre tous, et qu'il gardait les yeux grands ouverts quand les autres, tous les autres, se laissaient aveugler par la lâcheté et la complaisance. Lundi matin, se promit-il, dès qu'il serait à nouveau à l'école, il irait voir Mrs Stolton, il lui apposerait un baiser sur la main comme faisaient les gentilshommes dont il avait lu les histoires dans les livres anglais, lui témoignerait « son plus profond respect et sa filiale affection » ou quelque formule bien tournée de ce genre, et il lui dirait aussi que tout le village savait la vérité sur ce qui était arrivé...

Pas un instant Tanios ne s'était rendu compte qu'il était lui aussi aveuglé, non par la complaisance mais par l'espoir. L'espoir de quitter le château le lendemain à la première heure pour retrouver la sérénité fraîche de sa salle de classe. Pas un instant il n'avait soupçonné cette chose pourtant simple, évidente : il n'était plus question à présent pour un fils du village d'aller à l'école du pasteur anglais. Le cheikh et le patriarche l'avaient clairement signifié à Gérios avant de partir bras dessus, bras dessous au palais de l'émir.

Depuis, l'intendant retardait de jour en jour, d'heure en heure, le moment redoutable où il lui faudrait annoncer la nouvelle à Tanios. Peut-être le garçon allait-il comprendre la chose de lui-même, et s'y résigner... Non, c'était impossible, c'était impensable pour lui. Cette école était tout son espoir pour l'avenir, toute sa joie, il ne vivait que pour elle. C'est l'école du pasteur qui l'avait réconcilié avec sa famille, avec le château, avec le village, avec lui-même, avec sa naissance.

Le dimanche soir, la famille était rassemblée autour d'un plat de *kichk*, à tremper des bouchées de pain dans la soupe épaisse. Gérios racontait ce qu'il avait appris sur le conflit entre le pacha d'Egypte et la Sublime-Porte ; on parlait d'un combat qui se préparait sur les bords de l'Euphrate.

Lamia posait parfois quelques questions et donnait des directives à la jeune fille qui les servait. Tanios se contentait de hocher la tête, pensant à autre chose, au lendemain, à ce qu'il allait dire au pasteur et à sa femme en les voyant pour la première fois après l'incident.

— Tu devrais peut-être dire à Tanios..., suggéra la mère quand intervint une plage de silence.

Gérios hocha la tête.

— Je veux bien lui répéter ce qu'on m'a dit, mais je ne vais rien lui apprendre, un garçon aussi intelligent que lui n'a pas besoin qu'on lui explique longuement, il a sûrement tout compris de lui-même.

— De quoi parlez-vous ?

— De l'école anglaise. Ai-je besoin de te dire qu'il n'est plus question d'y aller ?

Tanios se mit soudain à grelotter, comme si un torrent d'eau froide s'était engouffré dans la pièce. A grand-peine il arriva à prononcer le mot « *laych ?* » — « pourquoi ? »

— Après ce qui s'est passé, notre village ne peut plus garder des liens avec cette école. Notre cheikh me l'a clairement dit avant de partir. En présence de notre patriarche.

— Que le cheikh décide pour son idiot de fils mais pas pour moi.

— Je ne te permets pas de parler de la sorte alors que nous sommes sous son toit.

— Raad n'a jamais rien voulu apprendre, il allait à l'école malgré lui, parce que son père l'y obligeait, et il est bien content de ne plus y aller. Moi, j'y vais pour étudier, j'ai beaucoup appris et j'ai envie de continuer à apprendre.

— Ce que tu as appris est suffisant. Crois-en mon expérience, si tu études trop, tu ne supporteras plus de vivre au milieu des tiens. Tu dois t'instruire juste ce qu'il faut pour occuper pleinement ta place. C'est cela, la sagesse. Tu vas m'aider dans mon travail, je t'apprendrai tout.

» Tu es un homme, maintenant. Il est temps que tu commences à gagner ton pain.

Tanios s'est levé comme un mort.

— Je ne mangerai plus de pain.

Il monta alors vers l'alcôve surélevée où il avait l'habitude de dormir, s'étendit, et ne bougea plus.

Au début, on crut à une bouderie d'enfant. Mais quand le soleil du lendemain se leva puis se coucha sans que Tanios eût desserré ses dents, ni pour parler, ni pour manger, ni même pour boire une gorgée d'eau, Lamia s'affola, Gérios alla s'enfermer dans son bureau sous prétexte de mettre à jour son registre, mais surtout pour cacher son angoisse. Et la nouvelle se répandit dans le village.

Le mercredi soir, au quatrième jour de son jeûne, Tanios avait la langue râpeuse, les yeux fixes et secs, et les gens du village défilaient à son chevet, les uns cherchant à lui parler — en vain, il ne voulait pas entendre —, les autres venus assister à ce spectacle étrange d'un jeune homme qui se laissait glisser doucement sur la pente de la mort.

On essaya tout. La terreur de l'Enfer qui attend le suicidé, l'interdiction de sépulture... il ne croyait plus en rien, il semblait attendre la mort comme s'il s'agissait d'un merveilleux embarquement.

Même lorsque Gérios, en larmes, vint lui promettre qu'il le laisserait réintégrer l'école du pasteur si seulement il acceptait ce verre de lait, il lui répondit, sans même le regarder :

— Tu n'es pas mon père ! Je ne sais pas qui est mon père !

Quelques personnes l'entendirent, et l'une d'elles se

dépêcha de dire : « Le malheureux, il délire ! » Car on craignait de voir à présent Gérios se tuer — de chagrin et de honte — en même temps que Tanios.

C'était jeudi, déjà le cinquième jour de jeûne, et quelques visiteurs proposaient à présent de lui ouvrir la bouche de force pour le nourrir, mais d'autres déconseillèrent ce procédé de peur qu'il ne mourût étouffé.

Tout le monde perdait pied. Tout le monde, même le curé. Mais pas la *khouriyyé*. Lorsque Lamia, sa jeune sœur, vint pleurer et se blottir dans ses bras comme lorsqu'elle était enfant, elle se leva et dit :

— Il y a une seule chose à faire, et c'est moi qui vais la faire. Lamia, donne-moi ton fils !

Sans attendre de réponse, elle lança aux hommes :

— Il me faut un chariot.

On y transporta Tanios, à peine conscient, pour le coucher à l'arrière. La *khouriyyé* prit elle-même les rênes de l'attelage et partit sur la voie carrossable qui contournait la colline du château.

Personne n'osa la suivre, sinon du regard jusqu'à ce que la poussière du chemin fût retombée.

L'après-midi était sec et les pistachiers étaient couverts de velours rosâtre.

L'épouse du curé ne s'arrêta qu'à la grille de l'école anglaise. Elle porta elle-même le fils de sa sœur, et s'avança vers le bâtiment. Le pasteur puis Mrs Stolton sortirent à sa rencontre.

— Il va mourir entre nos mains. Je vous le laisse. S'il se voit ici, avec vous, il recommencera à se nourrir.

Elle le déposa sur leurs bras tendus et repartit sans avoir franchi le seuil de leur maison.

CINQUIÈME PASSAGE

Vieille-tête

Dans les jours qui suivirent cette arrivée soudaine, nous observâmes, Mrs Stolton et moi, un phénomène des plus étranges. Les cheveux de Tanios, jusque-là de couleur noire avec des reflets auburn, se mirent à blanchir à une vitesse qui nous inquiéta. Nous étions souvent à son chevet pour le soigner, et d'une heure à l'autre, parfois, nous avions l'impression que le nombre de cheveux blancs sur sa tête s'était multiplié. En moins d'un mois, ce garçon de quinze ans avait la chevelure aussi blanchie que celle d'un vieillard.

Je ne sais si ce prodige peut s'expliquer par l'épreuve de la faim qu'il venait de s'infliger, ou par quelque autre raison naturelle. Mais les gens du pays voyaient en cela un signe, pour Tanios lui-même, et peut-être pour la contrée entière. De bon ou de mauvais augure ? Il n'y avait pas d'accord sur ce point. Leur superstition souffrait, semble-t-il, des interprétations fort contradictoires, auxquelles je préférai ne prêter qu'une oreille distraite.

J'ai cru comprendre toutefois qu'il existe dans ce coin de la Montagne une légende concernant des personnages à la chevelure prématurément blanchie, qui, depuis l'aube des temps, apparaîtraient épisodiquement en certaines périodes troubles, pour disparaître aussitôt. On les appelle des « vieilles-têtes », ou encore des « sages-fous ». Selon certains, il s'agirait même d'un personnage unique qui se réincarnerait indéfiniment. Il est vrai qu'en pays druze la métempsycose est une croyance solidement établie.

Ephémérides du révérend Jeremy Stolton,
année 1836.

La seconde Roche

I

Si le Paradis est promis aux fidèles qui meurent, Tanios avait obtenu, par son ébauche de mort, une ébauche de Paradis, sans que le Très-Haut lui tînt apparemment rigueur pour sa volonté de suicide. Le château du cheikh était vaste, certes, mais son univers était bordé de hauts murs et de baisemains. Les écritoires se cachaient de honte et les passe-temps s'exhibaient. Dans la maison du pasteur, le respect allait avec le savoir. Tanios se tenait encore sur la plus basse marche de l'échelle, mais il se sentait capable de les gravir toutes. A portée de sa main, la bibliothèque ; ses ouvrages vivaient dans leurs peaux précieuses, il aimait à les ouvrir, à les entendre crisser, même ceux qu'il ne pourrait comprendre avant quelques années. Un jour, il les aurait tous lus, c'était pour lui une certitude.

Mais sa nouvelle vie ne se réduisait pas à cette bibliothèque, au bureau du révérend, ni aux voûtes des salles de classe. Il avait désormais, à l'étage, sa chambre. Jusque-là, elle était réservée aux visiteurs de passage, généralement des Anglais ou des Américains de l'Union, mais les Stolton avaient tout de suite précisé à leur pensionnaire inattendu qu'elle serait à présent la sienne. Elle avait un lit. Un lit à baldaquin. Jamais Tanios n'avait couché dans un lit.

Les premiers jours, il était trop affaibli, trop peu conscient pour apprécier ce moelleux. Très vite, cependant, il s'y était accoutumé, au point de se demander comment il pourrait à nouveau dormir à même le sol, dans la peur constante des serpents, des scorpions sous la couverture, du blond lézard *bou-braïss* à la morsure brûlante, et surtout du pire fléau de tous, la terreur de son enfance, la « mère quarante-quatre », autrement dit le mille-pattes, dont on disait qu'il se faufilait dans l'oreille du dormeur pour aller s'agripper au cerveau !

Dans sa paisible chambre chez les Stolton se trou-vaient une étagère avec des livres nains, une armoire clouée au mur, un poêle à feu de bois, et une fenêtre vitrée donnant sur les parterres fleuris de la révé-rende.

Il avait interrompu son jeûne à l'instant même où il avait ouvert les yeux dans un lit et vu l'épouse du pas-teur lui tendre une tasse. Le lendemain, sa mère vint l'espionner du couloir, sans entrer dans la chambre, et elle partit rassurée. Trois jours plus tard, quand Lamia et la *khouriyyé* frappèrent à nouveau à la porte du pas-teur, ce fut Tanios qui leur ouvrit. La première lui sauta au cou, le couvrant de baisers, tandis que l'autre l'attira au-dehors, parce qu'elle ne voulait toujours pas franchir le seuil des hérétiques.

— Ainsi, tu as su obtenir ce que tu voulais !

Les mains du garçon esquissèrent un geste de fausse impuissance, comme pour dire : « C'est ainsi que je suis ! »

— Moi, lui dit la *khouriyyé*, quand on me contrarie, je crie plus fort que tous, et tout le monde se tait, même *bouna* Boutros...

— Moi, quand on me contrarie, je baisse la voix.

Il avait un sourire matois, et sa tante secoua plu-sieurs fois la tête, feignant le désespoir.

— Malheureuse Lamia, tu n'as pas su élever ton enfant ! S'il était chez moi, avec quatre frères plus grands que lui et quatre autres plus petits, il aurait appris à hurler, à jouer des coudes, il aurait appris à tendre la main vers la marmite sans qu'on ait besoin de le supplier ! Mais enfin, il est en vie, et il sait se battre à sa manière, c'est le plus important.

Le garçon souriait de toutes ses joues, et Lamia crut le moment propice pour dire :

— Demain, nous reviendrons avec ton père.

— Avec qui ?

En jetant ces mots froids, il se retourna, et s'engouffra dans un couloir obscur de la maison du pasteur. Et les deux femmes repartirent de leur côté.

Il avait très vite repris les classes, et tous les élèves qui avaient une demande à formuler venaient désormais en parler avec lui, comme s'il était « le fils de la maison ». Bientôt, le pasteur le chargea — « en raison de ses capacités, et en contrepartie de ses études et de son hébergement », précisent ses éphémérides — d'exercer la fonction de répétiteur chaque fois qu'un élève accusait quelque retard du fait d'une absence ou d'une difficulté de compréhension. Il était amené ainsi à jouer les maîtres d'école avec des camarades plus âgés que lui.

C'est sans doute afin de paraître plus mûr dans l'exercice de sa nouvelle fonction qu'il songea à se laisser pousser un collier de barbe ; peut-être aussi pour marquer l'indépendance enfin acquise à l'égard du cheikh, et de tout le village. Une barbe encore clairsemée, guère plus drue qu'un duvet, mais qu'il coupait, brossait, ajustait, surveillait, avec un souci de perfection. Comme si elle était le nid de son âme.

« Il avait cependant dans les traits, dans le regard, et aussi dans les mains, une douceur un peu féminine, me dit Gébrayel. Il ressemblait à Lamia comme s'il était né d'elle seule. »

Sa mère prit l'habitude de venir le voir tous les quatre ou cinq jours, souvent avec sa sœur. Ni l'une ni l'autre n'osait plus lui suggérer de les accompagner au village. C'est seulement au bout de plusieurs mois qu'elles tentèrent une démarche en ce sens, non auprès de Tanios, mais par l'intermédiaire du pasteur. Qui accepta de le raisonner ; s'il était heureux d'accueillir chez lui le plus brillant de ses élèves, et flatté de ressentir de sa part tant d'affection proprement filiale, le révérend Stolton n'ignorait pas que sa Mission serait mieux acceptée dans la contrée où elle s'était établie lorsque Tanios se serait réconcilié avec sa famille, avec le cheikh, avec son village.

— Que les choses soient claires. Je souhaite que tu ailles en visite à Kfaryabda, que tu revoies ton père et tous les tiens. Puis que tu reviennes vivre dans cette maison, où tu demeureras pensionnaire sans plus être réfugié. L'incident de Raad serait ainsi à moitié dépassé, et la situation deviendrait plus confortable pour tous.

Arrivé à dos d'âne sur la Blata, Tanios eut l'impression que les gens du village ne s'adressaient à lui qu'avec précaution, avec une certaine terreur, même, comme à un ressuscité. Et tous faisaient mine de n'avoir pas remarqué sa tête blanchie.

Il alla se pencher au-dessus de la fontaine, il but l'eau si froide dans le creux de ses mains jointes, et aucun badaud ne s'approcha de lui. Puis il monta seul jusqu'au château, traînant sa monture.

Lamia l'attendait à la porte, pour le conduire auprès de Gérios, en le suppliant de se montrer le plus aimable avec lui, et de lui baiser respectueusement la main. Un moment pénible, car l'homme s'était manifestement mis à boire, abondamment. Il suait l'arak, et Tanios se demanda si, dans ces conditions, le cheikh allait le garder longtemps encore à son service. L'alcool ne le rendait pas volubile, il ne dit presque rien au fils prodigue. Il paraissait plus que jamais engoncé en lui-même, un lui-même noueux et tourmenté. Le garçon éprouva tout au long de leur rencontre silencieuse une culpabilité étouffante qui lui fit regretter d'être revenu, et d'être parti... et peut-être même d'avoir accepté de se nourrir à nouveau.

Ce fut une ombre, mais la seule ombre. Raad était hors du village ; à la chasse ou chez ses grands-parents, Tanios ne chercha pas à savoir, trop heureux de ne pas avoir à le croiser. On lui apprit seulement qu'entre le seigneur et son héritier, les relations étaient tumultueuses, et que ce dernier pensait même réclamer sa part du domaine, comme l'usage l'y autorisait.

Lamia insista ensuite pour conduire son fils devant le cheikh. Qui le prit dans ses bras comme lorsqu'il était enfant, le serra contre lui, avant de le dévisager. Il semblait ému de le revoir, mais ne put s'empêcher de lui dire :

— Tu devrais raser cette barbe, *yabné*, c'est de la mauvaise herbe !

S'attendant à de pareilles réflexions, Tanios s'était promis de ne pas manifester son agacement. Il laisserait dire, et n'en ferait qu'à sa tête. Il préférait entendre des commentaires sur sa mise plutôt que sur l'école du pasteur. Question que le cheikh n'avait apparemment pas l'intention d'évoquer ; sans doute se disait-il qu'il valait mieux après tout garder ce lien ténu avec les Anglais. Personne, d'ailleurs, ne semblait enclin à remettre sur le tapis un sujet aussi épineux. Même pas *bouna* Boutros, qui se contenta de prendre son neveu à part pour lui faire jurer que jamais il ne se laisserait pervertir par l'hérésie.

Le lendemain de son retour tombait un dimanche, et le garçon assista à la messe ; chacun put alors vérifier qu'il faisait toujours le signe de croix de la même manière devant l'image de la Vierge à l'Enfant. Sur ce plan, se rassura-t-on, il ne s'était pas laissé « angliziser ».

En sortant de l'église, Tanios vit arriver du côté de la grand-place le marchand ambulant, tirant sa mule débordante de bricoles.

— Nader l'impie s'arrange toujours pour nous retrouver à la fin de la messe, lança l'épouse du curé. Il doit avoir la conscience si lourde qu'il n'ose plus entrer dans la maison de Dieu.

— Détrompe-toi, *khouriyyé*, moi je m'efforce toujours d'arriver à l'heure, mais c'est ma mule qui ne veut pas. Quand elle entend la cloche de loin, elle n'avance plus. C'est elle qui doit avoir des péchés sur la conscience.

— Ou alors elle a été témoin de trop de choses qui l'ont horrifiée... La pauvre bête, si elle pouvait raconter, tu serais déjà en prison. Ou au Purgatoire.

— Le Purgatoire, j'y suis déjà. Tu croyais que c'était le Paradis, par ici ?

Cet échange était une tradition, les fidèles y étaient aussi habitués qu'au carillon de l'église, auquel les bras puissants des paysans s'exerçaient le dimanche. Et lorsque le muletier était parfois en tournée loin de Kfaryabda, chacun sentait qu'il manquait quelque chose à la messe qu'il boudait.

Lui-même usait de ce dialogue moucheté comme d'un carillon, justement, pour attirer les chalands, et si quelquefois la *khouriyyé* oubliait de le taquiner, c'est lui-même qui l'interpellait, la provoquait, jusqu'à la contraindre à répondre ; alors seulement les fidèles, âmes apaisées et sourire aux lèvres, venaient desserrer leur bourse.

Quelques endimanchés, cependant, s'éloignaient avec leur famille, offusqués de voir l'épouse du curé rire si complaisamment avec ce personnage pervers. Mais la sœur de Lamia avait sa philosophie tranquille. « Il faut toujours dans un village un fou et un mécréant ! »

Pendant que les acheteurs se pressaient autour de lui, ce jour-là, Nader fit signe à Tanios de l'attendre ; et il tapota sur le ventre de la mule pour lui signifier qu'un cadeau lui était destiné.

Le jeune homme était intrigué. Il dut néanmoins patienter jusqu'à ce que le muletier eût vendu le der-

nier foulard en pas-de-lion et la dernière pincée de
tombac avant de s'approcher. Nader sortit alors un
superbe coffret en bois poli, contenant de toute évidence un objet précieux.

— Mais ce n'est pas ici que tu dois l'ouvrir. Suis-
moi !

Ils traversèrent la place du village, se dirigèrent vers
la falaise qui surplombait la vallée. Vers un rocher à
l'allure de siège majestueux. Je suppose qu'il devait
avoir un nom, à l'époque, mais plus personne ne se le
rappelle depuis qu'on l'associe au souvenir de Tanios.

Le garçon l'escalada, suivi de Nader qui portait le
coffret sous son bras. Il ne l'ouvrit que lorsqu'ils furent
tous deux assis et adossés. C'était une longue-vue. Eti-
rée, elle avait la taille d'un bras tendu, et au bout la
grosseur d'un poing d'enfant.

De ce « trône » incliné tout au bord de la falaise,
quand on se tourne vers l'ouest, là où la montagne
rejoint le vert sombre de la vallée, on aperçoit la mer.

— Regarde, c'est un signe. On dirait qu'il passe seulement pour tes yeux !

Pointant sa longue-vue, Tanios put distinguer sur
l'eau un trois-mâts aux voiles déployées.

C'est très certainement à cette scène que font allusion ces lignes de *la Sagesse du muletier* :

« J'ai dit à Tanios, quand nous étions ensemble sur
le rocher : Si à nouveau les portes se fermaient devant
toi, dis-toi bien que ce n'est pas ta vie qui s'achève,
mais seulement la première de tes vies, et qu'une autre
est impatiente de commencer. Embarque-toi alors sur
un navire, une ville t'attend.

« Mais Tanios ne parlait plus de mourir, il avait le
sourire au cœur, et sur les lèvres un prénom de
femme. »

Il avait murmuré : « Asma ». L'instant d'après, il
s'en était voulu. Se confier ainsi à Nader, l'être le plus
bavard de la Montagne et du Littoral ?

Tanios et Asma.

Il était écrit que leurs amours quasiment enfantines ne resteraient pas longtemps cachées ; mais que la langue du muletier n'y serait pour rien.

II

Si Tanios tenait à garder son secret, ce n'était pas seulement par pudeur ordinaire. Lui qui venait de se réconcilier avec le cheikh, avec Gérios, avec le village, comment aurait-il pu leur avouer qu'il aimait la fille de leur « voleur », de celui, en tout cas, qu'ils avaient banni ?

Depuis ce jour, deux ans plus tôt, où le fils de Lamia avait croisé Roukoz avec son escorte sur la route et choisi de le saluer, il y avait eu dans leurs rapports des moments d'affection réciproque et d'autres d'éloignement. Quand Tanios avait voulu prendre ses distances à l'égard du village et renvoyer en quelque sorte ses deux « pères » dos à dos, il s'était senti proche de l'ancien intendant ; en revanche, lors du conflit avec le patriarche au sujet de l'école anglaise, c'est du village et de son cheikh que le garçon s'était retrouvé solidaire, et les propos que tenait le banni l'avaient exaspéré. Il avait décidé de ne plus le fréquenter, et pendant les premiers mois de son séjour chez le pasteur, il n'avait pas songé une seule fois à lui rendre visite.

Mais un après-midi, sorti marcher après les cours sur le chemin qui allait de Sahlaïn à Dayroun, il l'avait vu au loin, entouré de ses gardes comme à l'ordinaire. Le jeune homme avait d'abord été tenté de s'engouffrer dans quelque sentier sous les arbres. Puis il s'était ravisé — « Pourquoi devrais-je fuir comme le chacal qui a peur de son ombre ? » — et il avait donc poursuivi sa route, résolu à se montrer poli, mais pressé.

L'autre, cependant, l'avait aperçu, avait sauté de son cheval, avait couru vers lui les bras ouverts.

— Tanios, *yabné*, j'avais désespéré de te revoir. Heureusement que le hasard se moque de nos réticences...

De force presque, il l'avait ramené chez lui, lui avait fait visiter sa maison, qu'il ne cessait d'agrandir, et aussi son nouveau pressoir à huile, ses deux magnaneries, ses champs de mûriers blancs, en lui expliquant dans le détail à quel moment il fallait cueillir les feuilles pour obtenir des vers la meilleure qualité de soie... Le garçon avait dû s'arracher à ses mains et à sa faconde pour rentrer à une heure décente. Non sans avoir promis de revenir le dimanche suivant pour déjeuner, et se laisser promener encore...

Chacun savait que Roukoz n'avait pas de plus grande joie que celle de conduire ses invités à travers sa propriété. Avec Tanios, néanmoins, il ne s'agissait plus seulement d'étaler sa richesse. La toute première fois, peut-être, mais les fois suivantes, avec tant d'explications patientes, surtout aux abords des magnaneries, dans l'odeur pestilentielle des vers en putréfaction, ce n'était plus la vantardise, l'ostentation, le garçon s'était senti entouré d'une sollicitude renouvelée, à laquelle il n'était pas insensible.

Asma était souvent avec eux dans leurs promenades. Tanios lui tendait la main parfois pour l'aider à enjamber un buisson épineux ou une flaque d'eau ; quand les terrasses cultivées n'étaient pas hautes, elle sautait comme les hommes de l'une à l'autre et venait s'appuyer sur la poitrine de son père ou sur l'épaule de Tanios. Rien qu'un instant, juste le temps de se retrouver sur ses deux jambes.

A tout cela, le garçon se prêtait sans déplaisir ; mais en repartant chez lui — chez les Stolton — il n'y pensait plus. Rarement il adressait la parole à cette fille, et il évitait de laisser traîner sur elle son regard, il aurait eu l'impression de trahir la confiance de son hôte. Est-ce parce que, comme croit l'avoir observé le pasteur, « il s'agit d'une société où la politesse suprême à l'égard des femmes consiste à les ignorer » ? Il me semble qu'il y avait surtout, de la part de Tanios, le jeune âge et ses timidités.

C'est seulement le dimanche qui avait précédé son retour au village et sa rencontre avec Nader à bord du rocher que Tanios avait eu une autre vision d'Asma. Il était allé chez Roukoz et ne l'avait pas trouvé. Mais, en habitué des lieux, il était entré quand même, et s'était promené de pièce en pièce pour voir où en étaient les travaux. L'ancien intendant se faisait aménager une salle d'audience digne d'un palais, digne, surtout, de ses ambitions, puisqu'elle était plus vaste encore que la salle aux Piliers du cheikh, dont il se voulait le rival. Elle était encore inachevée. Les marqueteurs avaient tapissé les murs de boiserie damasquinée, mais le sol n'était pas encore carrelé ; et de la fontaine prévue au milieu de la pièce on ne voyait encore qu'un octogone tracé à la craie.

C'est là que se trouvait Tanios quand Asma était venue le rejoindre. Ils s'étaient mis à admirer ensemble la minutie des artisans de la nacre. Le sol était encombré de seaux, de longs chiffons, de carreaux de marbre empilés, et d'un panier d'ustensiles pointus que la fille avait failli heurter du pied. Tanios lui avait alors pris la main pour lui faire contourner l'obstacle. Et comme à chaque pas elle manquait de trébucher, il avait gardé sa main fermement dans la sienne.

Ils étaient ainsi depuis un moment à se promener, à s'émerveiller, nez au plafond, lorsque des bruits de pas leur étaient parvenus du corridor.

Asma retira vivement sa main.

— Quelqu'un pourrait nous voir !

Tanios se tourna vers elle.

Elle avait douze ans, et c'était une femme. Avec des lèvres redessinées et un parfum de jacinthe sauvage.

Ils recommencèrent à flâner dans le salon inachevé, mais ni l'un ni l'autre ne voyait plus ce qu'il prétendait admirer. Et lorsque les pas dans le couloir se furent éloignés, leurs mains se rapprochèrent. Ce n'étaient plus les mêmes mains qui se tenaient. Celle d'Asma parut à Tanios chaude et tremblante comme un corps d'oiseau. Comme cet oisillon tombé du nid, qu'un jour il avait recueilli au creux de sa paume et qui lui avait paru à la fois apeuré par cette main étrangère et rassuré de n'être plus abandonné.

Ils regardèrent ensemble vers la porte. Puis l'un vers l'autre. Baissèrent alors les yeux en riant d'émotion. Se regardèrent encore. Leurs paupières se refermèrent. Leurs souffles tâtonnaient dans le noir.

Vos lèvres se sont frôlées, puis se sont écartées,
Comme si vous aviez épuisé votre part de bonheur et que vous aviez peur d'empiéter déjà sur celles des autres,
Vous étiez innocents ? De quoi préserve-t-elle, l'innocence ?
Même le Créateur nous dit d'égorger les agneaux pour nos réjouissances,
Jamais les loups...

Si Tanios avait pu lire, en ces jours-là, les vers du muletier impie, il aurait maudit une fois encore sa « sagesse de hibou ». Et il aurait eu raison, car il allait connaître le bonheur dans la maison d'Asma. Bonheur passager ? Ils le sont tous ; qu'ils durent une semaine ou trente ans, on pleure les mêmes larmes quand arrive le dernier jour, et l'on se damnerait pour avoir droit au lendemain.

Il aimait cette fille ; elle l'aimait, et son père à l'évidence l'agréait. Il y avait des paroles qu'il comprenait désormais autrement. Ainsi, lorsque Roukoz l'appelait : « Mon fils ! », ce n'était pas « fils » qu'il fallait entendre mais « gendre », « futur gendre ». Comment ne l'avait-il pas vu plus tôt ? Si l'ancien intendant l'entretenait ainsi de ses affaires, c'est forcément parce qu'il voyait en lui le futur époux de sa fille unique. Dans un an, elle aurait treize ans, et lui seize, presque dix-sept, ils pourraient se fiancer, et dans deux ans se marier pour dormir l'un près de l'autre.

Ses visites chez Roukoz au cours des semaines suivantes ne firent que conforter ces impressions. Son hôte lui disait par exemple, au détour d'une phrase : « Quand ce sera à toi de diriger cette affaire... » ; ou même, plus directement : « Quand tu seras dans cette maison... », l'air de rien, comme si la chose était convenue.

Son avenir lui apparut soudain comme tracé déjà, et par la main la plus bienveillante puisqu'elle lui promettait l'amour, le vaste savoir, et la fortune en prime.

Quel obstacle y avait-il encore sur sa route ? Gérios et Lamia ? Il saurait obtenir leur consentement, ou alors il passerait outre. Le cheikh ? Il est certain qu'il ne s'attirerait pas ses faveurs en épousant la fille de son ennemi, mais pourquoi aurait-il besoin de ses faveurs ? La maison de Roukoz n'était pas sur ses terres, après tout, et si l'ancien intendant avait su le défier depuis tant d'années, qu'y avait-il à craindre ?

Tanios était confiant ; c'est en observant de plus près son « beau-père » qu'il allait retrouver l'inquiétude.

Impressionné par la fortune de Roukoz, par son domaine qui ne cessait de s'étendre, par l'opulence de sa demeure, par les lettres de protection qu'il exhibait, et peut-être plus que tout par sa violence verbale à l'encontre des féodaux, le garçon s'était laissé persuader que le père d'Asma n'était plus un banni en quête de réhabilitation mais un sérieux rival pour le cheikh, et même son égal.

C'est bien ce que Roukoz ambitionnait de devenir — et, en attendant, de paraître. Par la richesse, il l'était déjà ; mais le reste ne suivait pas. Au fil des ans, le maître de Kfaryabda, moins avide d'argent que de plaisirs, s'était lentement appauvri ; son coffre était régulièrement à sec, et si l'intervention ponctuelle de l'émissaire anglais avait permis de faire face à un paiement exceptionnel, c'est à grand-peine qu'on s'acquittait des impôts annuels qui, en ces années de guerre, ne cessaient de s'alourdir. Dans la grand-salle du château, certains piliers avaient à présent une apparence fort lépreuse à cause de l'eau qui suintait par la toiture. Cependant que Roukoz, chaque jour plus prospère grâce au ver à soie, avait fait venir les plus habiles artisans pour lui aménager un *majlis* de pacha ; la salle pouvait contenir cent vingt personnes assises sans se serrer.

Encore fallait-il que ces visiteurs fussent là... Plus le salon de Roukoz s'agrandissait, plus on remarquait qu'il était vide ; plus il embellissait, plus il paraissait superflu. Tanios avait fini par s'en rendre compte, et lorsqu'un jour, l'ancien intendant lui avait ouvert son cœur, c'était toujours un cœur de proscrit.

— Le patriarche me protégeait du cheikh, et il s'est réconcilié avec lui. Ensemble, ils sont allés chez l'émir, comme pour me priver de mon deuxième protecteur. Depuis, je me couche chaque soir en me disant que c'est peut-être ma dernière nuit.

— Et tes gardes ?

— J'ai doublé leurs gages la semaine dernière. Mais si, sur les douze apôtres, il s'est trouvé un Judas...

» Je ne peux plus compter que sur le pacha d'Egypte, Dieu prolonge sa vie et étende son empire ! Mais il a, n'est-ce pas, d'autres soucis que ma personne...

« C'est sur l'insistance du *khwéja* Roukoz, l'ancien intendant du château, que les troupes égyptiennes vinrent établir à Dayroun un poste de commandement fort de deux cents hommes, réquisitionnant pour les loger trois grandes maisons avec leurs jardins ; les officiers habitaient dans les murs et leurs soldats sous les tentes. Jusqu'alors, les troupes du pacha n'étaient pas venues dans notre voisinage, sinon pour des incursions passagères, alors qu'elles avaient déjà leurs quartiers dans la plupart des grandes bourgades de la Montagne.

« Leurs patrouilles allaient désormais se répandre matin et soir dans les rues de Dayroun, de Sahlaïn et de Kfaryabda... »

Le moine Elias rapporte ici une version encore entendue de nos jours, mais qui me semble peu crédible. Roukoz avait certes vécu quelques années en Egypte, il savait le dialecte du pays et s'était acheté quelques complaisances, dont la fameuse lettre de protection ; mais de là à déplacer les armées du pacha selon sa convenance... Non. Si les troupes égyptiennes s'étaient rapprochées de mon village, c'est qu'elles avaient prévu de se déployer peu à peu dans tous les recoins de la Montagne pour raffermir leur emprise.

Cela dit, il est clair que le père d'Asma avait vu là une bénédiction, l'aboutissement de ses prières, sa chance de salut. Et peut-être un peu mieux que cela encore...

III

Tanios se trouvait en visite chez le père d'Asma lorsqu'il vit arriver, un jour de décembre, le commandant de la garnison de Dayroun, Adel efendi, accompagné de deux autres officiers en bonnets de feutre vert, avec des barbes abondantes mais soignées. La première réaction du garçon fut de méfiance et d'inquiétude, mais son hôte lui glissa, tout sourires :

— Ce sont des amis, il ne se passe plus trois jours sans qu'ils viennent me voir.

Roukoz avait fait cependant signe à Asma de s'éclipser, il n'est jamais bon de montrer une fille aux soldats.

Cette précaution prise, son accueil fut chaleureux. A Tanios, il désigna les officiers comme « des frères, et mieux encore que des frères » ; et à eux, il présenta bien entendu le garçon comme « aussi cher à mon cœur que s'il était mon propre fils ».

« Rien de moins qu'une réunion de famille », ironise le pasteur Stolton dans un compte rendu détaillé de cette rencontre, compte rendu inspiré de ce que son pupille — pour une raison qu'on ne va pas tarder à comprendre — allait lui rapporter à l'instant même de son retour à Sahlaïn.

Ce que Tanios remarqua de prime abord chez ces officiers de l'armée d'Egypte, c'est qu'aucun d'eux n'était égyptien ; Adel efendi était crétois d'origine, et parmi ses adjoints l'un était autrichien, l'autre circassien. Rien d'étonnant à cela, puisque Méhémet-Ali lui-même était né en Macédoine de parents albanais. Tous, cependant, parlaient l'arabe avec l'accent égyptien, et paraissaient dévoués à leur maître et à sa dynastie.

Ainsi qu'à ses idéaux. A les entendre, ce n'était pas une guerre de conquête qu'ils menaient mais un combat pour la renaissance des peuples d'Orient. Ils parlaient de modernisation, d'équité, d'ordre et de dignité. Tanios écoutait avec intérêt, dodelinant quelquefois de la tête en signe de sincère approbation. Comment aurait-il pu en être autrement quand ces hommes énergiques pourfendaient l'incurie ottomane, parlaient d'ouvrir des écoles partout, de former des médecins, des ingénieurs.

Le garçon fut tout aussi impressionné quand le commandant promit de mettre fin à toute discrimination entre communautés religieuses, et d'abolir tous les privilèges. A ce point du discours, Roukoz leva sa coupe à la santé des officiers, à la victoire de leur maître, et se jura de plumer la moustache du cheikh en guise de contribution à l'abolition des privilèges. Tanios n'eut aucun scrupule à boire une rasade d'arak en imaginant la scène — il aurait même volontiers ajouté la barbiche de Raad ; et une gorgée de plus quand Adel efendi promit d'abolir, dans la foulée, « les privilèges des étrangers ».

Le commandant se lança aussitôt dans une diatribe enflammée, exemples à l'appui ; la chose, de toute évidence, lui tenait à cœur.

— Hier, je me trouvais en tournée dans les villages, et partout où ma monture me conduisait, je me sentais chez moi. Je pouvais entrer dans n'importe quelle maison, elle m'était ouverte. Jusqu'au moment où je suis passé devant la résidence d'un pasteur anglais. Il y avait sur la grille le drapeau de son roi. Et je me suis senti insulté.

Tanios ne parvenait soudain plus à avaler son arak, et il n'osait même plus lever les yeux de peur de se trahir. Selon toute apparence, l'officier ne savait pas, il ne pouvait pas soupçonner que cette maison interdite par un drapeau étranger était aussi la sienne.

— Est-il normal, insistait Adel efendi, que les étrangers soient plus favorisés, plus respectés, plus craints que les enfants du pays ?

Se souvenant qu'il n'était, lui-même, pas tout à fait un enfant du pays — ni un fils de l'Egypte, ni surtout un fils de cette Montagne qu'il avait conquise —, il jugea utile de clarifier :

— Moi-même, je ne suis pas né ici, me direz-vous. (Personne ne se serait hasardé à le lui dire.) Mais je me suis mis au service de cette glorieuse dynastie, j'ai adopté la langue du pays, sa religion, son uniforme, je me suis battu sous son drapeau. Alors que ces Anglais, tout en vivant parmi nous, ne cherchent à servir que la politique de l'Angleterre et ne respectent que le drapeau anglais, ils s'imaginent qu'il les place au-dessus de nos lois...

Roukoz se dépêcha de dire, à voix haute, qu'il n'y avait absolument pas lieu de comparer Adel efendi à ces étrangers, que ces Anglais étaient l'engeance la plus arrogante qui fût, que Son Excellence n'était évidemment pas un étranger, mais un frère. Tanios ne dit rien.

« Mon pupille était cependant perplexe, plus qu'il n'a voulu me l'avouer, notera le pasteur.

« D'un côté, il y avait son affection sincère envers moi et Mrs Stolton, et son attachement à notre œuvre éducatrice. Mais, dans le même temps, il ne pouvait être totalement insensible au fait que les étrangers puissent bénéficier de privilèges auxquels les gens du pays n'ont pas accès. Son sens de l'équité en était quelque peu malmené.

« Comprenant sa perplexité, je lui expliquai qu'en règle générale les privilèges étaient scandaleux dans une société fondée sur le droit, mais qu'à l'inverse, dans une société où règne l'arbitraire, les privilèges constituaient parfois un barrage contre le despotisme, devenant ainsi, paradoxalement, des oasis de bon droit et d'équité. C'est très certainement le cas de la société orientale d'aujourd'hui, qu'elle soit ottomane ou égyptienne. Ce qui est scandaleux, ce n'est pas que les soldats ne puissent pas entrer librement dans notre Mission de Sahlaïn ou dans la demeure d'un Anglais. Ce qui est proprement scandaleux, c'est qu'ils s'arrogent le droit de pénétrer à leur guise dans n'importe quelle école et n'importe quelle maison du pays. Ce qui est scandaleux, ce n'est pas qu'ils ne puissent pas se saisir de la personne d'un sujet britannique, mais qu'ils puissent disposer à leur gré de toutes les personnes qui ne bénéficient pas de la protection d'une Puissance.

« Je conclus en disant que si ces hommes voulaient abolir les privilèges, la bonne manière de procéder ne serait pas de soumettre les étrangers au sort peu enviable de la population locale, mais au contraire de traiter toute personne de la manière dont on traite les étrangers. Car ces derniers sont simplement traités comme doit l'être toute personne humaine...

« Je crains de m'être quelque peu emporté en formulant ma réponse, et Mrs Stolton me l'a reproché, mais il me semble que mon pupille a été sensible à mon point de vue. »

Le pasteur fut moins écouté lorsqu'il conseilla à son pensionnaire d'éviter de se rendre à l'avenir dans une maison fréquentée par les militaires égyptiens. C'est très certainement ce que la sagesse eût commandé. Mais en contrepoids de cette sagesse, il y avait le sourire d'Asma, et toute la voie d'avenir qu'éclairait ce sourire. Pour rien au monde Tanios n'aurait voulu y renoncer.

Le sujet délicat qui avait assombri la première rencontre avec les officiers ne devait d'ailleurs plus revenir sur le tapis. Les deux ou trois fois où Tanios les croisa encore chez Roukoz, on parla surtout des péripéties de la guerre, de l'inéluctable victoire du maître de l'Egypte sur le sultan ottoman, et à nouveau de l'abolition des privilèges, mais seulement ceux des féodaux, avec une attention particulière pour le cas du cheikh Francis et pour le sort promis à sa moustache.

Tanios ne se gêna pas pour boire encore à cette joyeuse perspective. Il était arrivé à une sorte de compromis avec lui-même sur la question des privilèges : maintenir ceux des ressortissants étrangers, abolir ceux des cheikhs. Ce qui permettait de ménager à la fois les inquiétudes du pasteur et les aspirations du père d'Asma, ainsi que ses propres inclinations.

N'y avait-il pas, en effet, entre les deux types de privilèges, une différence de nature ? Si les concessions accordées aux Anglais constituaient pour l'heure — il voulait bien l'admettre — un barrage contre le despotisme, les privilèges outranciers des familles féodales, qui s'exerçaient depuis des générations sur une population résignée, ne servaient aucune cause identifiable.

Ce compromis convenait à son cœur et à son intelligence, le garçon fut apaisé lorsqu'il l'eut trouvé. Si apaisé qu'il ne vit pas entre les deux types de privilèges une autre différence, qui aurait pourtant dû lui sauter aux yeux : contre les Puissances étrangères, les officiers du vice-roi d'Egypte ne pouvaient pas grand-chose, sinon pester et jurer et boire. Contre le cheikh, ils pouvaient. Sa moustache était plus facile à plumer que la crinière du lion britannique.

SIXIÈME PASSAGE

Une étrange médiation

Il était écrit que les malheurs qui ont frappé notre village devaient culminer en un acte abominable, portant malédiction : le meurtre du patriarche triplement vénéré, par des mains qui ne semblaient pourtant nullement faites pour le crime.

Chronique montagnarde,
œuvre du moine Elias.

I

L'année trente-huit fut calamiteuse dès le commencement ; c'est le 1er janvier qu'eut lieu le tremblement
de terre. Ses traces demeurent dans la pierre, et son
souvenir.

Le village somnolait depuis des semaines sous une
épaisseur de neige, la tête des pins en était lourde et les
enfants dans la cour de l'école s'enfonçaient plus haut
que les mollets. Mais le temps était clair, ce matin-là.
Pas le moindre nuage. « Le soleil de l'ours » — beaucoup de lumière, sans chaleur.

Vers midi, ou peu avant, il y eut un grondement.
Comme un rugissement monté des entrailles du sol,
mais c'est le ciel que les villageois s'étaient mis à scruter, en se parlant d'une maison à l'autre. Peut-être
était-ce un tonnerre lointain, ou une avalanche...

Quelques secondes plus tard, un autre grondement,
plus violent. Les murs tremblaient, et les gens se
retrouvèrent tous dehors à crier : « *Hazzé ! Hazzé !* »
Certains couraient vers l'église. D'autres s'étaient age-
nouillés sur place, qui priaient à voix haute. Cependant que d'autres encore se mouraient déjà sous les
décombres. Et l'on se souvint que les chiens n'avaient
cessé de hurler depuis l'aube, et aussi les chacals de la
vallée, qui d'ordinaire demeuraient silencieux
jusqu'au soir.

« Les gens qui se trouvaient au voisinage de la fontaine assistèrent alors, dit la *Chronique*, à un spectacle

qui les effraya. La façade du château se lézardait devant leurs yeux, la déchirure s'y propageait comme sous l'effet de gigantesques ciseaux. Se souvenant d'un passage des Saintes Ecritures, plusieurs personnes détournèrent le regard de peur d'être figées en statues de sel si elles contemplaient de leurs yeux la colère de Dieu. »

Le château ne s'effondra pas, cette année-là, ni aucune de ses ailes ; hormis cette fissure, il souffrit même peu. D'ailleurs, chose remarquable, le mur lézardé est encore debout de nos jours. Debout avec sa lézarde, quand d'autres murs du château, plus anciens ou plus neufs, se sont écroulés depuis. Debout au milieu de l'herbe folle, comme si, d'avoir annoncé le malheur, il en avait été préservé. Ou comme si le message ne s'était pas encore pleinement accompli.

Au village, en revanche, on dénombra une trentaine de victimes.

— Plus grave encore, me dit Gébrayel, la maison du muletier s'était écroulée. Une vieille bâtisse où il avait accumulé des milliers d'ouvrages en tous genres. Un trésor, hélas ! La mémoire de notre Montagne ! Nader était en tournée, loin de Kfaryabda. Quand il revint une semaine plus tard, la neige avait fondu, et toute sa bibliothèque se décomposait dans la boue. On dit qu'il avait, parmi ses livres...

Je n'écoutais plus depuis un moment, j'en étais resté à sa première phrase.

— Plus grave encore, as-tu dit ? Plus grave que les trente victimes ?

Il avait dans les yeux l'étincelle de la provocation.

— Tout aussi grave, du moins. Lorsqu'un cataclysme se produit, moi je pense bien sûr aux gens et à leurs souffrances, mais je tremble tout autant pour les vestiges du temps passé.

— Les ruines autant que les hommes ?

— Mais enfin, ces pierres façonnées, ces feuilles sur lesquelles a peiné l'auteur ou le copiste, ces toiles peintes, ces mosaïques, ce sont aussi des fragments d'humanité, c'est justement cette part de nous que nous espérons immortelle. Quel peintre voudrait survivre à ses toiles ?

Malgré les singulières préférences de Gébrayel, ce n'est pas la destruction des livres du muletier qui valut à cette année-là d'être appelée calamiteuse. Ni le tremblement de terre, d'ailleurs, qui ne fut que la plaie annonciatrice. Ni seulement le meurtre du patriarche. « L'année entière de bout en bout ne fut, dit la *Chronique*, qu'une même traînée de malheurs. Des maladies inconnues, des naissances monstrueuses, des éboulements, et plus que tout la disette et les extorsions. L'impôt annuel fut collecté deux fois, en février puis de nouveau en novembre ; et comme si cela ne suffisait pas encore, on s'ingénia à multiplier les taxes, sur les personnes, sur les chèvres, les moulins, le savon, les fenêtres... Les gens n'avaient plus ni piastre noire ni piastre blanche, ni provisions ni bétail.

« Et lorsqu'on apprit que les Egyptiens avaient l'intention de confisquer les bêtes de somme et de trait, les gens de Kfaryabda n'eurent plus d'autre choix que de précipiter leurs ânes et leurs mulets du haut de la falaise... »

Ce n'était pas, malgré les apparences, un acte de dépit, ni même de résistance. Seulement une précaution, explique le chroniqueur, car une fois les animaux repérés et saisis, les hommes du commandant Adel efendi appréhendaient le propriétaire pour l'obliger à conduire lui-même la bête « enrôlée ». « Le pire des gouvernants n'est pas encore celui qui te bastonne, c'est celui qui t'oblige à te bastonner toi-même », conclut-il.

Dans le même ordre d'idées, le moine Elias signale que les habitants de Kfaryabda s'imposaient de ne plus guère sortir de chez eux à certaines heures. Les hommes du pacha d'Egypte traînaient partout, chez le barbier, chez l'épicier, chez le cafetier de la Blata à jouer la *tawlé*, et le soir ils venaient en bande, ivres,

pour chanter et crier sur la place et dans les rues atte-
nantes, si bien que plus personne ne fréquentait ces
lieux, non par bravade, mais encore une fois par sage
précaution, car les soldats s'arrangeaient chaque jour
pour interpeller un passant et l'humilier sous quelque
prétexte.

A partir de la mi-février, le cheikh décida à son tour
de s'enfermer dans son château, et de ne même plus
sortir sur le perron ; il venait d'apprendre que Saïd
beyk, son pair de Sahlaïn, se promenant dans son
domaine, avait été intercepté par une patrouille qui
lui avait demandé de décliner son identité...

L'incident avait plongé le maître de Kfaryabda dans
une profonde mélancolie. A ses sujets qui montaient
le voir, portant leurs doléances, et qui le suppliaient
d'intervenir auprès du commandant égyptien, il
répondait par des formules compatissantes, parfois
quelques promesses ; mais il ne bougeait pas. Certains voyaient là un aveu d'impuissance, d'autres une
marque d'insensibilité. « Quand c'est le fils d'une
grande maison qui subit une vexation, le cheikh
s'estime offensé ; quand c'est nous, les métayers, qui
souffrons... »

Le curé dut lui faire des reproches :

— Notre cheikh se montre hautain avec les Egyptiens, et ces derniers y voient peut-être du mépris, ce
qui les incite à devenir chaque jour plus féroces.

— Et que devrais-je faire, *bouna* ?

— Inviter Adel efendi au château, lui témoigner un
peu de considération...

— Pour le remercier de tout ce qu'il nous a fait,
n'est-ce pas ? Mais si c'est cela que les gens veulent, je
ne m'y opposerai pas. *Khwéja* Gérios lui écrira une
lettre aujourd'hui même pour lui dire que je serais
honoré de l'accueillir et d'avoir un entretien avec lui.
Nous verrons bien.

Le lendemain, en fin de matinée, un soldat arriva
avec la réponse, que Gérios décacheta sur un signe du

maître, et parcourut des yeux. Il y avait dans la salle d'audience la foule grave des mauvaises fêtes. Chacun vit que l'époux de Lamia avait soudain le visage congestionné, sans que l'arak en fût cette fois l'unique cause.

— Adel efendi ne veut pas venir, cheikh.

— Il insiste pour que je me déplace moi-même jusqu'à son campement, je suppose...

— Non, il veut que notre cheikh aille le retrouver cet après-midi... chez Roukoz.

Les regards étaient à présent tous fixés sur la main du maître, qui se referma en boule sur son passe-temps.

— Je n'irai pas. S'il m'avait proposé d'aller à Dayroun, je me serais dit : c'est un bras de fer, nous plions un peu, puis nous nous redressons. Mais là, il ne cherche pas la conciliation, il veut seulement m'humilier.

Les villageois se consultèrent en silence, et le curé parla en leur nom.

— Si cette rencontre est nécessaire pour dissiper les malentendus et nous éviter d'autres souffrances...

— N'insiste pas, *bouna*, je ne mettrai jamais les pieds dans cette maison construite avec l'argent qu'on m'a volé.

— Même pour sauver le village et le château ?

C'est Raad qui avait posé cette question. Son père le fixa dans un silence de mort. Ses yeux se firent sévères, puis outragés. Puis méprisants. Puis se détournèrent de lui pour revenir vers le curé. Auquel, après un temps, le cheikh s'adressa d'une voix lasse.

— Je sais, *bouna*, c'est de l'orgueil, ou appelle-le comme tu l'entends, mais je ne peux pas agir autrement. Qu'on me prenne le château, le village, je ne veux rien de la vie. Mais qu'on me laisse mon orgueil. Je mourrai sans avoir franchi le seuil de cette maison de voleur. Si mon attitude met le village en péril, qu'on me tue, qu'on arrache mon gilet, et qu'on en habille mon fils pour l'installer à ma place. Lui acceptera d'aller chez Roukoz.

Dans son front, des veines se gonflèrent. Et son regard se durcit au point que plus personne ne voulait prendre la parole.

C'est alors que Gérios, enhardi par l'alcool qui s'était mêlé à son sang tout au long de la journée, eut une illumination :

— Pourquoi parler de meurtre et de deuil ? Dieu prolonge la vie de notre cheikh et le maintienne au-dessus de nos têtes, mais rien ne lui interdit de déléguer son fils et héritier pour le remplacer à cette rencontre.

Le cheikh, encore ulcéré par l'intervention de Raad, ne dit rien, ce qu'on interpréta comme un assentiment. Il laissa faire, et se retira dans sa chambre avec son passe-temps.

La réunion chez Roukoz fut brève. Elle n'avait pas d'autre objet que de malmener quelque peu la moustache du cheikh, et la venue de son fils fut considérée par tous comme une humiliation suffisante. Raad réussit à dire de sept manières différentes que le village n'avait que loyauté envers le vice-roi d'Egypte et son fidèle allié l'émir. Et l'officier promit que ses hommes se montreraient désormais moins sévères avec les gens du village. Puis il se retira au bout d'une demi-heure, prétextant un autre engagement.

Le jeune cheikh, en revanche, peu pressé de revenir affronter son père, accepta de faire le tour de la propriété au bras du « voleur », du « scélérat », du « banni »...

Entre les deux hommes allait naître sinon une amitié du moins une connivence. Dans le même temps, le conflit jusqu'alors latent entre Raad et son père éclatait au grand jour. Pendant quelques semaines, le château fut le siège de deux cours rivales, et plus d'une fois on faillit en venir aux mains.

La chose, toutefois, ne dura pas. Ceux qui s'étaient regroupés autour du jeune cheikh dans l'espoir qu'il ferait preuve de plus de sagesse que son père face aux Egyptiens durent déchanter. Sa légèreté, son inconsistance leur sautèrent aux yeux. Bientôt le jeune homme n'eut plus à ses côtés que cinq ou six compagnons d'inconduite, soûlards et trousseurs, que le commun des villageois méprisait. Il faut dire aussi qu'il fut desservi non seulement par ses inhabiletés et ses incohérences, mais également par son accent, l'accent abhorré des « sauterelles » du Jord, dont il n'avait jamais pu se défaire, et qui dressait un mur entre ses sujets et lui.

Tanios n'appréciait guère la relation entre Roukoz et Raad. Que ce dernier fût un instrument dans la lutte contre le cheikh, il était à même de le comprendre. Mais il n'avait nulle envie de comprendre. Sa méfiance à l'égard de son ancien condisciple était intacte, et il ne manquait jamais une occasion de prévenir contre lui le père d'Asma. Lorsqu'il arrivait parfois chez celui-ci, venant de l'école du pasteur, et qu'il voyait devant la maison le cheval de Raad et les gens de son escorte, il poursuivait sa route sans s'arrêter, même s'il ne devait voir Asma qu'une semaine plus tard.

Une seule fois il se laissa prendre de court. Il était venu dans la matinée, avait trouvé son amie seule dans le grand salon, ils étaient restés un moment ensemble. Alors qu'il s'apprêtait à sortir, il tomba nez à nez avec Roukoz et Raad, leurs habits tout crottés, et ce dernier brandissant un jeune renard ensanglanté.

— La chasse a été bonne à ce que je vois.

Le ton de Tanios était volontairement dédaigneux, ce qu'il manifesta clairement en continuant à marcher pendant qu'il leur parlait. Mais les deux hommes ne s'en montrèrent nullement offusqués. Roukoz lui proposa même, sur le ton le plus aimable, de rester manger quelques fruits avec eux. Tanios s'excusa, prétextant qu'on l'attendait au village. Alors, contre toute attente, Raad s'approcha de lui, posa la main sur son épaule :

— Moi aussi je vais rentrer au château. J'ai besoin de me laver et de me reposer. Nous ferons le chemin ensemble.

Tanios ne pouvait refuser, il accepta même de se faire prêter une monture, et se retrouva chevauchant côte à côte avec Raad et deux des voyous de son entourage.

— J'avais besoin de te parler, dit le jeune cheikh du ton le plus doux.

Tanios s'en était rendu compte. Il esquissa un sourire poli.

— Tu es l'ami du *khwéja* Roukoz, et moi-même je suis devenu son ami, il est temps d'oublier ce qui a pu nous opposer quand nous étions gamins. Tu as été studieux, et j'ai été turbulent, mais nous avons tous les deux grandi.

Tanios avait dix-sept ans et un collier de barbe ; Raad dix-huit, avec une barbiche au menton, à la mode du patriarche, mais noire et peu soyeuse. C'est elle que les yeux de Tanios fixèrent, avant de se détourner pensivement vers la route.

— Roukoz me dit qu'il te parle toujours avec grande confiance, et qu'il écoute tes avis avec recueillement. Il estime que je devrais moi aussi te parler et t'écouter.

Le ton était à présent celui de la confidence, mais les deux hommes qui accompagnaient Raad tendaient l'oreille à chaque mot de la conversation. Le fils de Lamia eut un geste de résignation.

— Bien sûr, rien ne nous empêche de parler avec sincérité...

— Je suis tellement heureux que nous soyons redevenus amis !

Amis ? Redevenus amis ? Durant des mois ils étaient allés chaque matin à la même école par le même chemin, et ils ne s'étaient presque jamais adressé la parole ! Tanios n'avait d'ailleurs en cet instant-là aucune pensée amicale. « Irritant quand il veut être désagréable, irritant quand il veut être agréable », se disait-il... Cependant que Raad souriait avec contentement.

— Puisque nous sommes amis maintenant, tu

peux me le dire, est-il vrai que tu as des visées sur la fille de Roukoz ?

C'était donc cela, la raison de toutes ces amabilités. Tanios avait d'autant moins envie de se confier que les hommes du jeune cheikh se rapprochèrent encore d'eux avec des mines de chiens alléchés.

— Non, je n'ai pas de visées sur cette fille. Est-ce que nous ne pourrions pas parler d'autre chose ?

Il tira sur la laisse, et sa monture se cabra.

— Bien sûr, dit Raad, nous allons tout de suite parler d'autre chose, mais j'avais besoin que tu me rassures au sujet d'Asma. Je viens de demander sa main à son père.

II

La première réaction de Tanios fut de mépris et d'incrédulité. Il avait encore dans les yeux le regard d'Asma, et dans les doigts ses caresses. Et il savait aussi ce que Roukoz, au fond de lui-même, pensait de Raad. Utiliser ce pantin pour affaiblir son père, oui ; se lier à lui jusqu'à la fin de sa vie, l'ancien intendant était trop avisé pour cela.

Pourtant, lorsque le jeune cheikh revint chevaucher à son côté, Tanios ne put s'empêcher de l'interroger, d'un ton qui se voulait décontracté.

— Et quelle a été sa réponse ?

— Roukoz ? Il a répondu comme doit répondre tout homme du commun lorsque son maître lui fait l'honneur de s'intéresser à sa fille.

Tanios n'avait plus rien à dire à ce détestable individu, il sauta de la monture qu'il lui avait prêtée et rebroussa chemin. Droit chez Roukoz. Qu'il trouva ramassé sur lui-même à sa place habituelle dans son nouveau salon, seul, sans visiteurs ni gardes ni servan-

tes, entouré de fumées de tombac et de café. Il paraissait méditatif, et quelque peu désabusé. Mais en
voyant Tanios, il eut comme un accès de jovialité et
l'accueillit par des embrassades alors qu'ils venaient
de se quitter trois quarts d'heure plus tôt.

— Je suis si heureux que tu sois revenu ! Le cheikh
Raad t'a entraîné de force, alors que j'avais envie de
rester calmement avec toi pour te parler comme à un
fils, le fils que Dieu m'a donné sur le tard.

Il lui prit la main.

— J'ai une grande nouvelle à t'annoncer. Nous
allons marier ta sœur Asma.

Tanios retira sa main. Son corps entier recula pour
se coller, s'écraser presque contre le mur. La fumée
s'épaissit des paroles de Roukoz à en devenir suffo-
cante.

— Je sais, toi et moi avons eu à souffrir des cheikhs,
mais ce Raad n'est pas comme son père. La preuve,
c'est qu'il a accepté de venir dans cette maison pour le
bien du village, alors que l'autre s'est entêté. Mais
nous n'avons que faire du vieux cheikh, nous avons
l'héritier de notre côté, nous avons l'avenir.

Le jeune homme s'était un peu ressaisi. Il avait à
présent le regard planté dans les yeux enfoncés de
Roukoz, qui parut s'affaisser.

— Je croyais que l'avenir, pour toi, c'était la disparition des cheikhs...

— Oui, c'est ma conviction, et je n'en changerai
pas. Les féodaux doivent disparaître et, tu verras, je les
ferai disparaître. Mais quelle meilleure façon de prendre une forteresse que de s'assurer des alliés à l'intérieur ?

Dans le visage de Roukoz, Tanios ne parvenait plus
à voir que ces traces de vérole qui se creusaient encore,
comme des puits à vermine.

Il y eut un moment de silence. Roukoz respira une
bouffée de son narguilé. Tanios vit les braises rougir,
puis s'assombrir.

— Asma et moi nous nous aimons.

— Ne dis pas de bêtises, tu es mon fils et elle est ma fille, je ne vais tout de même pas donner ma fille à mon fils !

C'en était trop pour le garçon, trop d'hypocrisie.

— Je ne suis pas ton fils, et je veux parler à Asma.

— Tu ne peux pas lui parler, elle est dans son bain. Elle se prépare. Demain les gens apprendront la nouvelle, et ils voudront venir nous féliciter.

Tanios bondit, il courut hors du salon, à travers le corridor, jusqu'à une porte qu'il savait être celle de la chambre d'Asma. Porte qu'il ouvrit et poussa d'un geste brusque. La fille était là, assise nue dans sa baignoire en cuivre, avec une servante qui lui versait de l'eau fumante sur les cheveux. Elles poussèrent ensemble le même cri. Asma croisa les bras sur sa poitrine, et la servante se baissa pour prendre une serviette.

Les yeux attachés à ce qu'il pouvait encore voir de la peau de sa bien-aimée, Tanios ne bougeait plus. Et lorsque Roukoz et ses sbires, arrivés en courant, l'agrippèrent pour le tirer vers l'arrière, il arborait une fausse béatitude, ne se débattait pas, et ne cherchait même pas à parer les coups.

— Pourquoi vous affoler ainsi ? Si nous sommes frère et sœur, quel mal y a-t-il à ce que je la voie nue ? A partir de ce soir, nous allons dormir toutes les nuits dans la même chambre, comme tous les frères et sœurs du pays.

Le père d'Asma l'avait empoigné par sa chevelure blanche.

— Je t'ai fait trop d'honneur en t'appelant mon fils. Personne n'a jamais su de qui tu étais le fils. Je ne veux pas d'un bâtard comme fils ni comme gendre. Sortez-le d'ici ! Ne lui faites pas de mal, mais si l'un de vous le voyait à nouveau rôder aux alentours de ma propriété, qu'il lui rompe le cou !

Comme si le corps dévêtu d'Asma lui avait dessillé les yeux, Tanios avait retrouvé sa lucidité. Empreinte de rage contre lui-même et de remords, mais également de sérénité.

Il s'en voulait, certes, de n'avoir pas vu venir cette traîtrise. Obsédé d'ascension sociale, Roukoz n'aurait pas voulu terminer sa carrière à la place où il l'avait commencée, en donnant sa fille unique à un fils d'intendant — ou, pire, à un bâtard — quand il pouvait la donner à l'héritier d'une « Maison ». Et pour Raad, que devait hanter tous les jours le spectre de la ruine, mettre la main sur la fortune promise à Asma ne pouvait être que bienvenu.

Sur la route de Kfaryabda, Tanios s'était d'abord complu à blâmer son propre aveuglement. Puis il s'était mis à réfléchir. Non à quelque vengeance enfantine, mais à la manière précise dont il pourrait encore empêcher ce mariage.

La chose ne lui paraissait pas impossible. Si Roukoz avait été un parvenu comme tant d'autres, bourgeois ou métayers enrichis, le vieux cheikh se serait peut-être résigné à cette mésalliance. Ce n'était évidemment pas le cas ; lui qui n'avait même pas voulu s'abaisser à franchir la porte du « voleur », comment pourrait-il consentir à une telle union ? Tanios savait qu'il trouverait en lui un allié habile et déterminé.

Il se mit à marcher de plus en plus vite, et chaque pas lui révélait une douleur aux jambes, aux côtes, à l'épaule, au cuir chevelu. Mais il n'y pensait pas, une seule chose comptait, jusqu'à l'obsession : Asma serait à lui, dût-il enjamber le corps de son père.

En atteignant le village, il emprunta à sa droite des sentiers qui, à travers les champs puis à la lisière de la forêt de pins, conduisaient au château en évitant la Blata.

Une fois arrivé, ce n'est pas le cheikh qu'il alla voir, mais ses parents. A qui il demanda très solennellement de l'écouter en leur faisant promettre à l'avance de ne pas tenter d'argumenter avec lui, sous peine de le voir partir à jamais.

Ce qu'il leur dit ensuite est relaté à peu près dans les mêmes termes par le moine Elias dans sa *Chronique*, et par le pasteur Stolton sur une feuille volante insérée dans les éphémérides de l'année 1838 mais rédigée probablement bien plus tard. C'est cette dernière que je reproduis, parce qu'elle doit correspondre à ce que Tanios lui-même a dû rapporter de ses propres paroles.

« "Sachez que j'aime cette fille et qu'elle m'aime, et que son père m'avait laissé croire qu'il me donnerait sa main. Mais Roukoz et Raad se sont tous deux joués de moi, et je suis désespéré de tout. Avant la fin de cette semaine, si je ne suis pas fiancé à Asma, soit je tue Raad, soit je me tue moi-même, et vous savez que je n'hésiterai pas à le faire. — Tout sauf cela", dit sa mère, qui ne s'était jamais tout à fait remise de la grève de la faim menée par son fils deux ans plus tôt. Elle prit la main de son époux, comme pour l'implorer, et ce dernier, tout aussi bouleversé, prononça à l'adresse de Tanios la phrase suivante : "Le mariage que tu redoutes ne se fera pas. Si je n'arrive pas à l'empêcher, je ne suis pas ton père !" »

Cette manière emphatique de faire serment n'était pas inhabituelle chez les gens du pays, mais dans ces circonstances — celles du drame qui se déroulait comme celles de la naissance de Tanios —, ces propos, loin d'être risibles, devenaient pathétiques.

« Le destin serrait ses nœuds, dit la *Chronique*, et la mort rôdait. »

Tanios avait l'impression que c'était autour de lui qu'elle rôdait. Et il n'était pas sûr de vouloir l'éloigner. Cependant que Gérios, d'ordinaire si veule, paraissait décidé à se battre contre la Providence et à se mettre en travers de sa route.

Ceux, au village, qui n'ont jamais eu la moindre compassion pour cet homme — parmi eux « mon » Gébrayel, et maints autres anciens — affirment que l'intendant du château se serait montré bien moins volontaire si les aspirations de Tanios ne coïncidaient pas avec celles du cheikh, et s'il avait dû se heurter à ce dernier. C'est négliger le changement d'âme qui s'opérait en Gérios à l'automne d'une vie d'échecs et de ressassements. Il se sentait engagé dans une entreprise de sauvetage. Sauvetage de son fils, mais aussi de sa propre dignité d'homme, de mari, de père, depuis trop longtemps bafouée.

Le soir même, peu après le retour de Tanios et sa conversation avec lui, il se rendit auprès du cheikh, et le trouva dans la grande salle du château, à marcher d'un pilier à l'autre, seul, la tête nue, blanche et décoiffée. A la main un passe-temps qu'il égrenait par éclats successifs, comme pour ponctuer ses soupirs.

L'intendant vint se planter près de la porte. Ne disant rien, sinon par sa présence qu'une lampe proche amplifiait.

— Qu'y a-t-il, *khwéja* Gérios, tu m'as l'air aussi préoccupé que moi.

— C'est mon fils, cheikh.

— Nos fils, notre espoir, notre croix.

Ils se retrouvèrent assis, l'un près de l'autre, déjà exténués.

— Ton fils n'est pas commode non plus, reprit le cheikh, mais au moins tu as l'impression qu'il comprend, quand tu lui parles.

— Il comprend, peut-être, mais il n'en fait qu'à sa tête. Et chaque fois qu'il est contrarié, il parle de se laisser mourir.

— Pour quelle raison, cette fois ?

— Il est épris de la fille de Roukoz, et ce chien lui avait laissé croire qu'il la lui donnerait. Quand il a appris qu'il l'avait également promise au cheikh Raad...

— Ce n'est donc que cela ? Alors Tanios peut être tranquille. Tu vas lui dire de ma part que, moi vivant, ce mariage ne se fera pas, et que si mon fils s'obstine, je le déshérite. Il veut la fortune de Roukoz ? Qu'il aille se faire gendre de Roukoz ! Mais il n'aura plus mon domaine. L'homme qui m'a volé ne remettra pas les pieds dans ce château, ni lui ni sa fille. Va répéter cela mot pour mot à ton fils, il retrouvera l'appétit.

— Non, cheikh, je ne vais pas le lui répéter.

Le maître a sursauté. Jamais ce dévoué serviteur ne lui avait répondu de la sorte. D'ordinaire, il commençait à l'approuver avant même que ses phrases ne fussent terminées ; ce « non »-là ne franchissait jamais ses lèvres. Il se mit à l'observer, intrigué, presque amusé. Et désemparé.

— Je ne te comprends pas...

L'autre ne regardait que le sol. Affronter le cheikh lui coûtait déjà ; il ne pouvait, en plus, soutenir son regard.

— Je ne vais pas rapporter à Tanios les paroles de notre cheikh, parce que je sais d'avance ce qu'il va me répondre. Il va me dire : « Raad arrive toujours à ses fins, quels que soient les désirs de son père. Il a voulu quitter l'école anglaise, il s'est arrangé pour le faire de la pire façon, et personne n'a eu pour lui un mot de blâme. Il a voulu se rendre chez Roukoz pour rencontrer l'officier, il l'a fait, et personne n'a pu l'en empêcher. Pour ce mariage, ce sera la même chose. Il veut cette fille, il l'aura. Et bientôt notre cheikh fera sauter sur ses genoux un petit-fils qu'on aura prénommé Francis, comme lui, et qui sera également le petit-fils de Roukoz. »

Gérios s'est tu. Ses propres mots l'avaient étourdi. Il avait peine à croire qu'il avait parlé à son maître en ces termes. Et il attendait, les yeux plus près du sol, et la nuque moite.

Le cheikh, tout aussi silencieux, hésitait. Devait-il le rabrouer ? Réprimer par la colère ou le mépris ces velléités de révolte ? Non, il a posé la main sur son épaule inquiète.

— *Khayyé* Gérios, comment penses-tu que je devrais agir ?

Khayyé, avait-il dit ? « Mon frère » ? L'intendant eut deux larmes de contentement, et il se redressa imperceptiblement pour indiquer la voie qu'à son avis il fallait suivre.

— Le patriarche ne nous a-t-il pas avertis qu'il venait dimanche au château ? Lui seul peut faire entendre raison à Roukoz comme au cheikh Raad...

— Lui seul, c'est vrai. A condition qu'il le veuille bien...

— Notre cheikh saura trouver les mots pour le persuader.

Le châtelain approuva de la tête, puis se leva pour se retirer dans ses appartements. Il se faisait tard. Gérios à son tour se leva, baisa la main de son maître pour prendre congé et aussi pour le remercier de son attitude. Il commençait à se diriger vers le couloir qui menait à l'aile où il habitait quand le cheikh se ravisa, le rappela, lui demandant de l'accompagner avec un fanal dans sa chambre. Où il retira de sous son édredon un fusil. Celui qui avait été offert jadis à Raad par Richard Wood. Il brillait sous la flamme comme un monstrueux bijou.

— Ce matin, je l'ai vu dans les mains d'un de ces voyous que fréquente mon fils. Il m'a dit que Raad le lui avait donné à la suite de je ne sais quel pari. Je le lui ai confisqué, en lui disant que c'était la propriété du château, et un cadeau du consul d'Angleterre. Je voudrais que tu l'enfermes sous clé dans le coffre avec notre argent. Prends garde, il est chargé.

Gérios porta l'arme en la serrant tout contre lui. Elle avait une odeur de résine chaude.

III

Les gens de mon village avaient pour la mitre du patriarche autant de méfiance que de vénération. Et quand, dans son sermon à l'église, il les exhorta à prier

pour l'émir de la Montagne et aussi pour le vice-roi
d'Egypte, leurs lèvres se mirent à prier — Dieu seul
sait toutefois quelles paroles, quels vœux se cachaient
sous leur bourdonnement uniforme.

Le cheikh resta assis sur son fauteuil tout au long de
la messe ; il avait eu un léger malaise au cours de la
nuit, et il ne se leva qu'une seule fois, au moment de la
communion, pour recueillir sur la langue le pain
trempé dans le vin. Raad lui emboîta le pas, sans piété
apparente, et vint se tenir à son côté pour observer
d'un œil indécent les veines enflées du front paternel.

Après la cérémonie, le cheikh et le prélat se retrouvèrent dans la salle aux Piliers. Pendant qu'il refermait
les battants de la grande porte pour les laisser en tête
à tête, Gérios eut le temps d'entendre de la bouche du
patriarche :

— J'ai une requête, et je sais que je ne repartirai pas
déçu d'une aussi noble maison.

Le mari de Lamia se frotta les mains. « Dieu nous
aime ! se dit-il. Si *sayyedna* est venu demander une
faveur, il ne pourra nous refuser celle que nous lui
demanderons ! » Et il chercha Tanios des yeux pour
lui chuchoter son espoir à l'oreille.

Dans la grande salle, le cheikh tressaillit et se lissa la
moustache des deux mains, parce qu'il s'était fait
exactement la même réflexion que son intendant. Pendant que le patriarche poursuivait :

— Je reviens de Beiteddine, où j'ai passé une
journée entière auprès de notre émir. Je l'ai trouvé
soucieux. Les agents de l'Angleterre et de la Sublime-
Porte sont à l'œuvre dans toute la Montagne, et bien
des hommes se sont laissé pervertir. L'émir m'a dit :
« C'est en pareilles circonstances qu'on distingue
l'être loyal du félon. » Et comme nous parlions de
l'être loyal, le premier nom mentionné fut naturelle-
ment le vôtre, cheikh Francis.

— Dieu prolonge votre vie, *sayyedna* !

— Je ne vous cache pas que l'émir avait quelques
réticences. Il était resté sur l'impression que ce village

avait prêté l'oreille aux chants des Anglais. Je lui ai assuré que tout cela appartenait au passé, et qu'à présent nous étions frères comme nous aurions toujours dû le rester.

Le cheikh hocha la tête, mais ses yeux trahissaient des inquiétudes. Qu'allait demander son roué visiteur après ce préambule ambigu, fait d'avertissements et d'éloges ?

— Autrefois, enchaîna le prélat, ce village a su montrer sa vaillance en des moments difficiles, le courage de ses hommes est resté proverbial. Aujourd'hui, des événements graves se préparent, et notre émir a de nouveau besoin de soldats. Dans d'autres villages de la Montagne, on a enrôlé les hommes par la force. Ici, il y a des traditions. J'ai dit à notre émir que Kfaryabda lui enverra plus de volontaires qu'il ne pourrait en lever avec ses recruteurs. Me suis-je trompé ?

Le cheikh n'était pas enchanté par cette perspective, mais il eût été maladroit de se montrer récalcitrant.

— Vous pouvez dire à notre émir que je vais rassembler mes hommes comme autrefois, et qu'ils seront les plus vaillants de ses soldats.

— Je n'attendais pas autre chose de notre cheikh. Sur combien d'hommes l'émir peut-il compter ?

— Sur tous les hommes sains et valides, et c'est moi qui me mettrai à leur tête.

Le patriarche quitta son siège en jaugeant du regard la mine de son hôte. Qui paraissait rétabli, et mit un point d'honneur à se lever comme un jeune homme sans prendre appui. Mais de là à pouvoir mener les troupes au combat...

— Dieu vous garde toujours aussi vigoureux, fit le prélat.

Et de son pouce il lui traça une croix sur le front.

— Avant que *sayyedna* ne s'en aille, j'aurai une faveur à lui demander. C'est une question sans grande importance, elle est même futile au vu de tout ce qui arrive dans le pays. Mais elle me préoccupe, et j'aimerais bien la voir réglée avant de partir en campagne...

En sortant de la réunion, le patriarche avertit son escorte qu'il voudrait « passer devant la maison du *khwéja* Roukoz », ce qui lui valut de la part de Gérios un baisemain ardent dont certaines personnes dans l'assistance furent intriguées.

« Passer devant » n'était qu'un euphémisme. Le prélat entra bel et bien chez l'ancien intendant, s'assit dans le salon aux boiseries, se fit présenter Asma, s'entretint longuement avec elle puis seul avec son père, par lequel il se laissa volontiers guider à travers la vaste propriété. La visite dura plus d'une heure, plus que celle qu'il venait d'effectuer au château. Et il repartit le visage épanoui.

Le temps semblait interminable à Tanios, à Lamia comme à Gérios, lequel ne put s'empêcher de boire quelques gorgées d'arak sec pour desserrer son anxiété.

De retour chez le cheikh, le patriarche lui signifia, d'un geste rassurant, que l'affaire était pour l'essentiel réglée, mais il demanda à s'isoler d'abord avec Raad. Quand il reparut, ce dernier ne l'accompagnait pas, il s'était éclipsé par une porte dérobée. « Demain, il n'y pensera plus », affirma le prélat.

Puis, sans s'asseoir, se contentant d'appuyer l'épaule sur l'un des piliers de la grande salle, il informa son hôte à mi-voix du résultat de sa médiation et de l'ingénieuse issue qu'il avait su trouver.

Lamia s'était fait un café sur la braise, qu'elle buvait par gorgées brûlantes. Des voix, des bruits lui parvenaient par la porte entrouverte, mais elle n'attendait que le pas de Gérios, espérant lire sur son visage ce qui était advenu. De temps à autre, elle murmurait une courte supplication à la Vierge, et serrait le crucifix dans sa main.

« Elle était jeune, Lamia, et encore belle, et sa gorge était celle de l'agnelle confiante », commentait Gébrayel.

Tanios, dans l'attente de la sentence, était monté vers l'alcôve où il trouvait, enfant, tant de bonheur paisible. Il avait déroulé son mince matelas, et s'y était étendu, une couverture sur les jambes. Peut-être avait-il l'intention de n'en plus bouger et de reprendre sa grève de la faim si la médiation échouait. Mais peut-être avait-il seulement besoin de rêvasser pour tromper son impatience. Toujours est-il qu'il n'avait pas tardé à s'assoupir.

Dans la grande salle, le patriarche avait parlé. Puis il avait aussitôt pris congé, ce détour imprévu par la maison de Roukoz lui avait causé un retard qu'il lui fallait à présent rattraper.

Le cheikh l'avait alors raccompagné jusqu'au perron, mais il n'avait pas descendu les marches avec lui. Et le prélat ne s'était pas retourné pour lui faire signe. Il s'était fait aider pour monter sur son destrier, et son escorte s'était ébranlée.

Gérios était debout, près de la porte, un pied à l'intérieur, un autre sur le perron. L'esprit à chaque instant plus embrouillé. Par l'arak des heures d'attente, par les explications du patriarche, et aussi par ces mots que son maître venait de prononcer tout près de ses oreilles :

— Je me demande si je dois rire ou l'étrangler, avait dit le cheikh, la parole sèche comme un crachat.

Aujourd'hui encore, quand on raconte au village cet épisode inoublié, on demeure partagé entre l'indignation et le rire : le vénérable prélat, parti demander la main d'Asma pour Tanios, s'était ravisé en la voyant dotée de grâce et de fortune, et il avait obtenu sa main pour... son propre neveu !

Oh, il avait bien une explication, le saint homme : le cheikh ne voulait pas de cette fille pour Raad, et Roukoz ne voulait plus entendre parler de Tanios ; alors, comme il avait lui-même un neveu à marier...

Le maître de Kfaryabda s'estimait dupé. Lui qui cherchait à remettre l'ancien intendant à sa place, voilà que ce « voleur » se retrouvait allié à la famille du patriarche, le chef suprême de sa communauté !

Quant à Gérios, il n'était plus en état de raisonner ainsi en termes de gains ou de pertes. Les yeux rivés sur la monture grise du patriarche, qui s'ébranlait à pas lents, il n'avait qu'une idée en tête, un pal, une torture. Les mots s'échappèrent de sa poitrine :

— Tanios va se tuer !

Le cheikh n'entendit qu'un grognement. Il se mit à toiser son intendant de haut en bas.

— Tu pues l'arak, Gérios ! Va-t'en, disparais ! Et ne reviens me voir que lorsque tu seras sobre et parfumé !

Haussant les épaules, le maître se dirigea alors vers sa chambre. De nouveau il ressentait comme un étourdissement, il avait grand besoin de s'étendre quelques instants.

Au même moment, Lamia s'était mise à pleurer. Elle n'aurait pu dire pourquoi, mais elle était sûre d'avoir des raisons de pleurer. Elle se pencha à sa fenêtre, et aperçut entre les arbres le cortège du prélat qui s'éloignait.

N'en pouvant plus, elle voulut aller vers la grande salle, aux nouvelles. Tant que le patriarche était là, elle avait préféré ne pas se montrer, elle savait qu'il ne l'avait jamais portée dans son cœur et qu'il en avait voulu au cheikh à cause d'elle ; elle craignait qu'en la voyant il ne fût irrité, et que Tanios n'en supportât les conséquences.

Précaution superflue, estime l'auteur de la *Chronique montagnarde* : « La naissance même de ce garçon avait toujours été insupportable à notre patriarche, à cause des choses qui se disaient... Comment aurait-il pu demander pour lui la main d'une jeune fille ? »

En traversant le couloir qui menait de l'aile de l'intendant à la partie centrale du château, Lamia eut une étrange vision. A l'autre bout de l'étroit passage, elle crut apercevoir la silhouette de Gérios qui courait, un fusil à la main. Elle pressa le pas, mais ne le vit plus.

Elle n'était plus tout à fait sûre de l'avoir reconnu, dans la pénombre. D'un côté, elle se disait que c'était bien lui ; elle n'aurait pu dire par quel signe, par quel geste, elle l'avait reconnu, mais enfin elle vivait avec lui depuis près de vingt ans, comment aurait-elle pu se tromper ? D'un autre côté, cette manière de courir ressemblait si peu à son mari, lui qui exerçait ses fonctions au château avec tant de gravité, d'obséquiosité, lui qui s'interdisait même de rire pour ne pas manquer de dignité. S'empresser, oui, mais courir ? Et avec un fusil ?

Atteignant la salle aux Piliers, elle la trouva déserte, alors qu'elle grouillait de visiteurs quelques minutes auparavant. Personne non plus dans la cour extérieure.

Sortie sur le perron, elle crut voir Gérios qui s'enfonçait entre les arbres. Une vision encore plus brève, plus fugace que la précédente.

Devait-elle courir à sa poursuite ? Elle commença par relever les pans de sa robe, puis, changeant d'avis, elle revint vers ses appartements. Elle appela Tanios, et sans attendre sa réponse, elle monta les marches de la petite échelle qui menait à l'endroit où il dormait, pour le secouer :

— Lève-toi ! J'ai vu ton père courir comme un dément, avec un fusil. Tu dois le rattraper !

— Et le patriarche ?

— Je ne sais rien, personne ne m'a rien dit encore. Mais fais vite, rattrape ton père, il doit savoir, il te dira.

Qu'y avait-il encore à dire ? Lamia avait compris. Le silence, le château vide, son mari qui courait.

Le chemin dans lequel elle avait vu Gérios s'engouffrer était l'un des moins fréquentés entre le château et le village. Les gens de Kfaryabda avaient — je l'ai dit — l'habitude d'emprunter plutôt les marches qui montent de la Blata, derrière la fontaine ; charrettes et cavaliers préféraient quant à eux la voie large — aujourd'hui par endroits affaissée — qui s'étirait et serpentait autour de la colline du château. Et puis il y avait ce sentier, par la face sud-ouest, la plus abrupte et rocailleuse, mais un raccourci pour rejoindre au plus vite, à la sortie du village, la route qui venait de la grand-place. En s'y aventurant, il fallait s'appuyer constamment aux arbres et aux rochers. Dans l'état où il se trouvait, Gérios courait le risque de se rompre le cou.

Lancé à sa poursuite, Tanios le cherchait vainement des yeux chaque fois qu'il devait faire halte, la paume contre quelque paroi. Mais c'est au dernier moment qu'il l'aperçut, au tout dernier moment, quand il ne pouvait plus rien arrêter ; cependant que, de son regard, il embrassait l'ensemble de la scène — les hommes, les bêtes, leurs gestes, leurs expressions : le patriarche qui avançait sur son cheval, suivi de son escorte, une dizaine de cavaliers, et autant d'hommes à pied. Et Gérios, derrière un rocher, tête nue, l'arme à l'épaule.

Le coup est parti. Un grondement dont les montagnes et les vallées renvoyaient l'écho. Atteint au visage, entre les deux sourcils, le patriarche est tombé comme un tronc. Son cheval affolé s'est mis à galoper droit devant, traînant son cavalier sur deux ou trois longueurs par le pied avant de le perdre.

Gérios sortit de sa cachette — un rocher vertical et plat, planté dans le sol comme un immense bris de verre, et qu'on appelle depuis ce jour-là « l'Embuscade ». Il tenait le fusil des deux mains au-dessus de sa tête, pour se rendre. Mais les compagnons du prélat, se croyant attaqués par une bande de rebelles embusqués, avaient tous pris la fuite vers l'arrière, en direction du château.

Et le meurtrier resta seul, au milieu de la chaussée, les bras toujours en l'air, soutenant son fusil aux reflets rougeâtres, cadeau du « consul » d'Angleterre. Alors Tanios s'approcha de lui et le prit par le bras.

— *Bayyé !*

« Mon père ! » Cela faisait des années que Tanios ne

l'avait pas appelé ainsi. Gérios regarda son enfant avec reconnaissance. Il avait dû se transformer en assassin pour mériter d'entendre à nouveau ce mot. *Bayyé !* En cet instant, il ne regrettait rien, et ne voulait plus rien. Il avait reconquis sa place, son honneur. Son crime avait racheté sa vie ; restait à racheter son crime. Il n'avait plus qu'à aller se livrer, et à se montrer digne à l'heure du châtiment.

Il déposa l'arme à terre, avec précaution, comme s'il craignait de la rayer. Puis il se tourna vers Tanios. Il cherchait à lui dire pour quelle raison il avait tué. Il demeura muet. Sa gorge l'avait trahi.

Il serra alors le garçon, un court moment. Puis il se détourna de lui pour marcher en direction du château. Mais Tanios le tira par le bras.

— *Bayyé !* Restons ensemble toi et moi. Cette fois, tu as choisi d'être de mon côté et je ne te laisserai plus repartir chez le cheikh !

Gérios se laissa entraîner. Ils quittèrent la route pour s'engager dans un sentier abrupt qui mène jusqu'au fond de la vallée. Derrière eux, la clameur du village s'élevait. Mais, dévalant la Montagne d'arbre en arbre, et de roc en roc, les pieds dans les ronces, ils n'entendaient plus rien.

IV

« Son forfait accompli, l'intendant Gérios s'empressa de dévaler la colline en compagnie de son fils. Ils se dérobèrent aux regards, et le cheikh dut renoncer à les faire poursuivre.

« Arrivés au fond de la vallée, ils marchèrent jusqu'à la tombée de la nuit et encore toute la nuit, au voisinage du torrent, vers la mer.

« Avec le premier rayon du jour, ils traversèrent le

pont qui enjambe le fleuve du Chien, pour atteindre le port de Beyrouth. Où, sur le quai, deux grands bateaux s'apprêtaient à appareiller. Le premier vers Alexandrie, mais ils se gardèrent de le prendre car le maître de l'Egypte se serait empressé de les livrer à l'émir pour leur faire expier l'abominable crime. Ils préférèrent s'embarquer sur l'autre, qui partait pour l'île de Chypre, où ils accostèrent après une journée, une nuit, et une journée en mer.

« Là, se faisant passer pour des négociants en soie, ils trouvèrent à se loger au port de Famagouste dans une auberge tenue par un homme originaire d'Alep. »

Ces lignes sobres extraites de la *Chronique* du moine Elias ne disent pas assez la grande peur des gens de mon village, ni l'extrême embarras du cheikh.

La malédiction était là, bien là cette fois, étalée sur la route près du rocher de l'embuscade. Et lorsque la dépouille fut portée au rythme du glas jusqu'à l'église, les fidèles, parce qu'ils avaient détesté le défunt et qu'ils le détestaient toujours, pleuraient comme des coupables, et cherchaient parfois sur leurs mains humides les traces de son sang.

Coupable, le cheikh savait qu'il l'était parce qu'il avait lui aussi haï « le patriarche des sauterelles », au point d'exprimer, quelques minutes avant le meurtre, son envie de le voir étrangler. Et sans même prendre en compte cette phrase imprudente tombée dans l'oreille de Gérios, comment aurait-il pu dégager sa responsabilité d'un crime perpétré sur ses terres, des mains de son homme de confiance, et avec une arme qu'il lui avait lui-même confiée ? Arme offerte, rappelons-le encore, par Richard Wood, « consul » d'Angleterre, et qui avait justement servi à abattre l'un des pourfendeurs de la politique anglaise.

Coïncidence ! Rien que des coïncidences ? Le maître de Kfaryabda qui, de par ses privilèges, était souvent amené à exercer le rôle de juge, ne pouvait s'empêcher de se dire que s'il avait réuni tant de présomptions contre un homme, il l'aurait à coup sûr condamné pour incitation au meurtre, ou pour complicité. Pourtant, Dieu sait qu'il n'avait pas souhaité ce crime, et qu'il aurait assommé Gérios de ses propres mains s'il avait soupçonné ses desseins.

Lorsque les compagnons du patriarche étaient revenus avertir le cheikh du drame qui venait de se dérouler sous leurs yeux, il leur avait semblé désemparé, et même proche du désespoir, comme s'il avait embrassé du regard à cet instant-là tous les malheurs qui allaient s'ensuivre. Mais il n'était pas homme à se laisser distraire de ses obligations de chef. S'étant vite ressaisi, il avait rassemblé les gens de son domaine pour organiser des battues.

C'était son devoir, et c'était ce que la sagesse dictait : il lui fallait montrer aux autorités, et d'abord à l'escorte du prélat, qu'il avait tout mis en œuvre pour rattraper les meurtriers. Oui, les meurtriers. Gérios et aussi Tanios. Le jeune homme était innocent, mais s'il avait été pris, cette-nuit-là, le cheikh n'aurait pas eu d'autre choix que de le livrer à la justice de l'émir, dût-il être pendu. A cause de l'apparence des choses.

Dans une affaire aussi grave, qui dépassait de loin son domaine et débordait même celui de l'émir, le maître de Kfaryabda n'avait pas les mains libres, il était contraint de respecter jusqu'au scrupule cette apparence des choses. Mais c'est justement ce qui lui fut reproché. Par certains compagnons du patriarche, puis par l'émir et par le commandement égyptien. D'avoir seulement fait semblant.

On l'avait bien vu se démener au château jusqu'à l'aube au milieu d'un branle-bas de cavalcades, d'ordres hurlés, d'exhortations, de jurons. Mais, à en croire ses détracteurs, ce n'étaient là que gesticulations. Les proches du prélat assassiné ont prétendu que le cheikh, au lieu de prendre tout de suite les mesures qui s'imposaient, avait commencé par les interroger longuement sur les circonstances du meurtre ; puis qu'il s'était montré incrédule lorsqu'ils lui avaient dit qu'ils avaient cru reconnaître Gérios, et

qu'il avait même envoyé ses hommes appeler l'intendant chez lui ; quand ces derniers étaient revenus bre-
douilles, il leur avait dit :

— Alors, cherchez Tanios, j'ai à lui parler.

Ensuite, le cheikh s'était isolé un moment avec
Lamia, dans la petite pièce proche de la salle aux
Piliers ; pour ressortir quelques minutes plus tard,
elle en larmes et lui avec un visage congestionné ;
mais il avait dit, simulant la plus grande confiance :

— Tanios est allé à la recherche de son père, il va
sûrement le ramener ici.

Et comme les amis du patriarche se montraient
sceptiques, il avait ordonné à ses hommes d'effectuer
des battues dans toutes les directions — au village,
dans la forêt de pins, du côté des anciennes écuries, et
même dans certaines parties du château. Pourquoi
chercher partout, au lieu d'envoyer tous les hommes
en direction de la vallée, sur le chemin que, selon toute
vraisemblance, Gérios et Tanios avaient emprunté ?
Sous prétexte de fouiller partout, le cheikh n'avait
cherché nulle part, parce qu'il voulait laisser aux coupables le temps de s'échapper !

Mais quel intérêt pouvait-il avoir à cela ? D'intérêt,
il n'en avait aucun, bien au contraire, il prenait les
risques les plus graves avec son domaine, avec sa propre vie et aussi avec le salut de son âme. Seulement, si
Tanios était son fils...

Oui, toujours ce même doute qui planait au-dessus
du cheikh et de Lamia, au-dessus du château,
au-dessus de ce coin de Montagne, comme un nuage
de pluies poisseuses et maléfiques.

Extrait des éphémérides du révérend Stolton :

« Le lendemain du meurtre, un détachement de
l'armée d'Égypte se présenta à notre grille, commandé
par un officier qui me demanda l'autorisation de
fouiller dans l'enceinte de la Mission. Je lui répondis
qu'il n'en était pas question, mais lui donnai ma parole
d'homme et de pasteur que personne ne se cachait

chez moi. Pendant quelques instants, je crus qu'il n'allait pas se contenter de ma parole, car il parut fort contrarié. Mais, de toute évidence, il avait des consignes. Aussi, après avoir rôdé autour du périmètre, cherchant à déceler quelque présence suspecte, finit-il par s'éloigner avec ses soldats.

« La population de Kfaryabda n'eut pas droit aux mêmes égards. Le village fut investi par une force comprenant plusieurs centaines d'hommes, appartenant à l'armée du vice-roi ainsi qu'à celle de l'émir. On commença par proclamer sur la grand-place qu'on était à la recherche du meurtrier et de son fils — mon pupille — alors que chacun savait qu'ils devaient être déjà loin. Puis on se fit un devoir de fouiller les maisons une à une. Dans aucune d'elles on ne trouva bien entendu ce qu'on prétendait chercher, mais d'aucune maison on ne partit les mains vides ; les "coupables" ainsi appréhendés se nommaient bijoux, manteaux, tapis, nappes, argent, boissons ou provisions.

« Au château, la pièce qui servait de bureau à Gérios fut visitée, et le coffre qui s'y trouvait fut dûment forcé. On put ainsi vérifier que l'intendant ne s'y cachait pas... On fouilla également les pièces où vivaient les parents de Tanios, mais sa mère avait quitté le château, la veille, sur le conseil du cheikh Francis, pour aller habiter chez sa sœur, l'épouse du curé.

« Les exactions de ces gardiens de l'ordre furent nombreuses... Fort heureusement, si j'ose dire, il y a la guerre dans le pays ; requis ailleurs, pour d'autres glorieuses besognes, les soldats furent donc retirés au bout d'une semaine. Non sans avoir commis une ultime injustice. »

De fait, afin de s'assurer que le cheikh ne relâcherait pas ses efforts pour retrouver les coupables et les livrer — « père et fils », avait précisé l'émir —, les militaires emmenèrent avec eux un « suspect », qui était plutôt un otage : Raad. Il est vrai qu'il était le propriétaire de l'arme du crime ; on dit aussi qu'il avait tenu à l'officier qui l'interrogeait des propos imprudents, à savoir que le patriarche, après son étrange médiation, ne devait en vouloir qu'à lui-même pour ce qui lui était arrivé.

Les rapports du cheikh avec son fils étaient toujours aussi orageux. Mais de le voir ainsi conduit par les soldats, les poings liés derrière le dos comme un malfrat, le vieil homme avait eu honte pour son sang.

Avant la fin de cette année calamiteuse, le château s'était vidé. De ses personnages, de leurs querelles, de leurs attentes, de leurs intrigues.

Carcasse lézardée, et l'avenir en ruine ; mais des villageois fidèles y montaient encore chaque matin pour « voir » la main impuissante du cheikh de Kfaryabda.

SEPTIÈME PASSAGE

Des oranges dans l'escalier

Tanios m'a dit : « J'ai connu une femme. Je ne parle pas sa langue et elle ne parle pas la mienne, mais tout en haut de l'escalier elle m'attend. Un jour, je reviendrai frapper à sa porte pour lui dire que notre bateau s'apprête à partir. »

Nader,
La Sagesse du muletier.

I

A Famagouste, pendant ce temps, les deux fugitifs entamaient leur existence nouvelle dans la terreur et le remords, mais elle serait faite aussi d'audaces, de voluptés, d'insouciances.

L'hôtellerie de l'Alépin était une sorte de khân pour négociants de passage, labyrinthe d'échoppes, de terrasses, de balustrades incertaines ; vétuste, à peine meublée, et cependant l'auberge la moins inhospitalière de la ville. Du balcon de leur chambre, située au troisième étage, Gérios et Tanios avaient vue sur la douane, les cales, et les bateaux à quai — mais pas sur l'étendue marine.

Les premières semaines, ils vécurent dans la hantise d'être reconnus. Ils demeuraient cachés du matin au soir, et c'est seulement à la faveur de l'obscurité qu'ils s'en allaient — ensemble, ou Tanios seul — acheter de la nourriture à quelque étalage fumant. Le reste du temps, ils étaient au balcon, assis en tailleur, à observer l'animation des rues, le va-et-vient des portefaix et des voyageurs, en mâchonnant de brunes caroubes chypriotes.

Quelquefois, le regard de Gérios se brouillait, des larmes coulaient. Mais il ne parlait pas. Ni de sa vie gâchée, ni de l'exil. Tout au plus disait-il dans un soupir :

— Ta mère ! Je ne lui ai même pas dit adieu.

Ou encore :

— Lamia ! Plus jamais je ne la verrai !

Tanios lui entourait alors l'épaule de son bras, pour l'entendre dire :

— Mon fils ! Si ce n'était pour te voir, je ne voudrais même plus ouvrir les yeux !

S'agissant du crime lui-même, ni Gérios ni Tanios n'en parlait. Bien sûr, ils y pensaient constamment l'un et l'autre, ce coup de feu unique, ce visage ensanglanté, ce cheval affolé qui fuyait vers l'avant, traînant son cavalier ; ensuite leur course haletante jusqu'au fond de la vallée, jusqu'à la mer, et au-delà. Ils revoyaient très certainement tout cela au cours de leurs longues heures de silence. Mais, par une sorte de frayeur pesante, ils n'en parlaient pas.

Et personne non plus n'en avait jamais parlé devant eux. Ils s'étaient enfuis si vite qu'ils n'avaient entendu aucune voix crier : « Le patriarche est mort, Gérios l'a tué ! » ni même le glas de l'église. Ils avaient marché sans se retourner, sans faire la moindre rencontre, jusqu'à Beyrouth. Où la nouvelle n'était pas encore parvenue. Au port, les soldats égyptiens ne recherchaient aucun meurtrier. Et sur le bateau, les voyageurs qui commentaient les derniers événements évoquaient les combats dans les montagnes de Syrie et sur l'Euphrate, un attentat contre des partisans de l'émir dans un village druze, et puis l'attitude des Puissances. Mais ils ne disaient rien du patriarche. Ensuite, à Chypre, les fugitifs s'étaient enfermés...

Privé de l'écho de son acte, Gérios en arrivait parfois à douter de sa réalité. Un peu comme s'il avait laissé tomber une cruche à terre, et qu'elle se fût brisée, mais sans qu'il entendît le bruit de la casse.

C'est d'abord par cet insoutenable silence qu'ils furent débusqués.

Gérios commençait à avoir un comportement étrange. Ses lèvres bougeaient, de plus en plus souvent, en longues conversations muettes. Et parfois des mots s'en échappaient, à voix audible, sans cohérence. Alors il sursautait et, se tournant vers Tanios, il souriait misérablement.

— J'ai parlé dans mon rêve.

Mais tout au long, ses yeux étaient restés ouverts.

Craignant de le voir sombrer dans la folie, le jeune homme résolut de l'entraîner hors de l'auberge.

— Personne ne peut savoir qui nous sommes. Et de toute manière, nous nous trouvons sur le territoire des Ottomans, qui sont en guerre contre l'émir. Pourquoi nous cacher ?

Ce furent, au début, des promenades brèves et circonspectes. Ils n'avaient pas l'habitude de marcher dans les rues d'une ville étrangère, aucun d'eux n'avait connu d'autres lieux que Kfaryabda, Sahlaïn et Dayroun. Gérios ne pouvait s'empêcher de garder la main droite constamment levée comme s'il s'apprêtait à se toucher le front pour saluer les gens qu'il croisait, et de son regard il balayait les visages des passants.

Lui-même avait quelque peu changé d'apparence, on ne l'eût pas reconnu du premier coup d'œil. Il avait négligé de se raser la barbe au cours des semaines précédentes, et à présent il était décidé à la garder. Tandis que Tanios s'était défait de la sienne ainsi que de son bonnet villageois pour se ceindre la tête d'un foulard de soie blanche, de peur que sa chevelure ne le trahît. Ils s'étaient également acheté des vestes avec des manches amples comme il convenait à des négociants.

Ils n'étaient pas à court d'argent. Au moment de prendre l'arme du crime dans le coffre du château, l'intendant en avait également retiré une bourse qu'il y avait autrefois déposée — ses économies, pas une piastre de plus. Il comptait la laisser à sa femme et à son fils, mais dans sa précipitation il l'avait emportée, enfouie dans ses habits. Un honnête pécule, rien que des pièces d'or à haute teneur, que les changeurs de Famagouste caressaient avec ravissement, avant de donner contre chacune de pleines poignées de monnaie neuve. Pour Gérios, diligent et peu porté sur le faste, il y avait là de quoi survivre deux ou trois ans à l'abri du besoin. Le temps de voir se lever quelque soleil de délivrance.

Leurs promenades se firent chaque jour plus longues, et plus confiantes. Et un matin, ils eurent l'audace d'aller s'asseoir dans un café. Ils avaient remarqué cet endroit le jour même de leur arrivée dans l'île ; les hommes à l'intérieur se distrayaient de si bon cœur que les deux fugitifs avaient rentré leur tête dans les épaules, de honte et d'envie.

Le café de Famagouste ne portait aucune enseigne, mais il se voyait de loin, des bateaux même. Le patron, un Grec jovial et obèse du nom d'Elefthérios, se tenait à l'entrée, trônant sur une chaise cannée, les pieds sur la chaussée. Derrière lui, son principal outil, la braise, sur laquelle fumaient en permanence quatre ou cinq cafetières, et dont il retirait aussi de quoi allumer les narguilés. Il ne servait rien d'autre, sinon de l'eau fraîche à la gargoulette. Quiconque désirait un sirop de réglisse ou de tamarin devait héler un vendeur dans la rue ; le patron ne s'en offusquait pas.

Les clients étaient assis sur des tabourets, et les habitués avaient droit à des jeux de *tawlé*, en tous points semblables à ceux que l'on trouvait à Kfaryabda et dans l'ensemble de la Montagne. Souvent les clients jouaient pour de l'argent, mais les pièces passaient d'une main à l'autre sans jamais être posées sur la table.

A l'unique café de son village, sur la Blata, Gérios ne s'était jamais rendu, sauf peut-être dans son adolescence — en tout cas bien avant d'avoir obtenu sa charge au château. Et la *tawlé* ne l'avait jamais intéressé, pas plus que d'autres jeux de hasard. Mais ce jour-là, Tanios et lui s'étaient mis à suivre la partie qui se disputait sur la table voisine avec des yeux si attentifs que le cafetier était venu leur apporter un jeu identique dans sa boîte rectangulaire au bois brun fissuré. Et ils avaient commencé à lancer les dés, à déplacer bruyamment les pièces, tric trac, à proférer jurons et sarcasmes.

A leur étonnement, ils riaient. Ils n'auraient pu se souvenir de la dernière fois où ils avaient ri.

Le lendemain, ils étaient revenus très tôt, pour s'asseoir à la même table ; et encore le surlendemain. Gérios semblait complètement sorti de sa mélancolie, plus vite que Tanios ne l'avait escompté. Il allait même se faire des amis.

C'est ainsi qu'un jour, au milieu d'une partie fort disputée, un homme vint vers eux, en s'excusant de les aborder ainsi, mais il était comme eux, expliqua-t-il, originaire de la Montagne, et il avait reconnu leur accent. Il s'appelait Fahim, et avait dans le visage, et surtout dans la forme de sa moustache, une certaine ressemblance avec le cheikh. Il leur dit le nom de son village, Barouk, au cœur du pays druze ; une région connue pour son hostilité à l'émir et à ses alliés, mais Gérios, encore sur ses gardes, se présenta sous un faux nom et dit qu'il était négociant en soie, de passage à Chypre avec son fils.

— Je ne peux pas en dire autant, hélas ! Je ne sais pas combien d'années vont s'écouler avant que je ne puisse revenir au pays. Les gens de ma famille ont tous été massacrés, et notre maison incendiée. Moi-même, je n'ai pu m'échapper que par miracle. On nous a accusés d'avoir tendu une embuscade aux Egyptiens. Ma famille n'y était pour rien, mais notre maison avait le malheur de se trouver à l'entrée du village ; mes trois frères ont été tués. Tant que l'ogre sera en vie, je ne reverrai pas la Montagne !

— L'ogre ?

— Oui, l'émir ! C'est ainsi que les opposants le nomment, ne le saviez-vous pas ?

— Les opposants, dites-vous ?

— Ils sont des centaines, chrétiens et druzes, répandus partout. Ils ont prêté serment de ne pas chercher le repos avant de l'avoir abattu. (Il baissa la voix.) Même dans l'entourage de l'ogre, et au sein de sa

propre famille. Ils sont partout, à agir dans l'ombre.
Mais un de ces matins vous entendrez parler de leurs
faits d'armes. Et c'est à ce moment-là que je reviendrai
au pays.

— Et quelles nouvelles de là-bas ? s'enquit Gérios
après un silence.

— Un des proches conseillers de l'ogre a été tué, le
patriarche... mais vous êtes sûrement au courant.

— Nous avons entendu parler de ce meurtre.
Œuvre des opposants, sans doute.

— Non, c'est l'intendant du cheikh de Kfaryabda,
un certain Gérios. Un homme respectable, à ce qu'on
raconte, mais le patriarche lui avait causé du tort. Jusqu'à présent, il leur a échappé. On dit qu'il est parti en
Égypte, et les autorités là-bas le recherchent pour le
livrer. Lui aussi aurait intérêt à ne pas remettre les
pieds au pays tant que l'ogre sera vivant.

» Mais je parle trop, se ravisa l'homme, et j'ai interrompu votre partie. Continuez, je vous prie, et je joue-
rai contre le vainqueur. Méfiez-vous, je suis redoutable, la dernière fois que j'ai perdu une partie, j'avais
l'âge de ce jeune homme.

Ces fanfaronnades villageoises achevèrent de
détendre l'atmosphère, et Tanios, qui en avait assez de
jouer, céda volontiers sa place au nouveau venu.

C'est ce jour-là, alors que Gérios disputait ses premières parties de *tawlé* avec Fahim, dont il allait devenir l'ami inséparable, qu'eut lieu dans l'existence de
Tanios l'épisode dit « des oranges », auquel les sources ne font qu'indirectement référence, bien qu'il fût
déterminant, me semble-t-il, pour la suite de son itinéraire, et aussi, crois-je savoir, dans son énigmatique
disparition.

Tanios avait donc quitté les deux joueurs et s'était
rendu au khân, pour déposer quelque objet dans sa
chambre. En ouvrant la porte pour ressortir, il avait vu
par l'entrebâillement une femme d'allure jeune, la tête
enveloppée dans un voile qu'elle avait rabattu sur le

bas de son visage. Leurs regards se croisèrent. Le garçon sourit poliment, et les yeux de l'inconnue lui sourirent en retour.

Elle portait une cruche d'eau dans la main gauche, et de la droite elle avait relevé un pan de sa robe pour éviter de trébucher dessus, tout en retenant, de son coude replié, une corbeille remplie d'oranges. La voyant jongler ainsi dans l'escalier avec ces objets, Tanios songea à l'aider. Il eut peur cependant de voir surgir de quelque porte un mari ombrageux, et se contenta de la suivre du regard.

Il se trouvait au troisième étage et elle-même continuait à monter. Lorsqu'une orange glissa de la corbeille, puis une autre, qui roulèrent sur l'escalier. La femme fit mine de vouloir s'arrêter, mais elle était incapable de se baisser. Le jeune homme finit par accourir et il ramassa les oranges. L'autre lui sourit, sans toutefois ralentir. Tanios ne savait pas si elle s'éloignait ainsi parce qu'elle voulait éviter de parler à un inconnu, ou si elle l'invitait à la suivre. Dans le doute, il la suivit, mais d'un pas timide, et quelque peu inquiet. Jusqu'au quatrième étage, puis jusqu'au cinquième, le dernier.

Elle s'arrêta enfin devant une porte, posa à terre la cruche et la corbeille, prit une clé dans son corsage. Le jeune homme se tenait à quelques pas d'elle, les oranges en évidence dans ses mains pour qu'il n'y eût aucun doute sur ses intentions. Elle ouvrit la porte, rassembla ses affaires, puis, au moment d'entrer, elle se tourna vers lui et sourit encore.

La porte était restée ouverte. Tanios s'approcha. L'inconnue lui désigna d'un geste la corbeille qu'elle avait posée à terre, près d'un matelas mince. Et pendant qu'il s'en allait remettre les fruits à leur place, elle s'adossa comme par épuisement à la porte, qui s'en trouva refermée. La chambre était exiguë, sans autre ouverture qu'une lucarne près du plafond ; et quasiment vide, ni chaise, ni armoire, ni ornements.

Toujours silencieuse, la femme indiqua à Tanios par

le mime qu'elle était essoufflée. Prenant la main de son visiteur, elle la posa contre son cœur. Il eut une moue grave, comme pour s'étonner que les battements fussent si forts, et garda sa main là où elle l'avait posée. Elle-même ne l'enleva pas non plus. Elle la fit au contraire passer, par glissements imperceptibles, en deçà de sa robe. Il émanait de sa peau un parfum d'arbres fruitiers, l'odeur des promenades d'avril dans les vergers.

Tanios eut alors l'audace de lui prendre la main à son tour pour la poser sur son cœur. Il rougissait de sa propre effronterie, et elle comprit que c'était pour lui la première fois. Alors elle se redressa, lui dégagea le front du foulard qui le ceignait, passa la main dans ses cheveux précocement blanchis, plusieurs fois de suite, en riant sans méchanceté. Puis elle attira sa tête contre sa poitrine découverte.

Tanios ne savait rien des gestes qu'il devait accomplir. Il était persuadé que son ignorance était manifeste à chaque instant, et il n'avait pas tort. Mais la femme aux oranges ne lui en tenait pas rigueur. A chacune de ses gaucheries, elle répondait par une caresse prévenante.

Quand ils furent l'un et l'autre nus, elle poussa le loquet de la porte, avant d'entraîner son visiteur vers sa couche, pour le guider du bout des doigts sur le chemin tiède du plaisir.

Ils ne s'étaient toujours pas dit la moindre parole, aucun d'eux ne savait quelle langue parlait l'autre, mais ils dormirent comme un seul corps. La chambre donnait sur l'ouest, et par la lucarne pénétrait à présent un soleil carré dans lequel voltigeaient des filaments de poussière. En se réveillant, Tanios sentit encore cette odeur de verger, et sous sa joue droite des battements de cœur, lents et paisibles dans le moelleux d'un sein de femme.

La chevelure que le voile ne cachait plus était rousse, comme ces terres ferrugineuses des environs

de Dayroun. Et la peau rose tachetée. Seuls les lèvres
et le bout des seins étaient d'un brun léger.

Sous le regard qui se promenait sur elle, elle ouvrit
les yeux, se redressa, et regarda par la lucarne l'heure
qu'il pouvait être. Elle tira alors vers elle la ceinture de
Tanios puis, accompagnant son geste d'un sourire
contrit, elle tapota à l'endroit où tintait la monnaie.
Présumant que les choses se passaient toujours ainsi,
le garçon commença à dérouler la ceinture en inter-
rogeant son hôtesse du regard. Elle lui indiqua six
avec trois doigts de chaque main et il lui donna une
pièce de six piastres en argent.

Quand il se fut rhabillé, elle lui offrit une orange. Il
fit mine de refuser, mais elle la lui glissa dans la poche.
Puis elle l'accompagna vers la porte, derrière laquelle
elle se cacha au moment où il sortait parce qu'elle ne
s'était pas couverte.

Revenu dans sa chambre, il s'étendit sur le dos, et se
mit à lancer l'orange en l'air et à la rattraper, en son-
geant à la chose si merveilleuse qui venait de lui arriver. « Fallait-il que je parte en exil, que j'atterrisse sans
espoir dans cette ville étrangère, dans cette hôtellerie,
et que je monte jusqu'au dernier étage sur les pas
d'une inconnue... fallait-il que les vagues de la vie me
rejettent aussi loin pour que j'aie droit à cet instant de
bonheur ? Intense comme s'il était la raison d'être de
mon aventure. Et son achèvement. Et ma rédemption. »

Les personnages de sa vie défilaient dans son esprit,
et il s'arrêta longuement sur Asma. S'étonnant d'avoir
si peu pensé à elle depuis qu'il était parti. N'était-ce
pas à cause d'elle que le meurtre avait été commis, à
cause d'elle qu'ils avaient fui ? Pourtant elle avait disparu de ses pensées comme par une trappe. Bien sûr,
leurs petits jeux enfantins, leurs doigts, leurs lèvres
qui se frôlaient et se fuyaient comme des cornes
d'escargots, leurs rencontres furtives, ces regards
pleins de promesses — tout cela ne ressemblait guère
à ce plaisir ultime qu'à présent il connaissait. Mais ils

furent en leur temps son bonheur. S'il avouait à Gérios que cette fille pour laquelle il avait menacé de se tuer, cette fille pour laquelle il l'avait amené à se transformer en meurtrier, il avait tout simplement cessé d'y penser !

Il chercha à se l'expliquer. La dernière fois qu'il avait vu Asma, lorsqu'il avait forcé la porte de sa chambre, que faisait-elle ? Elle s'apprêtait, afin de recevoir les félicitations pour ses fiançailles annoncées avec Raad. Sans doute la fille était-elle contrainte d'obéir à son père. Tout de même, que de docilité !

Et puis, lorsqu'elle avait vu Tanios arriver chez elle en courant, elle avait hurlé. Cela non plus, il ne pouvait raisonnablement le lui reprocher. Quelle jeune fille aurait agi autrement si on avait fait irruption dans sa chambre pendant qu'elle prenait son bain ? Mais cette image d'Asma qui criait, suivie de la cavalcade des gardes et de Roukoz qui venaient l'empoigner pour le jeter au-dehors, il ne parvenait pas à s'en défaire. Or c'était, dans son esprit, la dernière image gardée de celle qu'il avait tant aimée. Sur le moment, tout à sa rage et à son orgueil blessé, il n'avait eu qu'une idée en tête : reprendre, par n'importe quel moyen, ce qu'on lui avait traîtreusement dérobé ; à présent, il avait une plus juste vision des choses ; envers Asma, il avait surtout de l'amertume. Et dire que, pour elle, il avait ruiné sa vie et celle de tous les siens !

Ne devait-il pas en demander pardon à Gérios ? Non, mieux valait encore lui laisser l'illusion d'avoir commis un crime noble et nécessaire.

II

A la fin de cette journée-là, Gérios rentra fort tard. Pour ressortir le matin, à peine levé. Ce fut désormais tous les jours ainsi. Tanios le suivait du regard, avec un sourire caché, comme pour lui dire : « Au lieu de sombrer dans la folie, te voilà qui sombres dans l'insouciance ! »

A l'approche de la cinquantaine, après une vie de tâcheron obséquieux, la conscience lestée d'un crime gros comme une montagne, traqué, banni, proscrit, damné, l'intendant Gérios ne pensait chaque matin qu'à courir au café du Grec pour faire tric trac avec son compagnon de cavale.

Au château, il lui arrivait de faire une partie de *tawlé* quand le cheikh était en manque de partenaire et qu'il le convoquait ; il feignait alors de s'amuser, et s'arrangeait pour perdre. Mais à Famagouste, il n'était plus le même. Son crime l'avait transfiguré. Il se plaisait au café, il jouait de toute son âme, et malgré les fanfaronnades de l'inséparable Fahim, c'était lui, le plus souvent, qui gagnait. Et s'il commettait quelque imprudence, les dés roulaient à son secours.

Les deux amis causaient plus de tapage au café que tous les autres clients ; parfois un petit attroupement se faisait autour d'eux, et le patron se montrait ravi de cette animation. Tanios ne jouait plus guère. Il ne restait qu'en spectateur et, très vite lassé, il se levait pour aller faire un tour. Alors Gérios cherchait à le retenir :

— Ton visage me porte chance !

Mais il s'en allait quand même.

Un matin d'octobre, pourtant, il avait accepté de se rasseoir. Non pour porter chance à son père — lui avait-il tellement porté chance dans sa vie ? —, mais parce qu'un homme venait vers eux, un homme de grande taille, avec une fine moustache, habillé à la manière des notables de la Montagne. A en juger par

les traces d'encre sur ses doigts, un lettré. Il dit se pré-
nommer Salloum.

— Je vous entends depuis un moment, et je n'ai pu
résister à l'envie de saluer des compatriotes. Dans
mon village, je passais des journées devant la *tawlé*, à
jouer partie sur partie. Mais j'ai plus de plaisir encore
à regarder les autres, quand cela ne les dérange pas.

— Etes-vous à Chypre depuis longtemps ? s'enquit
Fahim.

— Je ne suis arrivé qu'avant-hier. Et déjà, je
m'ennuie du pays.

— Resterez-vous quelque temps parmi nous ?

— Dieu seul le sait. Le temps de régler une ou deux
affaires...

— Et comment se porte notre Montagne ?

— Tant que Dieu ne nous abandonne pas, tout finit
par s'arranger.

Formule prudente. Trop prudente. La conversation
n'irait pas plus loin. Le jeu pouvait reprendre. Gérios
avait besoin d'un double six. Il demanda à Tanios de
souffler sur les dés. Qui roulèrent. Double six !

— Par la barbe de l'ogre ! jura Fahim.

Le dénommé Salloum sembla amusé par la formule.

— J'ai entendu toutes sortes de jurons, mais celui-
là, je ne le connaissais pas. Je ne soupçonnais même
pas que les ogres pouvaient avoir une barbe.

— Celui qui vit dans le palais de Beiteddine en a
une, très longue !

— Notre émir ! murmura Salloum, offusqué.

A l'instant, il se leva, le visage blême, et prit congé.

— Apparemment, nous l'avons blessé, commenta
Gérios en le regardant s'éloigner.

— C'est ma faute, reconnut Fahim. Je ne sais pas ce
qui m'a pris, j'ai parlé comme si nous étions seuls.
Dorénavant, je m'efforcerai de tenir ma langue.

Les jours suivants, Gérios et Fahim croisèrent
l'homme à plusieurs reprises dans le quartier du port,
ils le saluèrent poliment et il leur rendit leur salut,

mais de loin, et avec seulement une ébauche de geste. Tanios crut même l'apercevoir un jour dans les escaliers de l'auberge, bavardant avec le tenancier alépin.

Le jeune homme s'en inquiéta, plus que ses deux aînés. Ce Salloum était, à l'évidence, un partisan de l'émir. S'il découvrait leur véritable identité, et la raison de leur présence à Chypre, ils n'y seraient plus en sûreté. Ne devraient-ils pas songer à partir se cacher ailleurs ? Mais Fahim le rassura. « Après tout nous sommes en territoire ottoman, et même si cet homme cherchait à nous nuire, il ne le pourrait pas. Son émir n'a pas le bras aussi long ! Salloum a entendu de ma bouche des paroles qui lui ont déplu, alors il nous évite, voilà tout. Et si nous avons l'impression de le voir partout, c'est parce que tous les voyageurs étrangers s'affairent dans les mêmes rues. »

Gérios se laissa convaincre. Il n'avait guère envie de cavaler d'un port d'exil à un autre. « Je ne repartirai d'ici, disait-il, que pour revoir ma femme et mon pays. »

Perspective qui semblait se rapprocher chaque jour. Fahim, de par ses contacts avec les opposants, rapportait des nouvelles de plus en plus encourageantes. L'emprise des Egyptiens sur la Montagne faiblissait, et les ennemis de l'émir gagnaient en puissance. Des régions entières étaient en état d'insurrection. De plus, on disait « l'ogre » gravement malade ; il avait tout de même soixante-treize ans ! « Un jour, qui n'est pas loin, nous serons accueillis dans nos villages comme des héros ! »

Dans l'attente de cette apothéose, les deux amis continueraient à faire rouler leurs dés au café d'Elefthérios.

Tanios non plus n'eût pas été enchanté s'il avait dû partir pour un autre lieu d'exil. S'il concevait quelques inquiétudes, il avait aussi une puissante raison de prolonger son séjour dans cette ville et dans ce khân : la femme aux oranges ; qu'il faut à présent appeler par son nom, que l'ouvrage de Nader est, à ma connaissance, le seul à mentionner : Thamar.

En arabe, ce mot veut dire « fruit » ; mais Thamar est également le plus prestigieux prénom des femmes de Géorgie, puisqu'il fut celui de la grande souveraine de ce pays. Quand on sait que cette fille ne parlait ni l'arabe ni le turc, quand on sait aussi que, dans l'ensemble de l'empire ottoman, certaines des plus belles femmes étaient d'anciennes esclaves géorgiennes, le doute n'est plus permis.

Envers cette vénale aux cheveux couleur d'orange, Tanios n'avait eu, au commencement, que les sentiments de son corps. A dix-huit ans, engoncé dans ses frustrations villageoises, portant en lui sa blessure amoureuse, et aussi une blessure plus ancienne, désabusé, apeuré, il avait trouvé dans les bras de cette inconnue... à peu près ce qu'il avait trouvé dans cette ville inconnue, dans cette île si proche du pays et à la fois si lointaine : un port d'attente. Attente de l'amour, attente du retour, attente de la vraie vie.

Ce qui, dans cette liaison, pouvait paraître sordide — la pièce d'argent — dut lui paraître au contraire rassurant. A témoin cette phrase de *la Sagesse du muletier* :

« Tanios m'a dit : toutes les voluptés se paient, ne méprise pas celles qui disent leur prix. »

Echaudé, il n'avait plus envie de promettre ni d'écouter des promesses, encore moins de contempler l'avenir. Prendre, donner, partir, puis oublier, s'était-il juré. Ce ne fut vrai que la première fois, et encore. Il avait pris ce que l'inconnue lui avait offert, il avait acquitté sa dette, il était reparti. Mais il n'avait su oublier.

Tanios ne voulait même pas croire que des corps pouvait naître une passion. Peut-être escomptait-il que les pièces d'argent suffiraient à l'éteindre.

Il n'y avait eu, d'abord, que ce désir si trivial de goûter au même fruit une deuxième fois. Il la guetta dans l'escalier, l'aperçut, la suivit à distance. Elle lui sourit, et lorsqu'elle entra dans sa chambre, elle laissa pour lui la porte ouverte. Le même rituel, en somme, sans les oranges.

Puis ils furent l'un contre l'autre à se rappeler les gestes dont ils s'étaient aimés. Elle se montra tout aussi tendre, tout aussi silencieuse, et ses paumes sentaient la bergamote des jardins abrités. Alors Tanios lui articula son nom, en se désignant du doigt ; et elle lui prit ce même doigt, le posa sur son propre front. « Thamar », dit-elle. Il répéta le nom plusieurs fois en lui caressant les cheveux.

Ensuite, comme si la chose allait de soi du moment que les présentations étaient faites, il se mit à parler. Il raconta ses craintes, ses malheurs, ses projets de voyages lointains, s'indignant, s'exaltant, d'autant plus librement que Thamar ne comprenait aucun mot. Mais elle écoutait sans signe de lassitude. Et elle réagissait, quoique de manière atténuée : quand il riait, elle avait un léger sourire ; quand il pestait et tonitruait, elle fronçait un peu les sourcils ; et quand il tapait des poings contre le mur, contre le sol, elle lui tenait doucement les mains comme pour s'associer à sa rage. Et tout au long de son monologue, elle le regardait dans les yeux, l'encourageant avec quelques hochements de tête.

Pourtant, au moment de partir, lorsqu'il tira de sa ceinture une pièce de six piastres, elle la prit, sans faire semblant de refuser ; avant de le raccompagner, encore nue, jusqu'à la porte.

De retour dans sa chambre, il s'était mis à réfléchir aux choses qu'il avait dites. Il y avait des mots, des sentiments qu'il ne pensait pas avoir en lui et qui avaient surgi en présence de cette femme ; et aussi des faits qu'il ne pensait pas avoir observés. La première rencontre lui avait laissé — je ne crois pas injuste de le dire — une impression de corps apaisé. De cette deuxième rencontre, il était revenu l'âme apaisée.

Lui qui croyait avoir atteint le plaisir ultime, il venait de découvrir un plaisir plus intense encore, même dans la chair. Sans doute n'aurait-il pas ouvert son cœur si sa compagne avait pu comprendre ; en tout cas, il n'aurait pu parler, comme il l'avait fait, du meurtre commis par Gérios, des raisons qui l'y avaient conduit, ni des chuchotements qui entouraient sa propre naissance. Mais à présent il se disait qu'un jour il aurait envie de reparler de tout cela avec elle dans une langue qu'elle pourrait comprendre.

Il commençait à trouver long et vide le temps qu'il passait sans elle. Quand il se rendit compte du besoin qui était né en lui, il s'en effraya. Se pouvait-il qu'il fût désormais si attaché à cette femme ? Après tout elle était — il n'aurait pas voulu prononcer le mot qui s'imposait à lui — mais disons, elle était ce qu'il savait qu'elle était !

Il en vint alors à guetter ses passages dans l'escalier, se disant qu'il allait la surprendre avec d'autres hommes ; mais il eût pleuré son âme et son sang s'il l'avait vue sourire à un autre comme elle lui avait souri, et se laisser suivre jusqu'à sa chambre pour qu'une sale main d'homme se posât sur son cœur. Il devait y en avoir des autres, beaucoup d'autres — comment imaginer le contraire ? — mais Tanios ne réussit jamais à les voir. Thamar ne montait d'ailleurs pas les escaliers aussi souvent qu'il l'avait supposé ; peut-être avait-elle une autre maison où elle menait une existence différente ?

De ces journées d'angoisse et de confusion on trouve peut-être un écho voilé dans cette page du livre de Nader :

La femme de tes rêves est l'épouse d'un autre, mais ce dernier l'a chassée de ses rêves.

La femme de tes rêves est l'esclave d'un marin. Il était ivre le jour où il l'a achetée sur le marché d'Erzerum, et en se réveillant il ne l'a plus reconnue.

La femme de tes rêves est une fugitive, comme tu l'as été, et vous avez cherché refuge l'un vers l'autre.

Ses deux visites à Thamar avaient eu lieu à l'heure de la sieste ; mais une nuit, comme il ne parvenait pas à s'endormir, Tanios eut l'idée d'aller frapper à sa porte. Rassuré par les ronflements de Gérios, il se glissa hors de la chambre, puis monta les escaliers dans le noir, en se cramponnant à la balustrade.

Deux coups secs, puis deux autres, et la porte s'ouvrit. Il n'y avait pas plus de lumière à l'intérieur, et il ne voyait pas l'expression du visage qui l'accueillait. Mais dès qu'il eut prononcé un mot, leurs doigts se retrouvèrent, se reconnurent, et il entra le cœur tranquille.

Quand il voulut la caresser, elle lui écarta fermement les mains, l'attira plutôt contre elle, sa tête au creux de son épaule.

Il rouvrit les yeux avec l'aube, et Thamar était assise à l'attendre. Elle avait des choses à lui dire. Ou plutôt une chose. Qu'elle s'efforça de mimer, ne s'aidant des mots de sa langue que pour conduire ses propres mains aux gestes appropriés. Elle semblait dire : « Lorsque tu partiras, je partirai avec toi. Le plus loin. Sur le bateau qui t'emmènera, je m'embarquerai. Le veux-tu ? »

Tanios lui promit qu'un jour ils partiraient ensemble. Une réponse de complaisance ? Peut-être. Mais au moment où il lui disait « oui », il le pensait de toute son âme d'exilé. Et, la main posée sur la tête couleur d'orange, il fit serment.

Ils se retrouvèrent enlacés. Puis il se détacha d'elle pour la tenir par les épaules au bout de ses bras, et pour la contempler. Elle devait avoir le même âge que lui, mais elle n'en était pas à sa première vie. Dans ses yeux, il vit poindre une détresse, et c'était comme si jamais auparavant elle ne s'était ainsi déshabillée.

Sa beauté n'était pas aussi parfaite qu'il le croyait lorsqu'elle n'était que la femme de ses désirs d'homme. Elle avait le menton un peu trop allongé, et au bas de la joue une cicatrice. Tanios caressa de ses doigts le menton allongé et passa son pouce sur la cicatrice.

Elle eut deux larmes de bonheur, comme si la reconnaissance de ces imperfections était une déclaration de tendresse. Et elle dit, cette fois encore par les gestes plus que par les mots :

— Là-bas, au-delà des mers, tu seras mon homme et je serai ta femme.

A nouveau, Tanios dit « oui », puis il la prit par le bras et se mit à avancer lentement avec elle autour de la chambre comme pour une cérémonie de noces.

Elle se prêta au simulacre avec un sourire triste, puis se dégagea, saisit à son tour le jeune homme par la main, et le conduisit vers un coin de la pièce où elle déplaça de ses ongles un carreau pour déterrer, dans une cachette, une vieille tabatière ottomane dont elle souleva lentement le couvercle. Il y avait là des dizaines de pièces d'or et d'argent, ainsi que des bracelets, des boucles d'oreilles... Dans un mouchoir à ourlets, elle gardait les deux pièces de six piastres que Tanios lui avait données au cours des visites précédentes. Elle les lui montra, les lui glissa dans la poche enveloppées dans leur mouchoir, referma la tabatière et ramena le carreau à sa place.

Sur le moment, le jeune homme n'avait pas réagi. C'est seulement en réintégrant sa chambre, où Gérios ronflait encore, et en repensant à cette scène qu'il se rendit compte de l'extraordinaire confiance que Thamar venait de lui témoigner. Elle avait placé son trésor et sa vie entre les mains d'un inconnu. Il était sûr que jamais encore elle n'avait agi de la sorte avec un homme. Il en était flatté et attendri. Il se promit de ne pas la décevoir. Lui qui avait tant souffert d'avoir été trahi, jamais il ne trahirait !

Pourtant,

Quand le bateau t'attendait au port, tu l'as cherchée pour lui dire adieu.

Mais de cet adieu-là, ton amante ne voulait pas.

III

Lorsqu'un matin, à la toute première heure, on vint frapper à la porte de leur chambre, Gérios et Tanios commencèrent par s'en alarmer. Mais ils reconnurent bientôt la voix de Fahim.

— Quand vous aurez entendu ce qui m'amène, vous ne m'en voudrez plus !

— Parle !

— L'ogre a crevé !

Gérios se retrouva debout, les deux mains accrochées aux manches de son ami.

— Répète encore que je t'entende bien !

— Tu m'as entendu, l'ogre a crevé. Le monstre a cessé de respirer, il a cessé de nuire, sa longue barbe a trempé dans son sang. C'est arrivé il y a cinq jours, et on me l'a annoncé cette nuit. Le sultan avait ordonné une offensive contre les troupes égyptiennes, qui ont été contraintes d'évacuer la Montagne. Quand les opposants l'ont appris, ils ont sauté à la gorge de l'émir, ils l'ont massacré ainsi que ses partisans, et ont proclamé l'amnistie générale. Mais peut-être ai-je eu tort de vous réveiller pour si peu... Essayez de vous rendormir en paix, je m'en vais.

— Attends, assieds-toi un moment. Si ce qu'on t'a raconté est vrai, alors nous pouvons rentrer au pays.

— *Yawach yawach !* Du calme ! On ne s'en va pas ainsi, sur un coup de tête. Et puis rien ne dit qu'il y a un bateau dans les jours qui viennent. Nous sommes en novembre !

— Un an presque que nous sommes sur cette île ! dit Gérios, soudain las, soudain impatient. Un an que Lamia est seule.

— Allons prendre un café, dit Fahim, puis nous ferons un tour du côté des quais. Après, nous aviserons.

Ils furent ce matin-là les premiers clients du Grec. Il faisait frais, le sol était humide et ils s'assirent à l'intérieur, le plus près des braises. Gérios et Tanios demandèrent leur café sucré, Fahim le prit amer. La lumière du jour gonflait lentement les rues, les portefaix arrivaient, cordes aux épaules, dos courbés. Certains d'entre eux s'arrêtaient d'abord chez Elefthérios, qui leur offrait le premier café de la journée, celui d'avant la première paie.

Soudain, parmi les passants, une tête reconnaissable.

— Regardez qui est là, murmura Tanios.

— Invitons-le, dit Fahim. On va s'amuser. *Khwéja* Salloum, venez vous joindre à nous.

L'homme s'approcha, toucha son front de la main.

— Vous prendriez bien un café !

— Je n'ai envie de rien mettre en bouche ce matin. Excusez-moi, il faut que je m'en aille.

— Quelque chose vous préoccupe, il me semble.

— On voit bien que vous n'êtes pas au courant.

— Au courant de quoi ?

— L'émir, notre grand émir est mort. Le pays ne se relèvera plus de ce désastre. Ils l'ont tué, ils ont proclamé l'amnistie, on va bientôt voir les criminels se pavaner en toute liberté. L'âge de la justice et de l'ordre est révolu. Ce sera le chaos, plus rien ne sera respecté !

— Un grand malheur, articula Fahim en se retenant de s'esclaffer.

— Dieu nous prenne en miséricorde, enchaîna Gérios d'une voix soudain chantonnante.

— Je devais partir ce matin, il y a un bateau pour Lattaquieh. Mais à présent, j'hésite.

— Vous avez raison, rien ne presse.

— Non, rien ne presse, reprit Salloum pensivement. Mais le temps va se gâter, Dieu seul sait quand je pourrai m'embarquer à nouveau.

L'homme poursuivit son chemin, tête basse, tandis que Fahim agrippait avec force les bras de ses compagnons.

— Retenez-moi, sinon je vais rire avant qu'il n'ait tourné le dos !

Il se leva.

— Je ne sais pas ce que vous comptez faire, mais moi, le bateau de ce matin, je vais le prendre. Après ce que cet homme vient de dire, après avoir vu sa tête au moment où il prononçait « amnistie », moi je n'hésite plus. Je vais à Lattaquieh, j'y reste une ou deux nuits, le temps de m'assurer que les nouvelles de la Montagne sont bonnes, puis je rejoins mon village par la route. Je crois que vous devriez faire de même. J'ai un ami là-bas qui a une maison à Slanfeh, sur les hauteurs, il sera heureux de nous accueillir tous les trois !

Gérios n'hésitait plus.

— Nous venons avec toi.

Il avait à présent dans les yeux le visage de Lamia et le soleil du village. Peut-être redoutait-il aussi de passer l'hiver à Famagouste sans son compagnon de distraction. Tanios était plus partagé. Mais ce n'était pas à lui, à ses dix-huit ans, que revenait la décision ultime.

On convint donc de se retrouver une heure plus tard sur le quai. Fahim s'occuperait des places sur le bateau, tandis que ses amis iraient à l'auberge vider leur chambre et régler le tenancier.

Ils n'eurent chacun à porter qu'un ballot léger, et Gérios répartit par moitié l'argent qui lui restait.

— Si je me noyais..., dit-il.

Mais il ne semblait pas mélancolique. Et ils se dirigèrent vers le port.

Ils n'avaient pas fait vingt pas quand Tanios s'immobilisa, feignant d'avoir oublié quelque chose.

— Je dois remonter un instant dans la chambre. Continue, je te rattraperai.

Gérios ouvrit la bouche pour protester, mais le garçon s'était éclipsé. Alors il reprit sa route, sans se presser, regardant de temps à autre vers l'arrière.

Tanios avait monté les marches deux à deux, passé le troisième étage, pour s'arrêter en haletant au cinquième, et frapper. Deux coups secs, puis deux autres. Une porte s'entrouvrit à l'étage. Pas celle de Thamar. Des yeux étrangers l'observaient. Mais il frappa encore. Puis il colla l'oreille au bois. Aucun bruit. Il colla l'œil à la serrure. Aucune ombre. Il redescendit les marches, l'une lentement après l'autre, espérant encore croiser son amie dans l'escalier, leur escalier.

Jusque dans la cour du khân, dans les échoppes, au milieu des chalands, il continua à la chercher du regard. Jusque dans la rue. Thamar avait choisi d'être absente ce matin-là.

Tanios traînait encore, oubliant l'heure, quand lui parvint du port le sifflement d'une sirène. Il se mit à courir. Le vent fit s'envoler le foulard dont il avait ceint sa tête de jeune vieillard. Il le rattrapa, le garda dans la main ; plus tard il l'enroulerait, se dit-il, plus tard sur le bateau.

Devant la passerelle, Gérios et Fahim, impatients, lui faisaient des signes. Salloum était également là, à quelques pas d'eux ; lui aussi s'était apparemment décidé à partir.

On embarquait déjà. Il y avait une foule de portefaix qui manipulaient, parfois à deux ou à trois, de lourdes malles cerclées de fer.

Quand ce fut au tour de Fahim et Gérios de monter à bord, ce dernier désigna Tanios au douanier turc en lui montrant son nom sur le billet pour qu'il lui permît de les suivre, car une vingtaine de passagers les séparaient.

Les deux hommes venaient tout juste d'atteindre le pont du bateau lorsqu'une cavalcade interrompit l'embarquement. Un riche marchand arrivait, en courant presque, et en distribuant autour de lui des ordres et des jurons à une nuée de serviteurs. Le douanier demanda aux autres voyageurs de s'écarter.

Il échangea avec le nouveau venu une longue accolade, quelques chuchotements, puis ils promenèrent ensemble sur la foule qui les entourait un même regard méfiant et dédaigneux. Et quelque peu amusé. Il n'y avait pourtant rien de particulièrement drôle dans l'apparence de ces braves passagers qu'inquiétait par avance la mer de novembre ; seul pouvait paraître amusant le voisinage entre ce marchand, plus gros que la plus grosse de ses malles, et le douanier, un petit homme frêle et anguleux, avec un immense bonnet à plumes et des moustaches jusqu'aux oreilles. Mais ces deux-là, personne dans l'assistance n'aurait osé s'en amuser.

Il fallut attendre que le marchand eût traversé l'ensemble de la passerelle avec toute sa suite pour que les autres voyageurs pussent à nouveau y poser leurs modestes pieds.

Quand Tanios se présenta, le douanier lui fit signe de patienter encore. Le garçon supposa que c'était à cause de son jeune âge, et il laissa passer les hommes mûrs qui étaient derrière lui. Jusqu'au dernier. Mais le douanier lui barra encore la route.

— Je t'ai dit d'attendre, alors tu attendras ! Quel âge as-tu ?

— Dix-huit ans.

Des portefaix arrivaient derrière lui, et Tanios s'écarta. Du bateau, Gérios et Fahim lui criaient de se hâter, mais il leur répondit, d'un geste de la main, qu'il n'y pouvait rien, et désigna discrètement le douanier.

Soudain, Tanios vit qu'on levait la passerelle. Un cri lui échappa, mais l'Ottoman lui dit tranquillement :

— Tu prendras le prochain bateau.

Fahim et Gérios gesticulaient de plus belle, et le jeune homme les montra du doigt en essayant d'expliquer, dans son turc approximatif, que son père était sur le bateau, et qu'il n'y avait aucune raison pour que lui-même fût retenu à terre. Le douanier ne répondit pas, il héla un de ses hommes, lui dit quelques mots à l'oreille, et l'autre vint expliquer au plaignant en arabe :

— Son Honneur dit que si tu continues à te montrer insolent, tu seras battu et jeté en prison pour insulte à un officier du sultan. En revanche, si tu te montres soumis, tu repartiras libre, tu pourras prendre le prochain bateau et, de plus, Son Honneur t'offrira le café dans son bureau.

Son Honneur confirma l'offre d'un sourire. Tanios avait d'autant moins le choix que la passerelle était déjà retirée. A Gérios et Fahim, éberlués, il adressa un dernier geste voulant dire « plus tard ». Puis il emboîta le pas à l'exécrable petit moustachu, qui lui ordonnait de le suivre.

En chemin, l'homme s'arrêta à plusieurs reprises pour donner une directive, inspecter un colis, entendre une requête. De temps à autre, Tanios regardait du côté du bateau, qu'il vit lentement s'éloigner, voiles déployées. Il fit encore des signes de la main à l'intention des voyageurs, sans plus savoir si on l'apercevait.

Quand il fut enfin dans le bureau du douanier, il eut l'explication qu'il attendait. Il ne saisissait pas tout ce que son interlocuteur disait — à l'école du pasteur, Tanios avait bien appris le turc dans les livres, mais pas assez pour soutenir une conversation. Il put toutefois comprendre l'essentiel : que le marchand qu'ils avaient vu, l'un des personnages les plus riches et les plus influents de l'île, était extrêmement superstitieux ; prendre la mer en compagnie d'un jeune homme aux cheveux blancs, c'était à ses yeux le naufrage assuré.

Le douanier rit aux éclats, et Tanios fut également invité à trouver la chose drôle.

— Stupides croyances, n'est-ce pas ? suggéra son hôte.

Tanios jugea peu prudent d'acquiescer. Aussi préféra-t-il dire :

— Votre Honneur a fait ce qu'il était sage de faire.

— Stupides croyances, malgré tout, insista l'autre.

Précisant que lui-même voyait plutôt dans les chevelures prématurément blanchies le meilleur des présages. Et s'approchant du garçon, il passa ses mains l'une après l'autre dans ses cheveux, lentement, et avec un plaisir manifeste. Avant de le congédier.

En quittant les bâtiments du port, Tanios s'en alla demander au tenancier de l'auberge de lui redonner la chambre pour quelques nuitées de plus. Il lui raconta sa mésaventure et l'homme, à son tour, la trouva amusante.

— J'espère que ton père t'a laissé de quoi me payer !

Tanios tapota sur sa ceinture d'un geste confiant.

— Alors, dit l'aubergiste, tu dois bénir le Ciel qu'on t'ait laissé ici, tu vas pouvoir retrouver quelques relations agréables...

Il eut un rire de pirate, et Tanios comprit que ses visites au dernier étage n'étaient pas passées inaperçues. Il baissa les yeux, en se promettant de mieux regarder autour de lui la prochaine fois qu'il irait frapper à la porte de Thamar.

— Ici, tu t'amuseras certainement plus que dans ta Montagne, insista l'homme avec le même rire tors. On continue à se battre, là-bas, n'est-ce pas ? Et votre grand émir est toujours aux bons soins du pacha d'Egypte !

— Non, rectifia le jeune homme, l'émir a été tué, et les troupes du pacha ont évacué la Montagne.

— Que me racontes-tu ?

— Ce sont les dernières nouvelles, nous les avons apprises ce matin même et c'est pour cela que mon père est rentré au pays.

Tanios remonta dans sa chambre, et s'endormit. Sa nuit avait été trop courte, il ressentait le besoin d'un réveil plus serein.

Il n'ouvrit les yeux qu'à l'heure du déjeuner. Du balcon, il apercevait un marchand de beignets. La fumée lui donna faim. Il choisit dans son argent la pièce qu'il lui fallait et la garda au creux de sa main, pour ne pas avoir à dérouler sa ceinture dans la rue, puis il sortit.

Au bas de l'escalier il rencontra l'aubergiste qui, justement, montait le voir.

— Dieu te maudisse ! Tu as failli me causer les pires ennuis, j'ai eu tort de croire à tes racontars de gamin !

Il expliqua que des officiers turcs de sa connaissance étaient passés le voir, et qu'il avait cru leur faire plaisir en les félicitant des victoires remportées sur les Egyptiens. Mais qu'ils avaient fort mal pris la chose.

— Pour peu, ils allaient m'arrêter. J'ai dû leur jurer que je ne me moquais pas d'eux. Parce qu'à la vérité, loin d'avoir gagné, les troupes ottomanes viennent de subir de nouveaux revers. Et ton émir n'est pas plus mort que toi et moi.

— Ces officiers ne connaissent peut-être pas les nouvelles les plus récentes...

— J'ai parlé à ces officiers, et j'ai parlé aussi à des voyageurs qui viennent d'arriver de Beyrouth. Ou bien ces gens sont tous des menteurs et des ignorants, ou bien...

« Ou bien », répéta Tanios, et il se mit soudain à trembler de tous ses membres comme s'il avait été frappé debout par le haut mal.

IV

« Fahim, dit la *Chronique montagnarde*, était un nom d'emprunt pour Mahmoud Bourass, l'un des plus fins limiers de l'émir. Il appartenait au *diwan* des yeux et des oreilles, dirigé par le *khwéja* Salloum Krameh qui, lui, agissait sous son véritable nom. Le stratagème qui avait permis de ramener au pays le meurtrier du patriarche fut leur plus remarquable fait d'armes.

« Ce succès rehaussa le prestige de l'émir auprès des habitants et aussi auprès des Egyptiens. A ceux qui prétendaient que le pouvoir lui échappait, que sa main faiblissait, que la vieillesse l'envahissait, il venait de démontrer qu'il pouvait étendre encore son bras puissant hors même de sa Montagne, au-delà des mers.

« A son arrivée à Lattaquieh, Gérios fut appréhendé par des militaires de l'armée d'Egypte, puis transféré à Beiteddine pour y être pendu. On dit qu'il fit face à la traîtrise et à la mort avec une grande résignation.

« En apprenant le sort de son intendant, le cheikh Francis avait pris sur-le-champ la route de Beiteddine afin d'obtenir la libération du cheikh Raad, son fils. On le laissa attendre pendant une journée entière avec les gens du commun, sans égard pour son rang, ni pour sa naissance. L'émir refusa de le recevoir, mais il lui fit dire que s'il revenait le lendemain, il pourrait repartir avec son fils.

« A l'heure indiquée, il se présenta donc aux portes du palais ; deux soldats vinrent alors déposer à ses pieds le corps inanimé de Raad. Il avait été pendu à l'aube de ce jour-là et sa gorge était encore tiède.

« Lorsque le cheikh Francis, en larmes, s'en alla demander au *diwan* pourquoi on avait agi ainsi, il lui fut répondu par ces mots : "Notre émir avait dit que, pour ce crime, il devait punir un père et un fils. Désormais, le compte est bon !" »

L'homme qui avait prononcé ces paroles n'était autre que le *khwéja* Salloum, dont le cheikh — à en croire l'auteur de la *Chronique* — savait déjà le rôle dans la capture de Gérios. Et il lui aurait dit :

— Toi qui es son chien de chasse, va dire à ton émir qu'il ferait mieux de me tuer aussi, s'il veut dormir tranquille.

Et Salloum aurait rétorqué, du ton le plus calme :

— Je le lui ai déjà dit, mais il a tenu à te laisser partir libre. C'est lui le maître...

— Je ne connais pas d'autre maître que Dieu !

On raconte qu'en quittant le palais le cheikh serait allé dans une vieille église des environs de Beiteddine. Et se serait agenouillé devant l'autel pour faire cette prière :

— Seigneur, la vie et ses plaisirs n'ont plus aucun sens pour moi. Mais ne permets pas que je meure avant de m'être vengé !

Si Salloum et Fahim étaient les agents de l'émir, le douanier turc, le riche marchand superstitieux et aussi la femme aux oranges furent, à n'en pas douter, les agents de la Providence.

Mais, en ces journées d'angoisse, Tanios ne pensait pas à lui-même ni à la mort qui lui avait donné rendez-vous et qu'il n'était pas allé rencontrer. Il cherchait encore à se persuader qu'on ne lui avait pas menti, que « l'ogre » avait bien été tué, que la nouvelle ne manquerait pas de se répandre. Fahim, se disait-il, appartenait sans nul doute à un réseau secret d'opposants ; on avait pu l'informer de certains événements que le commun des gens ne saurait que le lendemain, ou la semaine suivante.

Alors il était allé rôder au café d'Elefthérios et dans les souks, et sur les quais et dans les tavernes près du port, cherchant à repérer par l'apparence ou par l'accent les gens de la Montagne et du Littoral, matelots, négociants, voyageurs. Personne ne put le rassurer.

Le soir, il était remonté dans sa chambre, pour passer la nuit entière au balcon. A voir s'éteindre les lumières de Famagouste, jusqu'à la dernière. A écouter le grondement des vagues et les bottes des militaires en patrouille. Puis, à l'aube, tandis que dans les rues couraient les ombres des premiers passants, il s'était assoupi aux bruits de la ville, le front contre la balustrade. Jusqu'à ce que le soleil, arrivé à mi-course, lui eût brûlé les yeux. Alors, pétri de courbatures, le ventre amer, il s'était levé, afin de reprendre sa quête.

A l'instant où il quittait l'auberge, il vit passer un carrosse arborant le drapeau anglais. Il se jeta presque sur lui, en criant dans sa langue :

— Sir, Sir, j'ai besoin de vous parler.

La voiture s'arrêta, et le personnage qu'elle transportait montra par la portière une moue perplexe.

— Seriez-vous sujet britannique ?

L'accent affecté par Tanios pouvait le laisser croire, mais sa mise disait autre chose. L'homme, en tout cas, paraissait disposé à l'écouter, et le garçon lui demanda s'il était au courant d'événements graves qui se seraient produits dans la Montagne.

Le personnage le dévisageait pendant qu'il parlait. Et quand il eut fini, au lieu de lui répondre, il annonça d'une voix triomphante :

— Je m'appelle Hovsépian, je suis drogman du consul d'Angleterre. Et vous, vous devez être Tanios.

Il laissa à son jeune interlocuteur le temps d'arrondir les yeux.

— Il y a quelqu'un qui vous cherche, Tanios. Il a donné votre signalement au consulat. Un pasteur.

— Le révérend Stolton ! Où est-il ? Je voudrais tant le revoir !

— Il a malheureusement repris le bateau hier même, de Limassol.

Ephémérides du révérend Jeremy Stolton, observations finales de l'année 1839 :

« J'avais prévu de me rendre à Constantinople au mois de novembre afin de m'entretenir avec Lord Ponsonby, notre ambassadeur, au sujet de la fermeture provisoire de notre école, décision que j'avais dû prendre en raison des tensions accrues dans la Montagne, et singulièrement à Sahlaïn...

« Or, dans les semaines qui avaient précédé mon départ, j'avais eu écho des rumeurs selon lesquelles Tanios et son père avaient trouvé refuge à Chypre. Je m'étais alors demandé si je ne devais pas, sur ma route, faire escale dans cette île.

« Mon hésitation était grande. D'une part, je ne voulais pas, en tant que ministre de l'Eglise réformée, faire montre de la moindre complaisance à l'égard du meurtrier d'un patriarche catholique. Mais, d'un autre côté, je ne pouvais me résoudre à ce que le plus brillant de mes élèves, le plus doué, le plus dévoué, et qui était devenu pour Mrs Stolton et pour moi-même un peu comme un fils adopté, finît ses jours pendu au bout d'une corde sans avoir commis d'autre crime que sa compassion filiale à l'endroit d'un père égaré.

« J'avais donc résolu d'effectuer ce détour par Chypre dans l'unique but de séparer le destin du garçon de celui de son père. Ignorant que la chose était en train de se faire au même moment, grâce à la sage intervention du Tout-Puissant, et sans recours au dérisoire intermédiaire que j'étais.

« Par une sorte de naïveté dont aujourd'hui je rougis, mais qu'excuse ma grande espérance, j'étais persuadé qu'en arrivant sur l'île, en posant aux gens les questions adéquates, je me retrouverais au bout de quelques heures en présence de mon pupille. Celui-ci avait une caractéristique qui le rendait facilement identifiable — ses cheveux prématurément blanchis — et s'il n'avait pas eu, me disais-je, la malencontreuse mais prudente idée de les teindre, je pourrais me faire conduire jusqu'à lui.

« Les choses s'avérèrent plus compliquées. L'île est vaste — environ quarante fois plus étendue que Malte, que j'ai mieux connue — et ses ports sont nombreux. Et puis, à peine avais-je commencé à poser des questions autour de moi que je me rendis compte, avec effarement, du danger que, sans le vouloir, je faisais courir à mon protégé. Après tout, je n'étais pas le seul à le chercher, et en me montrant efficace dans mes investigations, j'allais peut-être faciliter la tâche de ceux qui voulaient sa perte.

« Je me résignai donc, au bout de deux jours, à confier cette délicate mission à un homme de grande habileté, Mr Hovsépian, le drogman arménien de notre consulat, avant de poursuivre mon voyage.

« C'est le lendemain même de mon départ que Tanios fut retrouvé, non pas à Limassol, où je l'avais cherché, mais à Famagouste. Mr Hovsépian lui recommanda de ne pas quitter l'auberge où il était logé, lui promettant de me faire parvenir un message à son sujet. Message qui me fut effectivement communiqué, trois semaines plus tard, par le secrétaire de Lord Ponsonby... »

Si elle avait permis d'établir ce précieux contact, la rencontre avec le drogman n'avait guère rassuré Tanios quant à l'essentiel : les nouvelles en provenance du pays. De toute évidence, l'émir n'était pas mort. Le mécontentement, certes, se propageait, et l'on parlait de soulèvement dans la Montagne ; de plus, les Puissances, notamment l'Angleterre, l'Autriche, la Russie, se consultaient sur la meilleure façon de protéger le sultan contre les menées de son rival d'Egypte ; une intervention militaire n'était plus du tout exclue ; toutes choses qui allaient sans doute dans le sens qu'avait souhaité le malheureux Gérios. Mais aucun bouleversement n'avait eu lieu, rien qui pût justifier son retour précipité.

Tanios pensait et repensait aux conversations avec Fahim, avec Salloum, il réentendait leurs paroles, revoyait leurs mimiques qu'à présent il comprenait différemment. Puis, il imaginait Gérios arrivant au port, saisi par les soldats, découvrant la vérité, enchaîné, battu, humilié, conduit à la potence, tendant la nuque au bourreau, ensuite se balançant imperceptiblement au petit vent de l'aube.

Quand cette image se formait dans son esprit, Tanios se sentait profondément coupable. Sans ses caprices et son aveuglement, sans ses menaces de suicide, jamais l'intendant ne se serait mué en assassin. « Comment pourrais-je affronter à nouveau le regard de ma mère, et les murmures des villageois ? » Alors il songeait à partir, loin, le plus loin possible.

Mais il se ravisait, il repensait à Gérios, il revoyait

ses yeux apeurés le jour du meurtre du patriarche, il
l'imaginait avec ces mêmes yeux face à la corde, face à
la traîtrise. Et, comme en ce jour-là, il murmurait à
son adresse le mot de « père ».

HUITIÈME PASSAGE

A genoux pour la gloire

Alors je pris Tanios à part, ainsi que mon devoir me com-
mandait d'agir, et lui dis : Réfléchis, tu n'as rien à faire
dans cette guerre. Que les Egyptiens dominent ta Monta-
gne ou bien les Ottomans, que les Français dament le pion
aux Anglais ou l'inverse, rien ne sera changé pour toi.
Mais il a seulement répondu : on a tué mon père !

Ephémérides du pasteur Jeremy Stolton,
année 1840.

I

Pour quelle raison l'émir avait-il laissé partir libre le cheikh blessé ? Ce ne pouvait être une négligence, encore moins de la compassion.

— Il faut qu'il puisse pleurer sur la dépouille de son fils, avait pourtant dit le vieux monarque.

Et ses longs, trop longs cils s'étaient mis à frémir comme les pattes d'une invisible araignée.

De retour à Kfaryabda, le cheikh avait parlé d'organiser pour Raad les plus prestigieuses obsèques que la Montagne eût connues. Piètre consolation, mais il avait le sentiment de devoir à son fils, à sa race, cet ultime hommage ; et à l'émir cet ultime défi.

— Vous verrez, les gens vont affluer par villages entiers. Et les plus nobles comme les plus humbles viendront exprimer leur tristesse, leur juste colère et leur haine du tyran.

Mais on sut l'en dissuader. Les villageois se consultèrent et, portant comme toujours leurs inquiétudes, le curé monta au château.

— Notre cheikh ne s'est-il pas demandé pourquoi l'émir l'avait épargné ?

— C'est la question que je me pose depuis que j'ai quitté Beiteddine. Je n'ai pas de réponse.

— Et si le tyran voulait justement que notre cheikh batte le rappel de tous ses fidèles amis, de tous les opposants, de tous ceux qui voudraient que les choses changent ? Tous ces gens viendraient se rassembler à

Kfaryabda, et parmi eux se glisseraient les agents de l'émir. Ils connaîtraient leurs noms, ils se rappelleraient leurs paroles, puis, dans les jours suivants, les uns après les autres vos amis seraient bâillonnés.

— Tu as peut-être raison, *bouna*. Mais je ne peux tout de même pas enterrer mon fils à la sauvette comme un chien.

— Pas comme un chien, cheikh, simplement comme un fidèle qui a foi dans la Rédemption et dans la justice du Créateur.

— Tes paroles me réconfortent. Tu parles pour la religion, et pour la sagesse aussi. Et cependant, quelle victoire pour l'émir s'il peut nous empêcher même de partager notre deuil avec ceux qui nous aiment !

— Non, cheikh, cela, il ne le peut pas, tout émir qu'il est. Nous pouvons envoyer des hommes dans tous les villages pour leur demander de prier en même temps que nous, mais sans qu'ils se déplacent jusqu'ici. Ainsi, chacun pourra nous témoigner sa sympathie sans donner prise à l'émir.

Pourtant, le jour des obsèques, alors que seuls les gens du village devaient se réunir, on vit arriver Saïd beyk. « Le seigneur de Sahlaïn venait de faire une chute, précise la *Chronique*, mais il avait tenu à effectuer ce déplacement, appuyé sur le bras de son fils aîné, Kahtane beyk. »

— Le cheikh Francis a demandé à ses nombreux amis de ne pas venir en cette circonstance, pour éviter de les embarrasser — c'est sa noblesse et son honneur. Mon honneur à moi me dictait de venir quand même !

« Cette parole allait lui coûter la vie, observe l'auteur de la *Chronique*, et valoir à notre village des souffrances renouvelées. »

Les deux vieux chefs étaient debout, épaule contre épaule, ensemble pour la dernière fois. Sur la tombe de Raad, *bouna* Boutros psalmodia une longue prière dans laquelle il avait glissé une phrase pour Gérios, afin qu'au Ciel son crime fût pardonné. La dépouille de l'intendant ne devait pas être récupérée ; à ma connaissance, il n'a jamais reçu de véritable sépulture.

Deux semaines ne s'étaient pas écoulées lorsqu'un important détachement de troupes égyptiennes et de soldats de l'émir investit Kfaryabda, à l'aube et de tous les côtés à la fois comme s'il s'agissait d'une forteresse ennemie. Les militaires se répandirent sur la Blata, dans les rues avoisinantes, sur les routes d'accès au village, et dressèrent leurs tentes tout autour du château. C'est Adel efendi qui était à leur tête, mais il avait à son côté le *khwéja* Salloum, mandaté par l'émir.

Les deux hommes demandèrent à rencontrer le cheikh. Qui s'enferma aussitôt dans ses appartements, leur faisant dire que s'ils avaient le moindre respect pour son deuil, ils ne seraient pas venus l'importuner avant le quarantième jour. Mais ils forcèrent sa porte et l'obligèrent à écouter un message du « tyran ». Ce dernier lui rappelait que le patriarche était venu lui demander de fournir des hommes pour l'armée, et il voulait savoir s'il était disposé à le faire. Le cheikh répondit de la même manière :

— Revenez me voir après le quarantième jour et je vous parlerai.

Mais ils étaient venus pour la provocation, et pour une mission qu'ils devaient accomplir. Et pendant que Salloum faisait mine de parlementer au château, ses hommes passaient de maison en maison, appelant les habitants à se rassembler sur la Blata pour écouter une proclamation.

Les gens du village commencèrent à s'approcher, méfiants mais curieux, et peu à peu ils remplirent la place, de la cour de l'école paroissiale jusqu'aux arcades du cafetier. Des gamins insouciants plongèrent même leurs mains dans l'eau glacée de la fontaine avant d'être congédiés d'une gifle par leurs parents.

Là-haut, dans les appartements du cheikh, Adel efendi était debout près de la porte, muet, les bras croisés, tandis que Salloum s'appliquait à harceler son hôte, sa proie.

— Les hommes de Kfaryabda sont réputés pour leur bravoure, et dès qu'ils seront sous les armes, notre émir a pensé à une mission pour eux.

Peut-être avait-il envie qu'on lui demandât de quelle mission il s'agissait. Mais le cheikh le laissa poursuivre.

— Les gens de Sahlaïn se montrent de plus en plus arrogants. Hier même, ils ont tendu une embuscade à une patrouille de nos alliés, et blessé trois hommes. Il est temps de leur infliger une punition exemplaire.

— Et vous voulez conduire mes hommes contre les hommes de Saïd beyk ?

— Nous, conduire vos hommes, cheikh Francis ? Jamais ! Il y a des traditions, à Kfaryabda. C'est vous qui serez à leur tête, et personne d'autre. N'est-ce pas vous qui les menez toujours au combat ?

Le chef des espions semblait se délecter dans son rôle — une pique à la main, à fouiller lentement la chair du fauve blessé. Le cheikh eut un regard vers la porte de sa chambre. Une dizaine de militaires attendaient, l'arme apprêtée. Il se tourna vers son tortionnaire, et eut un soupir de mépris.

— Va dire à ton maître qu'entre la famille de Saïd beyk et la mienne, il n'y a jamais eu de sang versé, et que, moi vivant, il n'y en aura pas. En revanche, entre ton émir et moi, il y a maintenant le sang de mon fils innocent, qui sera racheté comme il doit l'être. Ton maître croit trôner aujourd'hui au sommet de sa puissance, mais les plus hautes montagnes donnent sur les plus profondes vallées. A présent, s'il vous reste à l'un et à l'autre une once de dignité, sortez de ma chambre, et quittez mon château !

— Ce château n'est plus à toi, dit alors Salloum en regardant par terre. J'ai ordre de le saisir.

Adel efendi écarta le battant de la porte, pour laisser passer ses hommes qui s'impatientaient.

Quelques minutes plus tard, le cheikh Francis, les yeux bandés, les mains liées derrière le dos, descendait les marches du château vers la fontaine, entre deux soldats qui le soutenaient par les bras. Il avait la tête nue, laissant voir des cheveux d'argent dressés autour d'une légère calvitie. Mais il portait encore son gilet vert pomme aux broderies dorées, ultime vestige de son autorité.

La population du village était là, muette, immobile. Respirant au rythme de la progression du vieil homme, sursautant chaque fois que son pied glissait sur une marche, et qu'on le redressait.

Puis Salloum fit signe aux soldats de ne plus avancer et de faire asseoir le cheikh à même le sol. Adel efendi et lui-même vinrent se placer juste devant leur prisonnier, de telle manière que la foule ne le voyait plus.

Le conseiller de l'émir prononça alors ce discours :

« Gens de Kfaryabda,

« Ni ce cheikh, ni son ascendance, ni sa descendance n'ont jamais eu la moindre considération pour vous, pour l'honneur des femmes, ni pour les droits des métayers. Sous prétexte de percevoir l'impôt, ils ont prélevé des sommes indues qui servaient à entretenir dans ce château leur vie fastueuse et dissolue.

« Mais cet individu que vous voyez à terre derrière moi a fait pire. Il s'est allié à l'hérésie, il s'est rendu coupable de la mort d'un vénérable patriarche, il a attiré sur ce village et sur ses habitants le courroux du Ciel et celui des autorités.

« Je suis venu vous annoncer que l'âge de la féodalité est révolu. Oui, il est révolu le temps où un homme orgueilleux s'arrogeait des droits abusifs sur les femmes et les jeunes filles.

« Ce village n'appartient plus au cheikh, il appartient à ses habitants. Toutes les propriétés du féodal sont, à partir de ce jour, confisquées à votre profit, et confiées à la garde du *khwéja* Roukoz, ici présent, afin qu'il assure leur gestion avec diligence pour le bien de tous. »

L'ancien intendant était là depuis un moment, à cheval, entouré de ses gardes, un peu à l'écart de la foule. Les visages se tournèrent un moment vers lui. Il passa la main dans sa barbe prospère et esquissa un léger sourire. Tandis que Salloum concluait :

« Aujourd'hui, par la volonté du Très-Haut, par la sage bienveillance de notre émir bien-aimé, et avec l'appui de nos alliés victorieux, une page est tournée dans l'histoire de cette contrée. L'exécrable féodal est à terre. Le peuple est dans l'allégresse. »

La foule était restée silencieuse, tout au long. Aussi silencieuse que le cheikh. Un homme, un seul, avait laissé échapper un cri de joie. Pour le regretter aussitôt. Nader. Il était arrivé sur la place, semble-t-il, vers la fin du discours de Salloum et, se souvenant peut-être de « sa » Révolution française, il avait simplement crié : « Abolition des privilèges ! »

Cent regards de feu se tournèrent alors vers lui, et malgré la présence d'Adel efendi avec ses soldats, de Roukoz avec ses gardes et du conseiller de l'émir, le muletier prit peur. Il quitta Kfaryabda le jour même, se promettant de ne plus y remettre les pieds.

A cette exception près, nulle part dans la foule on ne vit trace du bonheur censé accompagner cette proclamation libératrice. Sur les visages des hommes et des femmes des larmes coulaient, qui n'étaient pas d'allégresse. Les militaires égyptiens se regardaient sans comprendre. Et Salloum promenait sur tous ces ingrats un regard menaçant.

Quand on força le cheikh à se relever, et qu'on le traîna au loin, des pleurs se firent entendre et des prières et des gémissements, comme à l'enterrement d'un être cher. Parmi les femmes qui se lamentaient, il y en avait plus d'une que le cheikh avait connue, puis délaissée, et d'autres qui avaient dû ruser pour se soustraire à ses avances. Mais toutes pleuraient. Lamia plus qu'une autre, qui se tenait près de l'église, vêtue de noir, encore belle et élancée malgré l'assaut des malheurs.

Et soudain, le glas de l'église. Un coup. Un silence. Un autre coup, plus sonore, qui se propagea comme un grondement. Les montagnes voisines renvoyaient l'écho, il tintait encore dans les oreilles quand retentit un troisième coup. C'étaient les bras inébranlables de la *khouriyyé* qui tenaient la corde, la tiraient, la renvoyaient, la retenaient et puis tiraient encore.

Les soldats, un moment interloqués, avaient repris leur marche. Au milieu d'eux, le cheikh s'était redressé du plus haut qu'il pouvait.

Ce n'est pas ainsi que j'aurais dû présenter la grande révolution sociale qui s'est produite dans mon village en ce temps-là. Pourtant, c'est ainsi que mes sources la révèlent, et c'est ainsi qu'elle est restée dans la mémoire des vieillards.

Peut-être aurais-je dû maquiller un peu les événements, comme d'autres l'ont fait avant moi. J'aurais sans doute gagné en respectabilité. Mais la suite de mon histoire en serait devenue incompréhensible.

II

Le lendemain même de cette cérémonie, Roukoz abandonna sa somptueuse propriété comme un vêtement devenu trop étroit et indigne. Pour élire domicile au château, avec sa fille, ses gardes, ses frayeurs et ses mesquineries. Il apporta également un portrait de lui, qu'il avait fait exécuter par un artiste vénitien de passage et qu'il s'empressa d'accrocher dans la salle aux Piliers en remplacement du panneau qui retraçait la généalogie du cheikh dépossédé. Un portrait fort ressemblant, dit-on, à ceci près qu'il n'y avait sur le visage peint aucune trace de la petite vérole.

Asma fut installée dans la chambre jadis occupée par la cheikha, et il semble qu'elle n'en sortait que rarement. Quant à l'aile où vivait l'intendant du château, et que Roukoz avait occupée des années plus tôt, elle demeura vide. Lamia résidait toujours chez sa sœur, la *khouriyyé*. On ne la voyait guère. Tout au plus se rendait-elle à l'église le dimanche, en passant par la sacristie. Silhouette noire et fine que les fidèles regardaient avec douceur, mais qui ne semblait plus avoir de regard elle-même.

— N'avait-elle jamais de remords ? demandai-je un jour au vieux Gébrayel.

Il plissa les yeux, l'air de n'avoir pas saisi le sens de ma question.

— Toi, et tous les anciens du village, vous m'avez laissé entendre qu'en un certain après-midi de septembre, dans la chambre du cheikh, elle avait cédé à la tentation, et que sa faute avait attiré sur le village une succession de malheurs. Pourtant, chaque fois que vous évoquez la mère de Tanios, elle n'est qu'innocence et beauté et grâce, « agnelle confiante », jamais vous ne la jugez coupable, et pas une fois vous ne parlez de son remords.

Gébrayel sembla ravi de ma colère, comme si c'était un privilège que de l'engager à défendre l'honneur de cette dame. Nous étions assis dans le salon de sa vieille maison en pierre de sable. Il me prit par la main pour m'emmener au-dehors, sur une terrasse au milieu de laquelle survivait un mûrier du temps jadis.

— Promène tes yeux sur notre Montagne. Ses pentes douces, ses vallées secrètes, ses grottes, ses rochers, son souffle parfumé, et les couleurs changeantes de sa robe. Belle, comme une femme. Belle comme Lamia. Et elle aussi porte sa beauté comme une croix.

» Convoitée, violentée, bousculée, souvent prise, quelquefois aimée et amoureuse. Que signifient, au regard des siècles, l'adultère, la vertu ou la bâtardise ? Ce ne sont que les ruses de l'enfantement.

» Tu aurais donc préféré que Lamia restât cachée ? Sous le gouvernement de Roukoz, elle vécut cachée. Et notre village était alors comme un cyclamen renversé ; sa fleur enfouie sous terre et, tournés vers le ciel, les poils boueux de son tubercule.

« Tubercule poilu » était la moins désobligeante, la moins féroce des comparaisons qui venaient à l'esprit des vieux de mon village dès qu'était mentionné le nom de Roukoz. Sans doute cette aversion n'est-elle pas imméritée. Elle m'a cependant quelquefois paru excessive. Il y avait chez cet homme le sordide, certes, mais également le pathétique ; l'ambition était pour lui ce que le jeu ou l'avarice sont pour d'autres, un vice dont il souffrait alors même qu'il ne pouvait s'empêcher de s'y adonner. Est-ce à dire que sa faute, le jour où il avait trahi Tanios, équivaut à celle d'un flambeur qui gaspille une somme dérobée à un être cher ? Je n'irai pas jusque-là ; il me semble toutefois qu'au moment où il entourait le garçon de sa sollicitude, ce n'était pas seulement par froid calcul, il avait une rageuse envie de sentir que Tanios l'aimait et l'admirait.

Si je mentionne ce trait de caractère, ce n'est pas pour le disculper — où qu'il se trouve, il n'en a plus besoin — mais parce qu'avec les villageois, ses administrés, il allait se comporter de la même manière.

Il avait, certes, multiplié les manigances, les compromissions, les bakchichs pour obtenir que lui fût confié le fief de son rival déchu. Mais cette revanche depuis tant d'années attendue et préparée, il n'avait pu la savourer. A cause de ces gens qui avaient pleuré au spectacle de leur seigneur humilié. Le père d'Asma avait eu, ce jour-là, la grimace hautaine, mais il était ulcéré. Et il s'était promis de gagner l'affection de cette foule, avant longtemps, et par tous les moyens.

Il commença par abolir le baisemain, symbole de l'arrogance féodale. Puis il fit dire aux paysans que, jusqu'à la fin de l'année, il ne leur réclamerait plus la moindre piastre « pour leur donner le temps de se reprendre après les difficultés des dernières saisons » ; s'il y avait des impôts à acquitter, il le ferait sur ses propres deniers.

Il décida également de réparer le clocher de l'église, qui menaçait de s'écrouler, et de curer le bassin de la fontaine. De plus, il prit l'habitude de distribuer des pièces d'argent autour de lui chaque fois qu'il traversait le village, dans l'espoir qu'on se réjouirait de ses passages, et qu'on l'acclamerait. En vain. Les gens se baissaient pour ramasser la pièce, puis ils se relevaient en lui tournant le dos.

Quand, le premier dimanche après son avènement, Roukoz s'était rendu à l'église, il estimait de son droit d'occuper le siège couvert d'un tapis, qui était jusque-là réservé au cheikh. Mais le siège avait disparu. Escamoté par les soins du curé. Qui avait choisi ce jour-là, comme thème de son prêche, cette parole de l'Evangile : « Il est plus difficile à un riche d'entrer dans le royaume de Dieu qu'à un chameau de passer par le chas d'une aiguille. »

Ce qui, dans ce village où l'attribution d'un sobriquet équivaut à un second baptême, eut un effet instantané... mais pas celui auquel je me serais attendu. Roukoz ne fut pas surnommé « le chameau » — on avait trop d'affection pour ces bêtes, trop d'estime pour leur fidélité, leur endurance, leur tempérament ainsi que pour leur utilité —, ce fut le château qu'on surnomma « l'aiguille », comme je l'ai déjà mentionné.

Ce n'était là que la toute première pierre d'un véritable éboulis d'anecdotes véhémentes, souvent cruelles.

Celle-ci, à titre d'exemple, que Gébrayel se plaît encore à raconter : « Un villageois se rend auprès de Roukoz et le supplie de lui prêter pour un jour le portrait qui le représente. L'ancien intendant est d'autant plus flatté que son visiteur lui explique qu'avec ce portrait il fera très vite fortune.

« — De quelle manière ?

« — Je vais l'accrocher au mur, les gens du village viendront défiler, et je les ferai payer.

« — Tu les feras payer ?

« — Trois piastres pour une insulte, et six piastres pour un crachat. »

Exaspéré par tout ce qu'on s'ingéniait à inventer contre lui, Roukoz finit par réagir d'une manière si bouffonne qu'elle lui fit certainement plus de tort que tous les persiflages de ses détracteurs. Il se laissa en effet persuader que ces anecdotes ne naissaient pas spontanément, mais que des conjurés se réunissaient dans une maison chaque soir pour inventer celle qui serait propagée le lendemain. Et qu'il y avait parmi eux, déguisé, un agent anglais. Le *khwéja* demanda à ses hommes de se répandre dans le village pour repérer, coûte que coûte, « l'atelier des anecdotes » !

J'aurais juré qu'il ne s'agissait là que de l'une des nombreuses historiettes imaginées par ses ennemis, et certainement pas la plus vraisemblable, si Nader — peu susceptible d'hostilité envers Roukoz — n'avait lui-même mentionné la chose comme un fait incontesté.

« Par leur complaisance, ils avaient fait du cheikh un tyran capricieux ; par leur malveillance, ils ont rendu fou celui qui lui a succédé.

« Il ne demandait qu'à leur plaire et à se faire pardonner, il aurait distribué sa fortune entière pour entendre de leurs lèvres un mot de reconnaissance.

« Il finit ivre dans la nuit à chercher l'atelier des anecdotes, et leurs rires fusaient de toutes leurs maisons sans lumière.

« Moi j'ai quitté le village pour ne pas rire de leurs rires, mais je pleurerai un jour de leurs pleurs. »

Il est exact qu'il y a toujours eu quelque chose de déroutant dans le comportement des gens de mon village à l'égard de leurs gouvernants. En certains, ils se reconnaissent ; en d'autres, pas. Parler de chef légitime et d'usurpateur ne ferait que déplacer le problème. Ce n'est pas la durée qui assure à leurs yeux la légitimité, ce n'est pas la nouveauté en soi qu'ils rejettent. S'agissant du cheikh, il y avait chez eux ce sentiment qu'il leur appartenait, qu'il se comportait en fonction de leurs envies, de leurs frayeurs, de leurs colères — quitte à leur faire subir les siennes. Alors que son rival obéissait aux pachas, aux officiers, à l'émir... Roukoz aurait pu leur distribuer sa fortune entière. Ils auraient pris du bout des doigts, et de ces mêmes doigts ils auraient fait à son adresse un geste infamant.

L'ancien intendant allait confirmer d'ailleurs leurs pires suspicions. N'avait-il pas été promu par ses maîtres afin qu'il les servît plus docilement que ne l'eût fait le cheikh ? Après trois petites semaines de répit, les commanditaires vinrent le trouver avec, si l'on peut dire, les traites à payer.

Le cheikh n'avait pas voulu marcher contre Sahlaïn, Roukoz avait promis de le faire ; Adel efendi vint exiger de lui qu'il tînt promesse. Le nouveau maître de Kfaryabda n'avait pas encore perdu tout espoir de séduire ses administrés, et il savait qu'en leur demandant de se battre contre le village voisin, il serait discrédité pour toujours. Aussi y avait-il eu, entre l'officier et lui, cet échange sans aménité.

— Je viens de prendre en main cette contrée, attendez que mon pouvoir y soit consolidé, avait supplié Roukoz.

— Ton pouvoir, c'est nous !

— Dans les villages de la Montagne, quand commencent les règlements de comptes, ils se poursuivent de génération en génération, plus rien ne peut les arrêter...

L'officier l'avait alors interrompu par ces mots, consignés tel quel sous la plume vertueuse du moine Elias :

— Quand je vais voir un tenancier de lupanar, ce n'est pas pour l'entendre discourir sur les mérites de la virginité !

Puis il avait ajouté :

— Demain à l'aube je serai ici avec mes hommes. Nous ne prendrons même pas le café chez toi. Tu seras dehors, avec les villageois que tu auras pu recruter. Nous les compterons, puis nous déciderons de ton sort.

La *Chronique* relate alors ce qui suit :

« A l'aube de cette journée maudite entre toutes, Adel efendi arriva au village avec quarante cavaliers et trois fois plus de fantassins. Ils montèrent jusqu'au château, où Roukoz les attendait dans la cour. Il avait autour de lui les hommes de sa garde, trente cavaliers armés de fusils neufs.

« L'officier dit : Ceux-ci, je les connais, mais où sont les autres ?

« Alors Roukoz désigna dix hommes (suivent les noms de six d'entre eux...) qu'il avait réussi à recruter moyennant finance.

« Voilà donc tout ce que peut lever ce village réputé pour sa vaillance ? s'étonna l'officier.

« Et il jura de prendre des mesures dès qu'il en aurait fini avec les gens de Sahlaïn. Puis il ordonna à ses soldats d'avancer à travers la forêt de pins, suivis des hommes de Roukoz.

« Arrivés dans ce dernier village, ils désarmèrent facilement les gardes de Saïd beyk et en tuèrent huit, puis ils entrèrent dans son palais, firent parler leurs épées. Le maître de Sahlaïn fut frappé durement sur la tête et mourut trois jours plus tard. Son fils aîné, Kahtane, fut battu, et laissé pour mort, mais il se rétablit comme nous le verrons. Le village lui-même fut pillé, les hommes qu'on y rencontra furent tués et les femmes humiliées. On compta vingt-six morts, dont le beyk, un homme de bien, aimé des chrétiens autant que des druzes, Dieu ait son âme et maudits soient à jamais les fauteurs de division. »

On rapporte que, sur le chemin du retour, Roukoz aurait de nouveau fait part à l'officier de ses scrupules :

— Ce que nous venons de faire va embraser la Montagne pour cent ans.

Et que l'autre aurait répondu :

— Vous n'êtes ici que deux races de scorpions, et si vous vous piquiez les uns les autres jusqu'au dernier, le monde ne s'en porterait que mieux.

Puis il aurait ajouté :

— S'il n'y avait pas eu cette satanée Montagne sur notre route, notre pacha serait aujourd'hui sultan à Istanbul.

— Ce jour viendra, si Dieu le veut.

Selon toute apparence, Dieu ne le voulait pas, ou ne le voulait plus. L'officier en avait conscience, et son ton désabusé inquiéta Roukoz au plus haut point. Le père d'Asma était prêt à servir l'armée d'occupation, à condition qu'elle fût victorieuse. Si, demain, les Egyptiens évacuaient la Montagne, Adel efendi se retrouverait gouverneur à Gaza, ou à Assouan, mais lui, Roukoz, que deviendrait-il ? Il avait conscience ce jour-là de s'être engagé trop loin, surtout avec cette expédition à Sahlaïn, jamais on ne la lui pardonnerait.

Pour l'heure, toutefois, il lui fallait préserver ses bons rapports avec ses protecteurs.

— Ce soir, Adel efendi, pour célébrer la victoire et récompenser tous vos hommes qui se sont si vaillamment battus, je vais donner une fête au château...

— Pour que mes soldats s'enivrent et se fassent massacrer !

— A Dieu ne plaise ! Qui oserait s'en prendre à eux ?

— Si tu verses à un seul de mes hommes une goutte d'arak, je te ferai pendre pour trahison.

— Efendi, je croyais que nous étions amis !

— Je n'ai plus le temps d'avoir des amis. D'ailleurs, il n'y a jamais eu d'amis pour nous dans cette Montagne. Ni les hommes, ni les bêtes, ni les arbres, ni les rochers. Tout est hostile, tout nous guette.

» Et maintenant, écoute-moi bien, Roukoz ! Je suis

officier, et je ne connais que deux mots, l'obéissance ou la mort. Lequel des deux choisis-tu ?

— Ordonne, j'obéirai.

— Ce soir, les hommes se reposeront. Sous leurs tentes, hors du village. Et demain, nous désarmerons la population entière, maison après maison.

— Ces gens ne vous veulent pas de mal.

— Ce sont des scorpions, te dis-je, et je ne me sentirai tranquille que lorsqu'ils n'auront plus ni aiguillon ni venin. Dans chaque maison tu confisqueras une arme.

— Et celles qui n'en ont pas ?

— Notre pacha a dit que dans cette Montagne, chaque maison possède une arme à feu, crois-tu qu'il a menti ?

— Non, il a sûrement dit vrai.

Le lendemain, dès l'aube, les hommes de Roukoz, surveillés de près par les soldats d'Adel efendi, entreprirent de perquisitionner dans les maisons du village. La première fut celle de Roufayel, le barbier, située au voisinage de la Blata.

Quand on frappa à sa porte et qu'on lui demanda de livrer ses armes, il s'en montra amusé :

— Je n'ai pas d'autres armes que mes rasoirs, je vais vous en apporter un.

Les hommes de Roukoz voulaient entrer dans la maison pour effectuer une fouille, mais leur maître, qui se tenait tout près de là avec l'officier égyptien, rappela Roufayel pour lui parler. Tout autour, les gens étaient aux fenêtres, ou sur les toits, les yeux et les oreilles aux aguets. Roukoz dit à voix haute :

— Roufayel, je sais que tu as un fusil, va le chercher, sinon tu t'en repentiras.

Le barbier répondit :

— Je te le jure par la terre qui recouvre le cercueil de ma mère, il n'y a pas d'armes dans cette maison. Tes hommes peuvent fouiller.

— S'ils commencent à fouiller, ils ne laisseront pas

pierre sur pierre, ni dans ta maison ni dans ton échoppe. Il vont même fouiller sous les plantes de ton jardin et sous les plumes de ton coq. Et aussi sous la robe de ta femme. M'as-tu compris, ou bien préfères-tu voir tout cela de tes yeux ?

L'homme avait maintenant peur.

— Crois-tu que je laisserais faire tout cela pour garder un fusil, alors que je ne saurais même pas m'en servir ? Je n'ai pas d'arme, j'ai juré par la tombe de ma mère, par quoi d'autre devrais-je jurer pour qu'on me croie ?

— Notre maître le pacha d'Egypte a dit : dans chaque maison de la Montagne, il y a une arme. Crois-tu qu'il a menti ?

— Dieu m'en préserve ! S'il l'a dit, c'est sûrement vrai.

— Alors écoute-moi. Nous allons continuer notre tournée, et nous repasserons chez toi dans un quart d'heure, cela te donnera le temps de réfléchir.

L'homme ne comprenait pas. Alors Roukoz lui dit tout haut, pour que l'ensemble du voisinage pût profiter du conseil.

— Si tu n'as pas d'arme, achètes-en une et livre-la, nous te laisserons tranquille.

Tout autour, les gens ricanaient, les hommes à voix basse, les femmes à voix plus audacieuse, mais Roukoz se contenta de sourire. Chez lui, comme on dit au village, « le nerf de la décence s'était rompu ». L'un de ses sbires s'approcha du barbier, et proposa de lui vendre son arme. Deux cents piastres.

— Alors donne-la-moi sans munitions, dit Roufayel. Tu m'éviteras la tentation de tirer sur quelqu'un !

Le barbier rentra chez lui. Et revint avec la somme exigée, qu'il versa en vrac. Le vendeur lui confia le fusil, le temps de compter les pièces. Puis il hocha la tête, reprit l'arme, et proclama :

— C'est bon, nous avons saisi une arme dans cette maison.

Le désarmement du village s'avéra si lucratif que, les jours suivants, on procéda à un ramassage semblable dans les villages voisins, et aussi à Dayroun, auprès des commerçants les plus fortunés.

Certains hommes, toutefois, n'avaient voulu livrer ni leurs armes ni leurs deniers. On les appela *frariyyé*, « insoumis », et ce jour où, apprenant que les perquisitions avaient commencé du côté de la Blata, ils s'étaient enfoncés avec fusils, sabres et nourriture dans l'épaisseur des collines boisées, ne laissant dans les maisons que les femmes, les garçons de moins de neuf ans et les impotents, on l'appela *yom-el-frariyyé*.

Combien furent-ils ? De Kfaryabda même, plus d'une soixantaine, et autant des hameaux voisins. Ils retrouvèrent bientôt ceux qui avaient déjà fui Sahlaïn, certains depuis fort longtemps ; les jours suivants, d'autres encore arrivèrent de Dayroun et de ses dépendances. Ils convinrent de s'entraider, mais que chacun suivrait ses propres chefs.

Durant la même période, un phénomène semblable s'était produit dans divers coins de la Montagne. Tous les insurgés n'étaient pas partis dans les mêmes circonstances, mais les raisons étaient comparables : la présence des troupes égyptiennes leur pesait, à cause des impôts, du recrutement forcé, du désarmement de la population.

Les insurgés furent aussitôt approchés — la chose est établie — par des agents anglais et ottomans qui leur prodiguèrent des armes, des munitions, de l'argent, et aussi des encouragements afin de rendre la vie difficile aux troupes du pacha et à l'émir, son allié. Ils leur assurèrent que les Puissances ne les laisseraient pas longtemps seuls face aux Egyptiens.

De temps à autre, des rumeurs se répandaient sur l'arrivée imminente d'une flotte anglaise. Et les insurgés de la Montagne, gonflés d'espoir, plaçaient leurs mains en coupe-lumière pour scruter la mer.

III

Tanios n'avait reçu, depuis des mois, aucune nouvelle du village, de ses geôliers, ni de ses insoumis. Mais les soubresauts du Levant n'allaient pas tarder à alimenter toutes les conversations à Londres, à Paris, à Vienne, comme au Caire ou à Istanbul. Et aussi, bien entendu, à Famagouste, à l'auberge, dans les ruelles marchandes, au café du Grec. Le combat décisif paraissait engagé ; et comme Lord Ponsonby l'avait prévu, c'est dans la Montagne qu'il se déroulait. Ainsi que sur le Littoral qu'elle surplombe, entre Byblos et Tyr.

Les Puissances européennes avaient finalement décidé d'envoyer leurs canonnières et leurs troupes pour mettre un terme aux ambitions du vice-roi d'Egypte, dont les soldats étaient constamment harcelés par des centaines de bandes d'insoumis.

Le jeune homme savait de quel côté penchait son cœur. Certains jours, l'envie le prenait de traverser ce bras de mer, de se procurer une arme pour faire le coup de feu avec les insurgés. Contre les Egyptiens ? Dans son esprit, c'était surtout contre l'émir. Contre celui dont les agents avaient dupé Gérios pour le conduire au supplice. C'est Fahim et Salloum qu'il aurait aimé trouver au bout de son fusil. Cela, oui, il en rêvait. Et il serrait les poings. Se redessinait alors dans son esprit l'image de Gérios pendu. Le rêve se muait en cauchemar éveillé, la rage se muait en dégoût. Et, d'un instant à l'autre, il perdait son envie de lutter. Il ne songeait plus qu'à partir. Dans l'autre direction. Vers l'occident. Vers Gênes, Marseille, Bristol. Et, au-delà, l'Amérique.

Entre deux mondes, Tanios ? Entre deux vengeances, plutôt. L'une par le sang, l'autre par le mépris. Tiraillé, il demeurait sur place, à Famagouste, auprès de Thamar. Leurs rêves entremêlés, et leurs corps.

Thamar, sa compagne d'égarement, sa sœur étrangère.

Dans le même temps, il ne cessait de guetter le retour du révérend Stolton. Mais c'est seulement au début de l'été qu'il reçut un message de lui, par l'intermédiaire de Mr Hovsépian, lui confirmant qu'il passerait sans faute par Chypre pour le voir. Et c'est trois mois plus tard que le pasteur arriva dans l'île. A Limassol. Où Tanios, averti par le drogman, alla le retrouver. C'était le 15 octobre de l'an 1840 ; trois semaines plus tard, Tanios-kichk était devenu un être de légende. Acteur d'une brève épopée, héros d'une énigme.

Il y eut d'abord ces retrouvailles à Limassol, dans une vaste propriété en bord de mer, résidence d'un négociant britannique. Vue de l'extérieur, une oasis de sérénité. Mais à l'intérieur plus grouillante qu'un caravansérail. Des marins, des officiers en chapeaux à cornes, des armes, des bottes, des boissons. Se souvenant de certaines pièces anglaises qu'il avait lues, Tanios avait l'impression de s'être fourvoyé par erreur dans les coulisses d'un théâtre, au milieu d'une répétition.

On le conduisit vers un bureau, enfumé mais calme. Le pasteur s'y trouvait, en compagnie de six autres personnages assis autour d'une table ovale. Tous étaient habillés à l'européenne, bien que l'un d'eux fût, de toute évidence, un Ottoman de haut rang. Tanios ne tarda pas à comprendre qu'il s'agissait d'émissaires accrédités par les Puissances.

Stolton quitta son siège, courut vers lui, l'embrassa paternellement. Les diplomates se contentèrent d'adresser au nouveau venu une ébauche de hochement de tête avant de reprendre leurs conversations à voix plus basses, en tirant plus sec sur leurs pipes. A l'exception d'un seul, qui se leva avec un large sourire et tendit la main.

Tanios mit quelques instants à le reconnaître. L'homme s'était laissé pousser une barbe brune abondante, un peu désordonnée d'ailleurs, et qui jurait avec sa mise élégante. Richard Wood. Celui que les gens du village avaient résolument baptisé « consul » d'Angleterre quand il ne l'était pas encore, mais qui, depuis, était devenu bien plus que cela, le maître d'œuvre de la politique anglaise, son agent virtuose, le « Byron » de la Montagne, le chef invisible des insurgés, leur pourvoyeur d'or, d'armes et de promesses.

Tanios ne l'avait plus rencontré depuis ce jour où il était venu au château de Kfaryabda chargé de cadeaux, qu'il lui avait offert son écritoire en argent, et à Raad son fusil.

— Nous nous sommes déjà vus il y a quatre ou cinq ans...

— Bien sûr, dit poliment Tanios.

Mais son regard se voilait d'images pénibles.

— Ma visite au village de notre jeune ami demeurera le souvenir le plus étonnant de mon premier séjour dans la Montagne.

C'est à ses collègues que Wood avait destiné cette explication, et en français, chose sans doute habituelle entre diplomates, mais paradoxale en la circonstance puisque, de toutes les Puissances européennes, seule la France n'était pas représentée.

Que faisait le pasteur Stolton au milieu de ces gens, se demandait Tanios ? Et pourquoi avait-il tenu à le rencontrer en leur présence ? Son pupille se serait attendu à ce qu'il le prît à part pour l'éclairer. Mais ce fut Wood qui lui proposa d'aller faire quelques pas avec lui dans les allées du jardin.

Le paysage se prêtait à leur conversation. Les palmiers s'alignaient en deux rangs militaires jusqu'à la mer ; entre le vert gazon et le bleu, aucune frontière ocre.

— Vous n'ignorez pas que des vaisseaux britanniques se trouvent en rade de Beyrouth, avec ordre de bombarder les fortifications de la ville chaque fois que ce sera nécessaire. D'autres navires viennent de débarquer sur la côte, vers Nahr el-Kalb, des unités britanniques, autrichiennes et ottomanes. Nous espérions que le vice-roi Méhémet-Ali comprendrait nos avertissements, il semble qu'il ne les ait pas pris au sérieux, ou qu'il se croit capable de nous faire face. Il a tort, et les Français ne voleront pas à son secours.

Wood parlait en anglais, mais en prononçant les noms locaux avec l'accent des gens de la Montagne.

— J'ai tenu à évoquer en premier les opérations militaires qui se déroulent en ce moment. Mais il n'y a pas que cela. L'action menée par les Puissances a beaucoup d'autres aspects, juridiques et diplomatiques, qu'il a fallu négocier dans le détail depuis de longs mois. Et l'un de ces aspects vous concerne, Tanios.

Le jeune homme n'osait même pas émettre un son d'approbation, de peur que tout cela ne fût un rêve et qu'il se réveillât avant d'en avoir vu l'aboutissement.

— A un moment donné, pour l'une des tâches que nous nous sommes fixées, et pas la plus facile je dois dire, il est convenu qu'un fils de la Montagne devrait être avec nous, pour jouer un certain rôle en un certain lieu. Pardonnez-moi si je dois m'exprimer d'une manière aussi énigmatique, je vous promets d'être plus explicite quand nous serons en mer. Je voulais surtout vous dire ici que notre choix s'est fixé sur vous. Il se fait que vous avez appris notre langue ; il se fait aussi que nous vous connaissons, le pasteur et moi, et vous apprécions ; le hasard, enfin, a voulu que vous vous trouviez à Chypre, sur le chemin que nous devions emprunter...

» Je ne vous cacherai pas que j'ai eu une hésitation. Non pas à cause du meurtre du patriarche, dont chacun sait que vous êtes innocent ; à cause du sort réservé à votre père. Ce que vous allez accomplir va dans le sens de votre désir légitime de... disons de réparation. Mais il vous faudra oublier vos ressentiments personnels le temps de cette mission. Etes-vous en mesure de me le promettre ? Et si c'est le cas, seriez-vous prêt à venir avec nous ?

Tanios donna son assentiment de la tête et des yeux. L'autre en prit acte en tendant la main, et ils scellèrent l'accord d'une poignée virile.

— Je dois maintenant vous dire que le pasteur a des scrupules. Quand nous serons revenus vers le bureau, il voudra vous parler en aparté pour vous demander de réfléchir pleinement avant de vous engager. Pensez-vous pouvoir m'assurer que, lorsque vous aurez réfléchi, votre décision sera toujours la même ?

Tanios trouva la formulation plaisante, il rit de bon cœur, et le diable d'Irlandais aussi.

— Je pars avec vous, dit enfin le jeune homme, effaçant rires et sourires pour donner à sa décision quelque solennité.

— J'en suis heureux. Mais nullement surpris, je dois dire. J'ai appris à connaître la Montagne et ses hommes.

» HMS *Courageous* appareillera dans deux heures. S'il y a des affaires que vous avez laissées à Famagouste, ou quelque facture impayée, dites-le-moi, notre ami Hovsépian enverra quelqu'un pour s'en charger.

Tanios n'avait rien à récupérer, rien à payer. Tout son argent était en permanence dans sa ceinture, et la chambre était réglée chaque semaine à l'avance. Il n'y avait que Thamar. Il avait promis de partir avec elle, et voilà qu'il s'en allait à l'improviste, sans même lui dire adieu. Mais cela, le drogman ne pouvait s'en charger.

Le jeune homme se jura de repasser un jour prochain par le khân de Famagouste, de monter jusqu'au dernier étage, et de frapper à la porte deux coups secs, puis deux autres... Serait-elle là pour lui ouvrir ?

C'est à cette époque, peut-être le jour même de la réunion de Limassol, ou la veille, que furent ravagées par un incendie la grande forêt de pins ainsi qu'une trentaine de maisons situées en bordure de mon village et dans les hameaux voisins. Un moment, on crut le château menacé, et Roukoz s'apprêtait à l'évacuer lorsque le vent du sud-ouest se leva soudain, ramenant le feu vers les terres déjà brûlées.

Il reste, jusqu'à ce jour, un témoin du sinistre, un flanc de colline où plus jamais aucune végétation n'a poussé ; restent aussi, dans les livres et dans les mémoires, les échos d'une controverse.

Depuis toujours on me parle au village d'un grand incendie qui se serait produit « autrefois », « il y a bien longtemps » — c'est en cherchant à reconstituer l'histoire de Tanios que j'ai appris la date ainsi que les circonstances.

Tout au long du mois de septembre, certains jeunes de Kfaryabda, qui avaient pris le maquis lors du ramassage des armes, avaient fait des incursions téméraires dans le village. Certains étaient venus prendre des provisions chez leurs proches, et deux ou trois avaient même osé se pavaner sur la Blata, et devant l'église.

Un peu partout dans la Montagne, les troupes égyptiennes étaient à présent sur la défensive, et parfois même en déroute ; mais à Kfaryabda et dans son voisinage, le commandant Adel efendi avait réussi à garder la situation bien en main. Aussi décida-t-il de régler leur compte aux insoumis. Ses soldats s'enfoncèrent dans la forêt. Les maquisards tirèrent quelques coups de feu, à l'endroit le plus épais, et la troupe accourut dans cette direction.

Les insoumis n'étaient qu'une quinzaine, mais ils s'étaient postés en divers points, pour, sur un signal dont ils étaient convenus, allumer plusieurs feux de manière à barrer toutes les issues. Le feu se propagea très vite dans les buissons secs, et s'agrippa aux arbres. Et comme la battue se déroulait à la lumière du jour, il fallut du temps aux soldats pour détecter les flammes. Quand ils finirent par comprendre qu'ils avaient été attirés dans un traquenard, un mur de feu les encerclait.

L'incendie courait à la fois vers l'intérieur de la forêt, serrant l'étau autour de la troupe, et aussi vers l'extérieur, en direction du village. A Kfaryabda même, les gens eurent le temps de fuir, mais dans certains hameaux voisins, dans certaines fermes isolées, les flammes arrivèrent de tous les côtés à la fois. Selon la *Chronique* du moine Elias, il y aurait eu une cinquantaine de morts dans la population et une trentaine parmi les soldats.

Une polémique s'ensuivit. Avait-on le droit, pour piéger l'armée d'occupation, de faire si peu cas de la vie des villageois, de leurs maisons, et même de leur précieuse forêt ? Les quinze jeunes *frariyyé* étaient-ils des héros ? des résistants audacieux ? Ou bien des baroudeurs écervelés ? Sans doute étaient-ils tout cela à la fois, résistants criminels, héros irresponsables...

On dit que le feu continua à rugir pendant quatre jours, et que deux semaines plus tard, un nuage noir désignait encore le lieu du drame.

Il pouvait s'observer de loin, sans doute le vit-on des bâtiments anglais qui patrouillaient près de la côte. C'est même plus que probable, puisque, du village, on voyait très distinctement les vaisseaux de Sa Majesté, et qu'on les avait entendus canonner quelques jours plus tôt les fortifications de Beyrouth que défendait, au nom du vice-roi d'Egypte, Soliman-pacha-le-Français, alias de Sèves.

Tanios a-t-il pu voir cette fumée ? Je ne le pense pas, car le *Courageous* avait dû cingler directement vers Saïda, beaucoup trop au sud par rapport à Kfaryabda.

Ne se trouvaient à bord, parmi les personnes qui étaient réunies à Limassol, que les représentants anglais — Wood — et ottoman, avec leurs suites ; les autres diplomates étaient partis vers d'autres destinations. Quant au pasteur Stolton, après avoir eu un long entretien avec son pupille, il avait préféré s'embarquer sur un autre vaisseau britannique, en partance pour Beyrouth, afin de rejoindre Sahlaïn par une voie plus directe ; il avait hâte de retrouver son

école et de reprendre les classes après un an d'inter-
ruption.

Wood attendit d'être en haute mer pour informer
Tanios de la mission qui lui était assignée.

— Nous devons nous rendre au palais de Beiteddine, pour rencontrer l'émir.

Le jeune homme ne put empêcher ses jambes de
mollir. Mais il garda bonne figure et demeura silencieux et attentif.

— Les Puissances ont décidé que l'émir devra quitter le pouvoir. A moins qu'il n'accepte de rompre avec
les Egyptiens et de se joindre à la coalition. Mais c'est
peu probable, nous l'avons sondé discrètement. Nous
devrons donc lui notifier sa destitution, et notre décision de l'exiler.

— Vers quelle destination ?

— Sur ce chapitre, il aura son mot à dire. Vous lui
laisserez le choix. Dans certaines limites, bien
entendu...

Tanios n'était pas sûr d'avoir compris. Wood avait-il
bien dit « vous » ?

— Il a été convenu entre les représentants des Puissances que la décision devra être notifiée à l'émir par
la voix d'un de ses administrés. De préférence un chrétien, comme lui, pour éviter les susceptibilités. Restait
à choisir la personne...

» Tenez, voici le texte qu'il vous faudra traduire.
Puis lire en sa présence.

Tanios s'en alla marcher seul sur le pont, face au
vent. Quel était cet étrange tour que le sort lui jouait
encore ? Lui qui avait fui le pays pour échapper au
redoutable émir, lui dont le père avait été exécuté sur
ordre du tyran, le voilà qui se dirigeait vers le palais de
Beiteddine pour le rencontrer, et lui signifier son
départ en exil ! Lui, Tanios, avec ses dix-neuf ans,
devait se tenir devant l'émir, l'émir à la longue barbe
blanche et aux sourcils touffus, l'émir qui faisait trembler de peur tous les gens de la Montagne, paysans et

cheikhs, depuis un demi-siècle, et il allait lui dire :
« J'ai mission de vous chasser hors de ce palais ! »

« Ici, sur le vaisseau anglais, je tremble déjà. Que
ferai-je quand je serai en face de lui. »

Lorsque le vaisseau accosta à Saïda, la ville était en
plein désarroi. Désertée par les Egyptiens, elle n'avait
pas encore été occupée par leurs adversaires. Les
souks étaient fermés, par crainte du pillage, les gens
sortaient peu. L'arrivée du *Courageous* fut considérée
comme un événement majeur. Les ressortissants
étrangers avec leurs consuls, les dignitaires en turban,
ce qui restait des autorités et une bonne partie des
habitants étaient là pour accueillir la délégation. Et
quand le diplomate ottoman leur expliqua qu'il n'était
pas venu prendre possession de la ville, et qu'il ne
ferait que la traverser avant de poursuivre sa route
vers Beiteddine, ses interlocuteurs semblèrent déçus.

La présence d'un jeune homme aux cheveux blancs,
de toute évidence un enfant du pays, ne passa pas ina-
perçue, d'autant qu'il marchait au milieu des représentants des Puissances la tête haute, comme un égal.
On supposa que c'était le chef des insurgés, et son
jeune âge ne fit qu'accroître l'admiration qui l'entourait.

On avait débarqué à Saïda dans l'après-midi, et l'on
y passa la nuit dans la résidence de l'agent consulaire
anglais, sur une colline dominant la ville et sa citadelle
marine. A la demande de Wood, on procura à Tanios
des vêtements neufs, de ceux que portaient d'ordinaire les notables du pays, séroual, chemise en soie
blanche, un gilet rouge brodé, un bonnet couleur de
terre mais avec une écharpe noire destinée à s'enrouler autour.

Le lendemain on partit par la route côtière jusqu'à
la rivière Damour, où l'on fit halte et changea d'attelage ; avant de s'engager sur les chemins de montagne
vers Beiteddine.

IV

Le palais de l'émir sentait la débâcle. Ses arcades n'avaient qu'une majesté froide, les mules broutaient haut dans les arbres de son jardin. Les visiteurs étaient rares et les couloirs silencieux. La délégation fut accueillie par les dignitaires du *diwan* émirien. Empressés, comme ils savaient l'être avec les représentants des Puissances, mais dignes et attristés.

Tanios eut l'impression qu'on ne l'avait pas vu. Personne ne s'était adressé à lui, personne ne l'avait prié de bien vouloir le suivre. Mais lorsqu'il avait emboîté le pas à Richard Wood, personne, non plus, ne lui avait demandé de rester en arrière. Ses deux compagnons échangeaient parfois entre eux un regard, quelques mots ; avec lui, rien. Eux aussi semblaient l'ignorer. Peut-être aurait-il dû s'habiller autrement, à l'européenne. Il se sentait à présent déguisé dans ces vêtements montagnards qu'il avait toujours portés, et que tant de gens rencontrés sur la route portaient aussi. Mais son rôle, dans la délégation des Puissances, n'était-ce pas justement de revêtir l'apparence du pays, et de parler sa langue ?

L'envoyé ottoman marchait en tête, et avait droit à une considération craintive ; les sultans s'étaient rendus maîtres de la Montagne plus de trois siècles auparavant, et si le vice-roi d'Egypte les avait écartés un moment, ils paraissaient en voie de recouvrer leur autorité ; à observer les salamalecs par lesquels cet homme était accueilli, on ne pouvait en douter.

Mais l'autre émissaire n'était pas moins entouré. L'Angleterre était aux yeux de tous la première des Puissances, et Wood avait, de plus, son propre prestige.

Un haut dignitaire du palais, qui marchait depuis le perron au côté de l'Ottoman, l'invita à entrer dans son bureau pour prendre le café, en attendant que l'émir se fût préparé à les recevoir. Un autre dignitaire invita

Wood de la même manière dans un autre bureau. Presque au même moment, les deux hommes s'étaient éclipsés. Tanios s'immobilisa. Inquiet, renfrogné, perplexe. C'est alors qu'un troisième fonctionnaire, de moins haut rang mais qu'importe, vint le prier de bien vouloir l'accompagner. Flatté qu'on se fût pour la première fois intéressé à lui, il s'empressa de suivre l'homme à travers un couloir, et se retrouva assis dans un petit bureau, seul, une tasse chaude à la main.

Présumant que ce devait être là la procédure habituelle des visites officielles, il se mit à siroter son café, en l'aspirant bruyamment à la manière des villageois, lorsque la porte de la pièce s'ouvrit, et qu'il vit entrer la personne qu'il redoutait plus que toute autre de croiser. Salloum.

Tanios se retrouva debout, son café à moitié renversé. Il avait envie de se ruer à travers les couloirs en hurlant : « Mr Wood, Mr Wood ! » comme pour se secouer d'un cauchemar. Mais par terreur ou par un sentiment de dignité, il ne bougea pas.

L'autre avait un sourire de chat.

— Tu t'es finalement décidé à quitter ton île pour revoir notre beau pays.

Tanios s'appuyait sur un pied, puis sur l'autre. Etait-il possible qu'il fût, à son tour, tombé dans un traquenard ?

— Ton pauvre père ! Il était juste là, debout, à l'endroit où tu te tiens. Et je lui avais fait apporter du café, comme celui que tu bois.

Les jambes de Tanios ne le portaient plus. Tout cela ne pouvait être réel. On n'avait tout de même pas monté cette mise en scène — les délégués des Puissances, le vaisseau anglais, le comité d'accueil à Saïda — rien que pour le piéger ! C'était ridicule, il le savait, il se le répétait. Mais il avait peur, sa mâchoire ne tenait plus en place, et son jugement vacillait.

— Assieds-toi, fit Salloum.

Il s'assit. Lourdement. Et seulement après, il regarda vers la porte. Un soldat la gardait, il ne l'aurait pas laissé s'éloigner.

A peine Tanios avait-il pris place que, sans un mot d'explication, Salloum sortit par l'unique porte, et qu'un deuxième soldat entra, on eût dit le frère jumeau de celui qui était là, même moustache, même carrure, même poignard glissé dans la ceinture, la pointe nue.

Le regard de Tanios s'y arrêta un moment. Puis il passa la main à l'intérieur de son gilet pour prendre le texte qu'il avait laborieusement traduit sur le navire, et qu'il devait bientôt « réciter ». Il se fouilla. Fouilla encore. Se leva. Se tâta la poitrine, les côtés, le dos, les jambes jusqu'aux talons. Aucune trace du document.

C'est alors qu'il s'affola. Comme si ce papier rendait réelle sa mission, et que sa disparition la rendait illusoire. Il se mit alors à jurer, à tournoyer sur lui-même, à défaire ses boutons. Les soldats le dévisageaient, leurs mains posées à plat sur leur large ceinture.

Puis la porte s'ouvrit, Salloum revint, portant à la main un papier jaunâtre enroulé et noué.

— Je l'ai trouvé par terre dans le couloir, tu l'avais fait tomber.

Tanios lança brusquement la main en avant. Geste enfantin qui récolta une poignée d'air et un regard méprisant. Comment avait-il pu laisser tomber ce papier ! Ou peut-être Salloum avait-il à son service des agents aux doigts agiles ?

— Je reviens de chez notre émir. Je lui ai dit qui tu étais et dans quelles circonstances nous nous étions connus. Il a répondu : le meurtre du patriarche a été sanctionné comme il devait l'être, nous n'avons plus d'hostilité envers la famille du coupable. Dis à ce jeune homme qu'il pourra quitter ce palais libre comme il y est entré.

A tort ou à raison, Tanios crut comprendre que Salloum avait envisagé de l'appréhender, mais que son maître l'en avait empêché.

— Notre émir a vu ce texte dans ma main. C'est bien toi qui l'as traduit, je suppose, et qui dois le lire en sa présence.

Tanios acquiesça, trop heureux qu'on le considérât à nouveau non plus comme un fils de condamné mais comme un membre de la délégation.

— Nous devrions peut-être aller à cette réunion, dit-il en ajustant son bonnet sur la tête et en faisant un pas vers la porte.

Les soldats ne s'écartèrent pas pour le laisser passer, et Salloum garda le papier dans sa main.

— Il y a une phrase qui a incommodé notre émir. Je lui ai promis de la modifier.

— C'est à Mr Wood qu'il faudra en parler.

L'autre n'écouta pas l'objection. Il alla vers la table d'écriture, s'assit sur un coussin et déroula le document.

— Là où tu dis « Il devra partir en exil », c'est un peu sec comme formule, ne trouves-tu pas ?

— Ce texte n'est pas de moi, insista le jeune homme, je n'ai fait que le traduire.

— Notre émir ne prendra en considération que les mots qu'il aura entendus de ta bouche. Si tu modifies légèrement ton texte, il t'en sera reconnaissant. Sinon, je ne réponds plus de rien.

Les deux soldats s'éclaircirent la gorge au même moment.

— Viens t'asseoir près de moi, Tanios, tu seras plus à l'aise pour écrire.

Le garçon obéit, et se laissa même placer une plume dans la main.

— Après « Il devra partir en exil », tu ajoutes : « vers un pays de son choix ».

Tanios dut s'exécuter.

Pendant qu'il traçait le dernier mot, Salloum lui tapota l'épaule.

— Tu verras, l'Anglais ne remarquera même pas.

Puis il le fit conduire par les soldats vers l'antichambre de l'émir. Où Wood se montra irrité.

— Où étiez-vous passé, Tanios, vous nous avez fait attendre.

Il baissa la voix pour ajouter :

— Je me demandais si on ne vous avait pas jeté dans quelque cachot !

— J'ai rencontré une connaissance.

— Vous m'avez l'air secoué. Avez-vous pris au moins le temps de relire votre texte ?

Tanios avait glissé le papier sous sa ceinture comme le poignard des soldats. Le haut arrondi comme un manche, qu'il entourait de sa main gauche. Et le bas écrasé.

— Il vous faudra du courage pour le lire en présence de ce diable de vieil homme. Gardez constamment à l'esprit qu'il est vaincu, et que vous vous adressez à lui au nom des vainqueurs. Si vous devez avoir quelque sentiment à son égard, que ce soit la compassion. Ni la haine ni la crainte. Seulement la compassion.

Revigoré par ces paroles, Tanios pénétra d'un pas plus ferme dans le *majlis*, une vaste salle aux voûtes nombreuses et aux murs peints de couleurs vives, en larges stries horizontales bleues, blanches et ocre. L'émir était assis en tailleur sur une petite estrade, fumant une longue pipe dont le foyer reposait dans un plat d'argent sur le sol. Wood puis Tanios puis l'émissaire ottoman le saluèrent de loin, en se touchant le front de leur main avant de la poser sur le cœur, et en s'inclinant légèrement.

Le maître de la Montagne ébaucha le même geste. Il était dans sa soixante-quatorzième année, et la cinquante et unième de son règne. Rien cependant dans ses traits ni dans ses paroles ne trahissait la lassitude. Il fit signe aux diplomates de s'asseoir sur deux tabourets qui avaient été placés devant lui à cet effet. Puis, d'un geste négligent, il indiqua à Tanios le tapis, à ses pieds, entre lui et le Britannique. Et le jeune homme n'eut d'autre choix que de s'y agenouiller ; dans le regard du potentat, encore intense sous les sourcils en broussaille, il sentit une froide hostilité à son endroit ; peut-être lui en voulait-il de l'avoir salué de loin, debout, à la façon des dignitaires étrangers, au lieu de lui baiser la main comme faisaient les gens du pays.

Tanios se tourna vers Wood, inquiet, mais celui-ci le rassura d'un hochement de barbe.

Après un chapelet de formules polies, le Britannique entra dans le vif du sujet. D'abord en arabe, dans le parler du pays. Mais l'émir pencha la tête, tendit l'oreille, plissa les yeux. Wood comprit que son élocution n'était pas intelligible ; sur-le-champ, sans autre transition qu'un léger toussotement, il passa à l'anglais. Tanios comprit qu'il devait traduire.

— Les représentants des Puissances ont longuement délibéré au sujet de la Montagne et de son avenir. Tous apprécient l'ordre et la prospérité que le sage gouvernement de Votre Altesse a assurés à cette contrée pendant de longues années. Ils n'ont pu qu'exprimer toutefois leur désappointement à l'égard du soutien apporté par votre sérail à l'entreprise du vice-roi d'Egypte. Mais, même à cette date tardive, si vous preniez clairement position en faveur de la Sublime-Porte et approuviez les décisions des Puissances, nous serions prêts à vous renouveler notre confiance et à asseoir votre autorité.

Tanios s'attendait à voir l'émir réconforté par la porte de sortie qu'on lui entrouvrait encore. Mais quand il lui eut traduit la dernière phrase, il vit son regard s'emplir d'une détresse plus profonde que celle qu'on y percevait en entrant, lorsque le maître de la Montagne croyait son sort déjà scellé, et qu'il n'avait d'autre choix que celui de son lieu d'exil.

Il regarda fixement Tanios, qui dut baisser les yeux.

— Quel âge as-tu, mon garçon ?

— Dix-neuf ans.

— Trois de mes petits-fils ont à peu près ton âge, et

ils sont tous les trois retenus au camp du pacha, comme plusieurs autres membres de ma famille.

Il avait parlé à voix basse, comme s'il s'agissait d'une confidence. Mais, d'un signe, il indiqua à Tanios qu'il devait traduire ces paroles. Ce qu'il fit. Wood écouta en hochant plusieurs fois la tête, cependant que l'émissaire ottoman demeurait impassible.

L'émir reprit, à voix plus haute :

— La Montagne a connu l'ordre et la prospérité quand la paix régnait autour d'elle. Mais lorsque les grands se battent contre les grands, notre décision ne nous appartient plus. Alors nous essayons de calmer l'ambition de l'un, de détourner les nuisances de l'autre. Depuis sept ans, les forces du pacha sont répandues dans tout le pays, autour de ce sérail, et parfois même dans ces murs. A certains moments, mon autorité n'allait guère au-delà de ce tapis sur lequel mes pieds sont posés.

» Je me suis efforcé tout au long de préserver cette maison, pour que le jour où la guerre des grands serait finie, des gens honorables comme vous puissent trouver dans cette Montagne quelqu'un à qui parler... Il ne semble pas que ce soit suffisant pour vous.

Une larme s'est formée dans les yeux terribles, Tanios l'a vue, et son propre regard s'est embué. Wood ne l'avait-il pas autorisé à avoir de la compassion ? Mais il ne pensait pas devoir en user...

L'émir tira pour la première fois sur sa longue pipe, puis souffla la fumée vers le plafond lointain.

— Je peux proclamer ma neutralité dans ce conflit qui s'achève, en appelant mes sujets à laisser agir les Puissances. Et à prier pour que le Très-Haut prête longue vie à notre maître le sultan.

Wood parut intéressé par le compromis ainsi énoncé. Il consulta l'Ottoman, qui fit clairement « non » de la tête, et dit en arabe d'un ton dur :

— Prier pour la longue vie de notre maître, même le pacha d'Egypte est prêt à le faire ! L'heure n'est plus aux atermoiements ! L'émir a pris position contre nous pendant sept ans, la moindre des choses serait qu'il prenne clairement parti en notre faveur pendant sept jours. Est-ce trop lui demander qu'il rappelle ses hommes du camp égyptien et les mette sous notre bannière ?

— Mes petits-fils seraient maintenant ici, avec nous, s'ils disposaient encore de la liberté d'aller et de venir.

L'émir eut de la main un geste d'impuissance, et Wood estima que cette question était à présent close.

— Puisque Son Altesse ne peut nous donner satisfaction sur ce point, je crains que nous ne soyons obligés de lui notifier la décision des Puissances. Notre jeune ami l'a traduite, et il est chargé de la lire.

Tanios jugea nécessaire de se mettre debout, et de prendre la posture et le ton du récitant.

— « Les représentants des Puissances... réunis à Londres puis à Istanbul... après avoir examiné... devra partir en exil... »

Arrivé à la phrase litigieuse, il hésita un court, un très court moment. Mais finit par introduire le correctif imposé par Salloum.

En entendant « vers le pays de son choix », l'émissaire ottoman sursauta, regarda Tanios puis Wood, l'air de dire qu'il avait été abusé. Et quand la lecture fut achevée, il demanda sur le ton de la sommation.

— Vers quelle destination l'émir va-t-il partir ?

— J'ai besoin de réfléchir, et de consulter mes proches.

— Mon gouvernement exige que la chose soit précisée séance tenante, sans le plus infime délai.

Sentant monter la tension, l'émir se dépêcha de dire :

— J'opte pour Paris.

— Paris, il n'en est pas question ! Et je suis sûr que Mr Wood ne me contredira pas.

— Non, en effet. Il a été convenu que le lieu de l'exil ne sera ni la France ni l'Egypte.

— Alors que ce soit Rome, dit l'émir avec une intonation qui se voulait celle du compromis final.

— Je crains que ce ne soit guère possible, s'excusa
Wood. Vous comprendrez que les Puissances que
nous représentons préfèrent que ce soit sur leur territoire.

— Si c'est leur décision, je m'incline.

Il réfléchit quelques instants.

— J'irai donc à Vienne !

— Vienne non plus, dit l'Ottoman en se levant
comme pour se retirer. Nous sommes les vainqueurs,
et c'est à nous de décider. Vous viendrez à Istanbul, et
vous y serez traité selon votre rang.

Il fit deux pas vers la sortie.

Istanbul, c'est ce à quoi l'émir voulait échapper, à
tout prix. Toute la manœuvre de Salloum visait à lui
éviter de se retrouver entre les mains de ses plus féroces ennemis. Plus tard, quand les choses se seraient
calmées, il irait baiser la robe du sultan et se faire pardonner. Mais s'il y allait tout de suite, on commence-
rait par le dépouiller de tous ses biens, puis on le ferait
étrangler.

Dans son regard, Tanios vit la peur de la mort. Se
produisit alors, dans l'esprit du jeune homme, une
confusion, ou peut-être faudrait-il dire un glissement
étrange.

Il y avait donc devant lui ce vieillard dont la longue
barbe blanche et les sourcils et les lèvres et les yeux
surtout emplissaient son champ de vision, ce vieillard
redoutable mais en cet instant apeuré, sans défense.
Et dans le même temps, le jeune homme pensait à
Gérios, à l'expression de son visage devant la certitude
de la mort. Soudain, Tanios ne savait plus si ce
vieillard était l'homme qui avait fait pendre son père,
ou un compagnon de supplice ; l'homme qui avait mis
la corde dans la main du bourreau, ou bien un autre
cou tendu vers la corde.

En cette seconde de flottement, l'émir se pencha
vers lui et murmura d'une voix étranglée :

— Dis un mot, mon fils !

« Et l'enfant de Kfaryabda, rapporte la *Chronique*, écoutant la parole du vieillard humilié, écarta son désir de vengeance comme s'il l'avait déjà mille fois assouvi, et dit à voix haute : "Son Altesse pourrait aller à Malte !" »

Pourquoi avait-il pensé à Malte ? Sans doute parce que le pasteur Stolton, qui avait longtemps séjourné dans cette île, lui en avait souvent parlé.

Wood adhéra sur-le-champ à cette suggestion, d'autant plus volontiers que Malte était, depuis le début du siècle, possession britannique. Et l'Ottoman, pris de court, finit par approuver lui aussi, avec un geste d'irritation ; l'idée ne l'enchantait pas, mais l'Angleterre était l'âme de la coalition des Puissances, et l'homme n'osait pas prendre le risque d'un conflit qui lui eût été reproché en haut lieu.

« L'émir ne manifesta guère son soulagement de peur que l'envoyé du sultan ne s'avisât de changer d'avis ; mais dans son regard vers l'enfant de Kfaryabda, il y avait l'étonnement et la gratitude. »

ULTIME PASSAGE

Coupable de pitié

Toi, Tanios, avec ton visage d'enfant et ta tête de six mille ans
Tu as traversé des rivières de sang et de boue, et tu es ressorti sans tache
Tu as trempé ton corps dans le corps d'une femme, et vous vous êtes quittés vierges
Aujourd'hui, ton destin est clos, ta vie enfin commence
Descends de ton rocher et plonge-toi dans la mer, que ta peau prenne au moins le goût du sel !

Nader,
La Sagesse du muletier.

« Plutôt que de retourner ses armes au dernier moment contre son protecteur égyptien, l'émir a préféré s'exiler. Il s'est donc embarqué cette semaine pour Malte, accompagné de son épouse, Hosn-Jihane, une ancienne esclave circassienne achetée, me dit-on, sur le marché de Constantinople, mais qui s'était muée en une dame unanimement respectée ; la suite du potentat déchu comprenait également une centaine d'autres membres de sa maison, enfants, petits-enfants, conseillers, gardes, serviteurs...

« Par un étrange malentendu — ou disons par une forme d'exagération fanfaronne à laquelle les Orientaux ne répugnent pas —, on attribue à Tanios le rôle le plus éminent qui soit, celui d'avoir chassé l'émir du pays tout en lui gardant généreusement la vie sauve, comme si les Puissances européennes et l'Empire ottoman, avec leurs armées, leurs flottes, leurs diplomates et leurs agents, n'avaient été que de modestes comparses dans un bras de fer théâtral entre l'enfant prodige de Kfaryabda et le despote qui avait condamné son père.

« Cette interprétation fantaisiste est si répandue dans tous les milieux, fussent-ils chrétiens ou druzes, que le prestige de mon pupille rejaillit sur moi, son mentor. Et l'on vient chaque jour me féliciter d'avoir su faire éclore dans mon jardin une fleur si rare. Je me laisse congratuler sans chercher à démentir cette interprétation des faits, et autant Mrs Stolton que moi-même en sommes, je dois le dire, flattés... »

C'est ce qu'écrivait le pasteur dans ses éphémérides le 2 novembre 1840 ; le lendemain, il ajoutait :

« (...) Et tandis que l'émir s'embarquait à Saïda sur le vaisseau même qui avait amené Mr Wood et Tanios, ce dernier revenait par la route vers Kfaryabda, salué dans chaque village qu'il traversait par des foules ferventes qui s'agglutinaient pour voir le héros, pour l'asperger d'eau de rose et de riz comme un jeune marié, et pour toucher ses mains et aussi, quand on pouvait s'approcher d'assez près, sa chevelure blanche, comme si celle-ci était le signe le plus apparent du miracle qui s'était accompli par son entremise.

« Le garçon se laissait faire, muet et incrédule, visiblement écrasé par les bontés excessives que la Providence déversait sur lui, souriant avec la béatitude du dormeur qui se demande à quel moment on viendra le réveiller à la réalité du monde...

« Après tant de gloire subite, y a-t-il encore chez cet être fragile quelque place pour la vie ordinaire à laquelle sa naissance semblait le destiner ? »

Arrivé sur la place de son village, acclamé, là comme ailleurs, en héros, il fut porté sur les épaules jusqu'au château, où on l'installa d'autorité sur le siège jadis occupé par le cheikh et plus récemment par l'usurpateur. Tanios aurait voulu se retrouver un moment seul avec sa mère, et de sa bouche apprendre les souffrances qu'elle avait connues. Au lieu de quoi, il lui fut imposé d'écouter à la fois mille doléances, mille plaintes. Puis il se retrouva érigé en juge suprême pour décider du sort des traîtres. On ne savait pas où était le cheikh. Selon certains, prisonnier dans une citadelle à Wadi el-Taym, au pied du mont Hermon ; selon d'autres, mort en détention. En son absence, qui pouvait occuper sa place plus dignement que le héros du jour ?

Bien qu'il fût dans un état proche de l'épuisement, le

fils de Lamia ne se montra pas insensible à cet honneur. Si la Providence lui offrait une revanche sur son passé, pourquoi la bouderait-il ? Assis sur le coussin du cheikh, il se retrouva en train d'imiter le cheikh, ses gestes lents et souverains, ses paroles abruptes, ses regards droits. Il en était déjà à se dire que ce n'était pas par hasard qu'il était né dans un château, et à se demander s'il pourrait un jour abandonner cette place pour aller se fondre dans la foule... Quand ladite foule s'écarta soudain pour que l'on vînt jeter aux pieds du héros un homme enchaîné, le visage tuméfié et lacéré, les yeux bandés. Roukoz. Il avait tenté de fuir lorsque les Egyptiens étaient partis, mais les « insoumis » l'avaient rattrapé. Il devait payer pour toutes les épreuves que le village avait endurées, pour tous les morts, y compris ceux de l'incendie, pour le pillage opéré à l'occasion du ramassage des armes, pour les humiliations infligées au cheikh, pour mille autres exactions si évidentes que point n'était besoin d'instruire un procès. Tanios n'avait qu'à prononcer la sentence, qui serait exécutée sans délai.

Roukoz se mit à geindre bruyamment, et le héros, excédé, lui cria :

— Sois calme, ou je t'assomme de mes propres mains !

L'autre se tut instantanément. Et Tanios eut droit à une ovation. Pourtant, loin d'éprouver une quelconque satisfaction, il ressentait une douleur, comme une plaie au bas de la poitrine. S'il était à ce point exaspéré, c'est qu'il se sentait incapable de prononcer la sentence, et que Roukoz, par ses geignements, le mettait au défi.

Les gens attendaient. Ils se chuchotaient : « Silence ! Tanios va parler ! Ecoutons-le ! »

Lui se demandait encore ce qu'il allait dire, quand une nouvelle vague de bruits et de murmures troubla l'assemblée. Asma venait d'entrer. Elle courut, se mit à genoux aux pieds du vainqueur, lui prit la main pour la baiser en suppliant :

— Prends-nous en pitié, Tanios !

Le jeune homme souffrait à présent de chaque mot, de chaque regard, de chaque souffle qu'il entendait.

Assis à ses côtés, *bouna* Boutros murmura comme pour lui-même :

— Seigneur, éloigne de moi ce calice !

Tanios s'est tourné vers lui.

— Je souffrais moins lorsque je jeûnais pour mourir !

— Dieu n'est pas loin, mon fils. Ne laisse pas ces gens te mener au gré de leurs haines, ne fais que les choses dont tu ne rougirais pas devant toi-même et devant le Créateur !

Alors Tanios s'éclaircit la gorge et dit :

— Je suis revenu d'au-delà les mers pour dire à l'émir de quitter cette Montagne qu'il n'avait pas su préserver des malheurs. Je ne punirai pas le valet plus sévèrement que le maître.

Pendant quelques instants, il eut l'impression que ses paroles avaient porté. L'assemblée était silencieuse, la fille de Roukoz lui baisait fiévreusement la main. Qu'il retira avec quelque agacement. Il avait parlé comme un roi — du moins le crut-il. Un court moment. Avant que ne montât la fronde. D'abord celle des jeunes *frariyyé*, revenus de leur maquis les armes à la main, et qui n'entendaient pas se laisser attendrir.

— Si nous laissons partir Roukoz avec son or, pour qu'il aille refaire fortune en Egypte et qu'il revienne se venger dans dix ans, nous serons des lâches et des écervelés. Plusieurs de ses hommes sont déjà morts, pourquoi le pire de tous serait-il épargné ? Il a tué, il doit expier. Il faut qu'on sache que tous ceux qui feront du tort à ce village le paieront.

Un vieux métayer dans la salle a crié :

— Vous, les *frariyyé*, vous avez fait plus de tort à Kfaryabda que cet homme. Vous avez incendié le tiers du village, causé des dizaines de morts, et détruit la forêt de pins. Pourquoi ne vous jugerait-on pas aussi ?

La confusion grandissait. Tanios commença par s'en alarmer, mais il comprit aussitôt le parti qu'il pouvait en tirer.

— Ecoutez-moi ! Il y a eu ces derniers temps des crimes, des fautes graves, de nombreux morts innocents. Si chacun commençait à punir ceux qui lui ont fait du tort, ceux qui ont causé la mort d'un proche, le village ne s'en remettrait jamais. Si c'est à moi de décider, voici ce que j'ordonne : Roukoz sera dépossédé de tous ses biens, qui seront utilisés pour dédommager ceux qui ont souffert de ses exactions. Puis il sera banni de cette contrée.

» A présent, je tombe de fatigue, je vais aller me reposer. Si quelqu'un d'autre veut occuper la place laissée par le cheikh, qu'il le fasse, je ne l'en empêcherai pas.

C'est alors qu'au fond de la salle un homme que personne n'avait remarqué éleva la voix. Il avait la tête enveloppée dans une écharpe à damier, mais à présent il s'était dévoilé.

— Je suis Kahtane, fils de Saïd beyk. J'ai attendu que vous ayez fini de délibérer pour intervenir. Vous avez décidé que, pour les crimes que Roukoz a commis contre vous, vous alliez le bannir. C'est votre droit. C'est maintenant à moi de le juger. Il a tué mon père, qui était un homme de bien, et je demande qu'il me soit livré pour qu'il réponde de cet acte.

Tanios ne voulait pas se montrer ébranlé.

— Ce criminel a déjà été sanctionné, l'affaire est close.

— Vous ne pouvez pas disposer de nos victimes comme vous disposez des vôtres. Cet homme a tué mon père, et c'est à moi de décider si je veux être miséricordieux avec lui ou impitoyable.

Le « juge » se tourna vers le curé. Qui n'était pas moins embarrassé que lui.

— Tu ne peux pas lui dire « non ». Et, en même temps, tu ne peux pas lui livrer cet homme. Essaie de gagner du temps.

Pendant qu'ils délibéraient, le fils de Saïd beyk se fraya un chemin pour se joindre à leur conciliabule.

— Si vous veniez avec moi à Sahlaïn, vous comprendriez que je parle comme je l'ai fait. Il n'est pas question que le meurtrier de mon père demeure impuni. Si je lui pardonnais moi-même, mes frères et mes cousins ne lui pardonneraient pas, et m'en voudraient à mort pour ma complaisance. *Bouna* Boutros, tu as bien connu mon père, n'est-ce pas ?

— Bien sûr, je l'ai connu et estimé. C'était l'être le plus sage et le plus équitable !

— J'essaie moi-même de suivre la voie qu'il m'a tracée. Il n'y a dans mon cœur aucune place pour la haine et la division. Et en cette affaire, j'ai un seul conseil à vous donner. Je suis censé vous demander de me livrer cet homme, mais si ce chrétien était tué par les druzes, la chose laisserait des traces que je ne désire pas. Alors oubliez ce que j'ai dit à voix haute, et écoutez le seul conseil de raison : condamnez-le vous-mêmes, que chacun punisse les criminels de sa communauté ; que les druzes règlent leur compte aux criminels druzes et les chrétiens aux criminels chrétiens. Exécutez cet homme, et j'irai dire aux miens que votre justice a précédé la nôtre. Tuez-le aujourd'hui même, parce que je ne contrôlerai pas mes hommes jusqu'à demain.

Le curé dit alors :

— Kahtane beyk n'a pas tort. Je répugne à prodiguer un tel conseil, mais les souverains les plus pieux doivent parfois prononcer des sentences de mort. Dans notre monde imparfait, ce châtiment détestable est parfois le seul qui soit juste et sage.

Le regard de *bouna* Boutros tomba sur Asma, toujours agenouillée, hagarde, accablée ; il fit signe à la *khouriyyé*, qui vint la prendre vigoureusement par le bras pour l'éloigner. Peut-être l'inévitable sentence serait-elle ainsi moins pénible à prononcer.

II

De cette étrange manière se déroulait au château le procès de Roukoz. La salle était pleine de juges et de bourreaux, et à la place du seul juge était assis un témoin accablé. Qui ne savait être impitoyable qu'envers lui-même. Dans sa tête, en ces instants-là, il ne faisait que se flageller : « Qu'es-tu revenu faire dans ce pays si tu es incapable de châtier l'émir qui a fait pendre ton père, incapable de tuer le scélérat qui t'a trahi et a trahi le village ? Pourquoi as-tu accepté qu'on te fasse asseoir à cette place si tu es incapable de laisser ton épée s'abattre sur le cou d'un criminel ? »

Et de la sorte il se laissait envahir par le remords. Au milieu de cette foule, sous les murmures, sous les regards, il ne parvenait plus à respirer, il ne songeait qu'à fuir. Dieu qu'elle était sereine, Famagouste, dans son souvenir ! Et qu'il était doux à gravir l'escalier de l'auberge !

— Parle, Tanios, les gens s'agitent et Kahtane beyk s'impatiente.

Les chuchotements de *bouna* Boutros furent soudain noyés sous les cris d'un homme qui arrivait en courant.

— Le cheikh est vivant ! Il est en route ! Il va passer la nuit à Tarchich et il arrive demain !

La foule manifesta sa joie par des acclamations et Tanios retrouva le sourire. Heureux, en apparence, du retour du maître ; et, au plus profond de lui-même, heureux que le Ciel l'eût si promptement tiré d'embarras. Il laissa passer quelques secondes de liesse, puis demanda le silence, qu'on lui accorda comme une dernière volonté.

— C'est une joie pour nous tous que le seigneur de ce château revienne parmi nous, après avoir surmonté souffrances et humiliations. Quand il aura repris la place qui est la sienne, je lui dirai quelle sentence j'ai prononcée en son absence. S'il l'approuve,

Roukoz sera dépossédé et banni à jamais de cette contrée. S'il en décide autrement, c'est à lui que revient le dernier mot.

Du doigt, Tanios désigna quatre jeunes au premier rang, des camarades du temps de l'école paroissiale.

— Vous êtes chargés de garder Roukoz jusqu'à demain. Emmenez-le aux vieilles écuries !

Ayant dignement accompli cet ultime acte d'autorité, il s'enfuit. Le curé et Kahtane beyk cherchèrent en vain à le retenir, il s'était dérobé, il courait presque.

Dehors, c'était déjà le crépuscule. Tanios aurait voulu sortir, marcher par les sentiers comme autrefois, loin des maisons, loin des murmures, seul. Mais les gens du village étaient partout, ce soir-là, aux abords du château, sur les places, dans les ruelles. Chacun d'eux aurait voulu lui parler, le toucher, le serrer dans ses bras. Après tout, c'était lui le héros de la fête. Mais dans son âme, il n'était que le mouton gras.

Il se faufila à travers des couloirs sans lumière, jusqu'à l'aile où il habitait autrefois avec les siens. Aucune porte n'était fermée à clé. Par la fenêtre qui donnait sur la vallée parvenait une lueur rougissante. La pièce principale était quasiment vide ; à terre quelques coussins empoussiérés, un coffre-armoire, un brasero rouillé. Il ne toucha à rien. Mais il vint se pencher au-dessus du brasero. C'est que, de tous les souvenirs qui se pressaient entre ces murs, pénibles ou riants, celui qui s'imposait à lui était le plus futile, l'un des plus oubliés : un jour qu'il était seul, en hiver, il avait détaché d'une couverture un épais fil de laine, l'avait trempé dans un bol de lait, puis tenu au-dessus des braises, avant de le lâcher, pour le regarder se contorsionner, noircir puis rougeoyer, pour l'écouter grésiller, et pour sentir cette odeur de lait et de laine brûlés, mêlée à l'odeur de la braise. C'est cette odeur-là et aucune autre qu'il respirait depuis qu'il était revenu.

Il était resté un moment ainsi, comme suspendu

au-dessus du brasero, avant de se relever et de passer, les yeux juste entrouverts, dans l'autre pièce. Celle où, jadis, Lamia et Gérios couchaient à terre. Et lui-même un peu plus haut, dans son alcôve. Ce n'était guère mieux qu'une niche voûtée, mais elle recueillait en hiver toute la chaleur de la maison et en été toute sa fraîcheur. C'est là que s'étaient passées les nuits de son enfance, c'est là qu'il avait mené sa grève de la faim ; c'est également là qu'il avait attendu le résultat de la médiation du patriarche...

Depuis, il avait souvent repensé à cette échelle à cinq marches que Gérios avait autrefois charpentée, et qui était encore debout contre le mur. Il posa le pied dessus, avec précaution, persuadé qu'elle n'allait plus supporter son poids. Mais elle ne cassa pas.

Il retrouva là-haut, enroulé dans un vieux drap déchiré, son matelas si mince. Il l'étendit, caressa lentement sa surface, puis il se coucha dessus en s'étirant jusqu'au mur. Réconcilié avec son enfance et priant pour que le monde l'oublie.

Une heure s'écoula dans le silence noir. Puis une porte s'ouvrit, se referma. Une autre s'ouvrit. Tanios prêtait l'oreille, sans inquiétude. Une seule personne pouvait deviner sa cachette et le suivre ainsi dans l'obscurité. Lamia. Et c'était aussi la seule personne à qui il avait envie de parler.

Elle s'était approchée sur la pointe des pieds, s'était hissée jusqu'au milieu de l'échelle. Lui avait caressé le front. Elle était redescendue, pour chercher dans le vieux coffre une couverture et revenir la poser sur son ventre et ses jambes comme lorsqu'il était enfant. Puis elle s'était assise à terre, sur un tabouret bas, le dos appuyé au mur. Ils ne se voyaient plus, mais ils pouvaient se parler sans forcer la voix. Comme autrefois.

Il s'apprêtait à lui poser une brassée de questions, sur ce qu'elle avait vécu, sur la manière dont les meilleures et les pires nouvelles lui étaient parvenues...

Mais elle tenait à lui rapporter d'abord les bruisse-
ments du village.

— Les gens n'arrêtent pas de parler, Tanios. J'ai
cent cigales dans les oreilles.

Si le jeune homme s'était réfugié là, c'était justement pour ne pas les entendre. Il ne pouvait cependant rester sourd aux inquiétudes de sa mère.

— Que disent ces cigales ?

— Les gens disent que si tu avais souffert comme
eux des exactions de Roukoz, tu te serais montré
moins indulgent envers lui.

— Tu diras à ces gens qu'ils ne savent pas ce que
souffrance signifie. Ainsi, moi, Tanios, je n'aurais pas
souffert de la traîtrise de Roukoz, de sa duplicité, de
ses fausses promesses et de son ambition débridée. Ce
n'est peut-être pas à cause de Roukoz que mon père
s'est transformé en meurtrier, que ma mère se
retrouve veuve...

— Attends, calme-toi, j'ai mal rapporté leurs paroles. Ils veulent seulement dire que si tu avais été au
village quand sévissaient Roukoz et sa bande, tu
n'aurais eu que mépris pour cet homme.

— Et si je n'avais eu pour lui que du mépris, j'aurais
mieux rempli ma fonction de juge, n'est-ce pas ?

— Ils disent aussi que si tu lui as laissé la vie sauve,
c'est à cause de sa fille.

— Asma ? Elle est venue s'agenouiller à mes pieds,
et je l'ai à peine regardée ! Crois-moi, mère, si au
moment de prononcer la sentence je m'étais remis en
mémoire tout l'amour que j'avais eu pour cette fille,
c'est de mes propres mains que j'aurai tué Roukoz !

Lamia changea brusquement de ton. Comme si elle
avait rempli sa mission de messagère, et qu'elle parlait
à présent pour elle-même.

— Tu m'as dit ce que je voulais entendre. Je ne veux
pas que tu aies du sang sur les mains. Le crime de ton
malheureux père nous suffit. Et si c'est pour Asma que
tu as laissé la vie sauve à Roukoz, personne ne pourra
te blâmer.

Tanios s'est relevé, appuyé sur ses coudes.

— Ce n'est pas pour elle, je te l'ai dit...

Mais sa mère parla avant qu'il n'eût terminé sa phrase.

— Elle est venue me voir.

Il ne dit plus rien. Et Lamia reprit, d'une voix qu'elle se forçait, à chaque phrase, de rendre plus atone :

— Elle n'est sortie que deux fois du château, et c'était pour venir me voir. Elle m'a dit que son père a encore essayé de la marier, mais qu'elle n'a plus jamais voulu... Puis elle m'a parlé de toi et d'elle, et elle a pleuré. Elle voulait que je revienne vivre au château, comme avant. Mais j'ai préféré rester chez ma sœur.

Lamia s'attendait à ce que son fils lui en demandât un peu plus, mais seule lui parvint de l'alcôve la respiration d'un enfant chagriné. De peur qu'il ne fût embarrassé, elle enchaîna :

— Quand tu étais assis dans la grande salle à la place du cheikh, je t'observais de loin, et je me disais : pourvu qu'il ne prononce pas une sentence de mort ; Roukoz n'est qu'un voyou engraissé, mais sa fille a l'âme pure.

Elle se tut. Attendit. Tanios n'était pas encore en état de parler. Alors elle ajouta, comme pour elle-même :

— Seulement, les gens sont inquiets.

Il retrouva sa voix, encore rêche.

— De quoi sont-ils inquiets ?

— Ils murmurent que Roukoz va sûrement soudoyer les jeunes hommes qui le gardent, pour qu'ils le laissent s'échapper. Qui pourra alors calmer les gens de Sahlaïn ?

— Mère, ma tête est lourde comme la meule du pressoir. Laisse-moi maintenant. Nous reparlerons demain.

— Dors, je ne dirai plus rien.

— Non, va dormir chez la *khouriyyé,* elle doit t'attendre. Je veux rester seul.

Elle se leva ; dans le silence il entendit chacun de ses pas et le grincement des gonds. Il avait espéré de sa mère le réconfort, elle ne lui avait apporté que d'autres tourments.

Au sujet d'Asma d'abord. Pendant ces deux années d'exil, il n'avait pensé à elle que pour la couvrir de reproches. Il avait fini par ne plus voir en elle que la réplique féminine de son père. L'âme tout aussi perfide, sous un masque d'ange. Elle avait crié dans sa chambre, ce jour-là, et les sbires de Roukoz l'avaient saisi pour le rouer de coups et le chasser. A cause de cette image gravée dans sa mémoire, il avait maudit Asma, il l'avait bannie de ses pensées. Et lorsqu'elle s'était s'agenouillée à ses pieds pour lui demander d'épargner son père, il l'avait ignorée. Pourtant, elle était venue consoler Lamia en son absence, et reparler de lui...

Avait-il été injuste envers cette fille ? Il revint dans ses souvenirs vers des images longtemps délaissées ; vers ce jour où, dans le salon inachevé, il l'avait pour la première fois embrassée ; vers ces moments d'intense bonheur où leurs doigts timides se frôlaient. Il ne savait plus s'il s'était trompé dans son amour ou bien dans sa haine.

Le trouble de son esprit l'endormit. Le trouble le réveilla. Quelques secondes s'étaient écoulées, ou quelques heures.

Il se redressa, s'appuyant sur les coudes, pivota sur lui-même, se retrouva les pieds suspendus dans le vide, prêt à sauter. Mais il resta ainsi, arqué, comme à l'affût. Peut-être avait-il entendu des bruits. Peut-être songeait-il aux inquiétudes des villageois. Toujours est-il qu'après quelques moments de perplexité il sauta et courut jusqu'au-dehors, traversa la cour du château pour s'engager dans le sentier qui, à gauche, menait aux vieilles écuries. Il devait être cinq heures. Sur le sol on ne voyait encore que les pierres blanches et les ombres, comme à la pleine lune.

Sous cette lueur incertaine commença le dernier jour dans l'existence de Tanios-kichk — son existence connue, tout au moins. Je me trouve cependant contraint d'interrompre sa course et de revenir en arrière pour évoquer à nouveau sa nuit dernière. J'ai tenté de la restituer du mieux que je pouvais. Il existe cependant une autre version de la même nuit. Que rien dans les sources écrites ne vient corroborer et qui — chose plus grave selon mes critères — n'a pas non plus le mérite de la vraisemblance.

Si j'en parle quand même, c'est que le vieux Gébrayel m'en voudrait si je l'omettais ; je me rappelle encore à quel point mes doutes l'avaient irrité. « Rien qu'une légende, dis-tu ? Tu ne veux que des faits ? Les faits sont périssables, crois-moi, seule la légende reste, comme l'âme après le corps, ou comme le parfum dans le sillage d'une femme. » Je dus lui promettre de mentionner sa variante.

Que dit-elle ? Que le héros, après s'être dérobé à la foule pour aller s'étendre sur sa couche d'enfant, s'était endormi avant d'être réveillé une première fois par les caresses de Lamia. Il avait eu avec elle l'échange que l'on sait, puis il l'avait priée de le laisser se reposer.

Il s'était alors à nouveau réveillé sous les caresses.

— Mère, dit-il, je te croyais partie.

Mais ce n'étaient pas les caresses de Lamia. Celle-ci avait l'habitude de poser sa main à plat sur son front, puis de la passer dans ses cheveux comme pour les coiffer. Geste invariable, à deux ans comme à vingt ans. La nouvelle caresse était différente. Elle passait du front aux contours des yeux, au visage, au menton.

Quand le garçon prononça : « Asma », deux doigts lui appuyèrent sur les lèvres, et la fille lui dit :

— Ne parle pas, et ferme aussi les yeux.

Puis elle vint s'étendre près de lui, la tête au creux de son épaule.

Il l'entoura de son bras. Ses épaules étaient nues. Ils se blottirent violemment l'un contre l'autre, sans rien se dire. Et sans se regarder ils pleurèrent les larmes de tous leurs malheurs.

Ensuite elle se leva. Il ne chercha pas à la retenir. En descendant l'échelle elle lui dit seulement :

— Ne laisse pas mourir mon père.

Il faillit répondre, mais les doigts d'Asma lui refermèrent une fois de plus les lèvres, d'un geste confiant. Il entendit alors dans le noir le froissement d'une robe. Il sentit une dernière fois son odeur de jacinthe sauvage.

Il se sécha les yeux au revers de sa manche, puis se redressa. Sauta sur ses pieds. Et se mit à courir en direction des vieilles écuries.

Etait-ce pour vérifier que Roukoz ne s'était pas évadé en soudoyant ses gardes ? Ou bien, tout au contraire, pour le délivrer avant l'arrivée du cheikh ? Dans un moment, la chose n'aura plus la moindre importance.

Les vieilles écuries étaient éloignées du château. C'est sans doute pourquoi elles avaient été désaffectées bien avant l'époque du cheikh, et que d'autres avaient été construites, plus proches. Depuis, elles avaient servi le plus souvent de bergerie, mais quelquefois aussi de lieu de brève détention pour des forcenés, fous en crise ou criminels réputés dangereux.

Le dispositif était simple et solide : de grosses chaînes amarrées à un mur épais, une lourde porte en demi-lune, deux grillages incrustés dans la pierre.

En s'approchant, Tanios crut voir la silhouette d'un garde assis, adossé au mur, la tête sur l'épaule, et un autre étendu à terre. Il commença par retenir ses pas, se disant qu'il allait les surprendre à dormir. Mais il y renonça aussitôt, se mit à marteler le sol, à s'éclaircir la gorge, pour ne pas avoir à les sermonner. Ils ne bougèrent pas plus. C'est alors qu'il remarqua la porte, grande ouverte.

Les gardes de la prison étaient morts. Ces deux-là, et les deux autres un peu plus loin. Se penchant au-dessus de chacun, il put vérifier leurs plaies de ses mains, et les entailles à leurs gorges.

« Maudit sois-tu, Roukoz ! » rugit-il, persuadé que des complices étaient venus le délivrer. Mais en entrant dans la bâtisse il vit, gisant sous la voûte, les pieds encore dans les chaînes, un cadavre. Tanios reconnut le père d'Asma à ses habits et à sa corpulence. Les attaquants avaient emporté la tête en guise de trophée.

Le révérend Stolton rapporte qu'elle fut paradée le jour même dans les rues de Sahlaïn, sur une baïonnette. Il a des mots très durs.

« Pour avoir la tête d'un criminel, on a tué quatre innocents. Kahtane beyk me dit qu'il ne l'a pas voulu. Mais il a laissé faire. Demain, les gens de Kfaryabda viendront, en représailles, égorger d'autres innocents. Les uns et les autres trouveront, pour de longues années à venir, d'excellentes raisons pour justifier leurs vengeances successives.

« Dieu n'a pas dit à l'homme : Tu ne tueras pas sans raison. Il a simplement dit : Tu ne tueras point. »

Et le pasteur ajoute, deux paragraphes plus bas :

« Des communautés persécutées sont venues, depuis des siècles, s'accrocher au flanc d'une même montagne. Si, dans ce refuge, elles s'entre-déchirent, la servitude ambiante remontera vers elles et les submergera, comme la mer balaie les rochers.

« Qui porte en cette affaire la responsabilité la plus lourde ? Le pacha d'Egypte, très certainement, qui a dressé les Montagnards les uns contre les autres. Nous aussi, Britanniques et Français, qui sommes venus prolonger ici les guerres napoléoniennes. Et les Ottomans par leur incurie et leurs accès de fanatisme. Mais à mes yeux, parce que j'en suis venu à aimer cette Montagne comme si j'y étais né, seuls sont impardonnables les hommes de ce pays, chrétiens ou druzes... »

Comme s'il avait pu lire les propos de son ancien tuteur, « l'homme de ce pays » qu'était Tanios ne voyait pas d'autre fautif que lui-même. Ne lui avait-on pas dit que s'il refusait d'exécuter Roukoz, un tel drame ne manquerait pas de se produire ? Même le curé l'avait prévenu. Mais il n'avait pas voulu entendre. Ces quatre jeunes gens, c'est lui qui, d'un geste qui se voulait souverain, les avait désignés à la Mort. Et les massacres qui allaient suivre, c'est lui qui les aurait provoqués, par son incapacité à sévir. Coupable d'indécision. Coupable de complaisance à cause d'un reste d'affection, d'un résidu d'amour. Coupable de pitié.

Il était si persuadé de sa propre culpabilité qu'il n'osa pas revenir tout de suite au village pour raconter ce qui s'était passé. Il s'en alla marcher dans la forêt de pins, récemment incendiée. Certains arbres s'étaient carbonisés debout, il se surprit à les caresser, comme si eux seuls pouvaient comprendre son état d'âme. Les pieds dans l'herbe noire, il cherchait en vain le sentier qu'il empruntait autrefois pour se rendre à l'école de Sahlaïn. Ses yeux brûlaient de vapeurs âcres.

Peu à peu, le ciel s'éclairait. A Kfaryabda, le soleil s'annonce bien avant de paraître, car à l'orient s'élève, tout proche, l'un des plus hauts sommets de la Montagne — l'astre met longtemps à l'escalader. A l'heure du couchant, c'est l'inverse, il fait déjà obscur et les lanternes s'allument dans les maisons pendant que, des fenêtres, on aperçoit encore à l'horizon un disque qui rougit puis bleuit jusqu'à ne plus éclairer que le puits de mer où il sombre.

Ce matin-là, bien des choses arrivèrent avant le soleil. Tanios errait encore dans la forêt calcinée quand la cloche de l'église tinta. Un coup, puis un temps de silence. Un deuxième coup, un silence. Tanios se troubla. « Ils ont découvert les corps. »

Mais la cloche s'emballa. Ce qu'il avait pris pour le glas étaient les premières mesures du carillon de joie. Le cheikh venait d'arriver. Il marchait sur la Blata. Les gens accouraient, criaient, l'entouraient. De l'endroit où il se trouvait, Tanios pouvait même le reconnaître au milieu de la foule. Il ne pouvait toutefois entendre le murmure qui se propageait :

— Il ne voit plus ! Ils lui ont éteint les yeux !

III

Le cheikh perçut l'étonnement des villageois et s'en étonna lui-même. Il croyait que la chose s'était ébruitée ; dès la première semaine de sa détention on lui avait passé le fer rouge devant les pupilles.

Les gens s'efforçaient de ne pas refréner leur allégresse, mais en se bousculant autour du maître pour « voir » sa main, ils ne pouvaient s'empêcher de le dévisager comme ils n'auraient jamais osé le faire du temps où il avait ses yeux.

Tout en lui avait changé. Sa moustache blanche à présent mal lissée, ses cheveux désordonnés, sa démarche, bien évidemment, mais également les gestes de ses mains, son maintien plus rigide, les mouvements de sa tête, les tics de son visage, et même sa voix, quelque peu hésitante, comme si elle aussi avait besoin de voir sa route. Seul son gilet vert pomme était encore à sa place, ses geôliers ne le lui avaient pas ôté.

Une femme vêtue de noir s'approcha, lui prit la main, comme faisaient tous les autres.

— Toi, tu es Lamia.

Il lui entoura la tête de ses mains et posa un baiser sur son front.

— Ne t'éloigne pas, viens te mettre à ma gauche, tu seras mes yeux. Jamais je n'ai eu d'aussi beaux yeux.

Il rit. Tout le monde autour de lui essuyait des larmes, Lamia plus que tous.

— Où est Tanios ? J'ai hâte de lui parler !

— Quand il aura entendu que notre cheikh est de retour, nous le verrons accourir.

— Ce garçon est notre fierté à tous, et l'ornement du village.

Lamia commençait à répondre par un souhait de longue vie et de santé, lorsque des hurlements fusèrent, suivis du crépitement des fusils qui tiraient en l'air. Puis d'une bousculade. Les gens couraient dans tous les sens.

— Que se passe-t-il, demanda le cheikh.

Plusieurs voix haletantes répondirent en même temps.

— Je ne comprends rien, qu'un seul d'entre vous parle, et que les autres se taisent !

— Moi, dit quelqu'un.

— Qui es-tu ?

— Je suis Toubiyya, cheikh !

— C'est bon. Parle, Toubiyya, que se passe-t-il ?

— Les gens de Sahlaïn nous ont attaqués pendant la nuit. Ils ont tué Roukoz et les quatre jeunes gens qui le gardaient. Il faut que le village entier prenne les armes et aille leur faire payer ça !

— Toubiyya, je ne t'ai pas demandé de m'apprendre ce que je dois faire, mais seulement de dire ce qui s'est passé ! Maintenant, comment sais-tu que ce sont les gens de Sahlaïn ?

Le curé fit signe à Toubiyya de le laisser parler. Puis se pencha à l'oreille du cheikh pour l'informer en quelques mots de ce qui s'était dit la veille au château, de la décision prise par Tanios, de l'intervention de Kahtane beyk... *Bouna* Boutros évita de critiquer le fils de Lamia, mais autour de lui les gens fulminaient.

— Tanios ne s'est installé qu'un seul jour à la place de notre cheikh, et le village est déjà à feu et à sang.

Le visage du maître se ferma.

— Que tout le monde se taise, j'ai suffisamment entendu. Montons tous au château, j'ai besoin de m'asseoir. Nous reparlerons quand nous serons là-haut.

Le carillon de l'église s'interrompit au moment même où le cheikh franchissait à nouveau le seuil de la maison seigneuriale ; quelqu'un venait d'avertir le sonneur que l'heure des réjouissances était révolue.

Pourtant, en reprenant sa place habituelle dans la salle aux Piliers, le maître se retourna vers le mur et demanda :

— Est-ce que le portrait du voleur est derrière moi ?

— Non, lui répondit-on, nous l'avons décroché et brûlé !

— Dommage, il nous aurait aidé à remplir nos caisses.

Il garda un visage grave, mais dans l'assemblée il y eut des sourires, et même quelques rires brefs. Ainsi, le cheikh était au courant des plaisanteries que les villageois avaient forgées contre l'usurpateur. Seigneur et sujets se retrouvaient complices par le souvenir, prêts à affronter l'épreuve.

— Ce qui s'est passé entre Kfaryabda et Sahlaïn m'attriste plus que la perte de mes yeux. Je ne me suis jamais écarté de la voie du bon voisinage et de la fraternité ! Et malgré le sang innocent qui vient d'être versé, nous devons éviter la guerre.

On entendit quelques murmures.

— Que ceux qui n'apprécient pas mes paroles sortent de chez moi à l'instant sans que j'aie besoin de les chasser !

Personne ne bougea.

— Ou alors, qu'ils se taisent ! Et si quelqu'un veut partir en guerre au mépris de ma volonté, qu'il sache que je le ferai pendre bien avant que les druzes aient eu le temps de le tuer.

Le silence devint général.

— Est-ce que Tanios est là ?

Le jeune homme était arrivé après le cheikh, avait refusé les sièges qu'on lui proposait et s'était seulement adossé à l'un des piliers de la salle. A la mention de son nom, il sursauta, s'approcha, et se pencha sur la main que le seigneur lui tendait.

Lamia se leva pour céder la place à son fils, mais le cheikh l'en empêcha.

— J'ai besoin de toi, ne t'éloigne plus. Tanios était bien là où il était.

Lamia se rassit, quelque peu gênée ; mais le jeune

homme revint s'adosser à son pilier sans paraître froissé.

— Hier, poursuivit le maître, quand on ne savait pas encore si j'allais revenir, vous vous êtes réunis ici sous l'autorité de ce garçon pour juger Roukoz. Tanios a prononcé une sentence, qui s'est révélée malheureuse, et même désastreuse. Certains d'entre vous m'ont dit qu'il avait manqué de sagesse et de fermeté. Je leur donne raison. D'autres ont murmuré tout près de mes oreilles que Tanios avait manqué de courage. A ces derniers je dis : sachez que pour se tenir face à l'émir et lui notifier sa destitution et son bannissement, il faut cent fois plus de courage que pour faire trancher la gorge à un homme ligoté.

Il avait prononcé les derniers mots d'une voix puissante et indignée. Lamia se redressa sur son siège. Tanios avait les yeux baissés.

— Avec l'expérience et l'âge, la sagesse de ce garçon s'élèvera au niveau de son courage et de son intelligence. Il pourra alors s'asseoir à cette place sans démériter. Car mon intention et ma volonté, c'est que ce soit lui qui me succède le jour où je ne serai plus là.

» J'avais demandé au Ciel de ne pas me laisser mourir sans avoir assisté à la chute du tyran qui a injustement tué mon fils. Le Très-Haut a exaucé ma prière, et il a choisi Tanios comme instrument de Sa colère et de Sa justice. Ce garçon est devenu mon fils, mon fils unique, et je le désigne comme héritier. J'ai tenu à le dire aujourd'hui devant tous pour que personne ne songe à le contester.

Les regards s'étaient tournés vers l'élu, qui paraissait toujours aussi absent. Etait-ce sa manière de recevoir les honneurs, une marque de timidité, en somme, et d'excessive politesse ? Toutes les sources s'accordent à dire que le comportement de Tanios, ce matin-là, avait déconcerté l'assistance. Insensible aux critiques, insensible aux louanges, désespérément muet. L'explication me paraît simple. De toutes les personnes présentes, aucune, pas même Lamia, ne savait la chose essentielle : que Tanios avait découvert les cadavres des quatre jeunes gens, que l'image de leurs corps ensanglantés lui emplissait les yeux, que son sentiment de culpabilité l'obsédait, et qu'il était incapable de penser à autre chose, surtout pas au testament du cheikh et à son propre brillant avenir.

Et lorsque le maître du château dit, quelques minutes plus tard : « Maintenant, laissez-moi me reposer un peu, et revenez me voir cet après-midi pour que nous reparlions de ce qu'il faudra faire avec nos voisins de Sahlaïn », et que les gens commencèrent à se retirer, Tanios demeura adossé à son pilier, prostré, pendant que l'on défilait devant lui en le mesurant du regard comme une statue.

Le vacarme des pas finit par s'apaiser. Le cheikh demanda alors à Lamia, qui le soutenait par le bras :

— Est-ce qu'ils sont tous partis ?

Elle dit « oui », bien que son fils fût encore à la même place, fils qu'elle observait avec une inquiétude croissante.

Puis le couple se mit à avancer, au pas lent de l'infirme, en direction des appartements du cheikh. Tanios releva alors la tête, les vit s'éloigner bras dessus, bras dessous, comme enlacés, et il eut soudain la certitude que c'étaient ses parents qu'il contemplait ainsi.

Cette pensée le secoua, le sortit de sa torpeur. Son regard se fit plus vif. Qu'y avait-il dans ce regard ? De la tendresse ? Des reproches ? Le sentiment d'avoir enfin la clé de l'énigme qui avait pesé sur sa vie entière ?

Au même moment, Lamia se retourna. Leurs yeux se croisèrent. Alors, comme par honte, elle lâcha le bras du cheikh, revint vers Tanios, posa sa main sur son épaule.

— Je pensais à la fille de Roukoz. Je suis sûre que personne au village n'ira lui présenter ses condoléances. Tu ne devrais pas la laisser seule, un jour comme celui-ci.

Le jeune homme acquiesça de la tête. Mais il ne bougea pas tout de suite. Sa mère repartit vers le cheikh, qui l'attendait encore à la même place. Elle lui reprit le bras, mais en le tenant de moins près. Puis ils disparurent au détour d'un couloir.

Tanios se dirigea alors vers la sortie, un étrange sourire aux lèvres.

Je cite à nouveau les éphémérides du révérend Stolton :

« On me dit qu'en se rendant chez la fille du *khwéja* Roukoz pour présenter ses condoléances, Tanios remarqua un attroupement non loin de la Blata. Des jeunes du village malmenaient Nader, le marchand ambulant, l'accusant d'avoir médit du cheikh et d'avoir eu partie liée avec Roukoz et les Égyptiens. L'homme se débattait en jurant qu'il était seulement revenu afin de féliciter le cheikh pour son retour. Il avait le visage en sang et ses marchandises étaient éparpillées sur le sol. Tanios intervint, en usant du prestige qui lui restait encore, et emmena l'homme avec sa mule jusqu'à la sortie du village. Un trajet de trois milles tout au plus en comptant le retour, mais mon pupille ne revint que quatre heures plus tard. Il ne parla à personne, monta s'asseoir sur un rocher. Puis, comme par prodige, il disparut. (*He vanished*, dit le texte anglais.)

« Dans la nuit, sa mère et l'épouse du curé sont venues me demander si j'avais vu Tanios, si j'avais de ses nouvelles. Aucun homme ne les accompagnait, à cause de l'extrême tension qui règne entre Kfaryabda et Sahlaïn. »

Quant à la *Chronique montagnarde*, elle dit ceci :

« Tanios avait accompagné Nader jusqu'au *khraj* (le territoire hors limite), s'était assuré de sa sécurité, puis il était revenu pour monter aussitôt s'asseoir sur le rocher qui porte aujourd'hui son nom. Il y était resté un long moment, adossé, immobile. Les villageois s'approchaient parfois pour l'observer, puis ils continuaient leur chemin.

« Lorsque le cheikh s'était réveillé de sa sieste, il l'avait mandé. Des gens étaient venus alors au pied du rocher et Tanios leur avait dit qu'il les rejoindrait dans un moment. Une heure plus tard, il n'était pas encore au château. Le cheikh s'était alors montré contrarié, et il avait envoyé d'autres émissaires pour l'appeler. Il n'était plus sur son rocher. Mais personne non plus ne l'avait vu descendre et s'en aller.

« Alors on s'était mis à chercher, à crier son nom, tout le village s'était remué, hommes, femmes et enfants. On avait même pensé au pire, et l'on était allé regarder au pied de la falaise, pour le cas où il serait tombé en un moment d'étourdissement. Mais, là non plus, aucune trace de lui. »

Nader ne devait plus jamais remettre les pieds au village. Il allait d'ailleurs renoncer à sillonner la Montagne avec sa camelote, préférant établir à Beyrouth un commerce plus sédentaire. Il y vécut encore vingt bonnes années lucratives et bavardes. Seulement, quand les gens de Kfaryabda allaient parfois le voir, et qu'ils l'interrogeaient sur le fils de Lamia, il ne disait rien d'autre que ce que tout le monde savait — qu'ils s'étaient séparés à la sortie du village, que lui-même avait poursuivi sa route et que Tanios était revenu sur ses pas.

Sa part de secret, il l'avait consignée sur un cahier qu'un jour, dans les années vingt de ce siècle, un enseignant de l'American University of Beirut allait retrouver, par chance, dans le fouillis d'un grenier. Annoté et publié, avec une traduction anglaise, sous le titre *Wisdom on muleback* (que j'ai librement transformé en « la Sagesse du muletier »), il ne circula que dans un milieu restreint où personne n'était en mesure de faire le rapprochement avec la disparition de Tanios.

Pourtant, si l'on veut lire de près ces maximes à prétention poétique, on y trouve, à l'évidence, les échos de la longue conversation qui s'était déroulée ce jour-là entre Nader et Tanios à la sortie du village, et aussi certaines clés pour comprendre ce qui avait pu se produire par la suite.

Des phrases comme celle-ci : « Aujourd'hui, ton destin est clos, ta vie enfin commence », que j'ai citée en exergue ; ou encore : « Ton rocher est las de te porter, Tanios, et la mer s'est fatiguée de tes regards stériles » ; mais plus que tout ce passage que le vieux Gébrayel — puisse-t-il vivre et garder sa tête claire au-delà de cent ans — m'a fait lire un soir, soulignant chaque mot de son index noueux :

Pour tous les autres, tu es l'absent, mais je suis l'ami qui sait.

A leur insu tu as couru sur le chemin du père meurtrier, vers la côte.

Elle t'attend, la fille au trésor, dans son île ; et ses cheveux ont toujours la couleur du soleil d'occident.

En parcourant la première fois ce propos si limpide, j'avais l'impression d'avoir sous les yeux le fin mot de l'histoire. Peut-être l'est-il. Mais peut-être aussi ne l'est-il pas. Peut-être ces lignes révèlent-elles ce que le muletier « savait ». Mais, à les relire, peut-être renferment-elles seulement ce qu'il espérait apprendre un jour sur le sort de l'ami disparu.

Demeurent, en tout cas, bien des zones d'ombre que le temps n'a fait qu'épaissir. Et d'abord celle-ci : pourquoi Tanios, après être sorti du village en compagnie du muletier, était-il revenu s'asseoir sur ce rocher ?

On peut imaginer qu'à l'issue de sa conversation avec Nader, qui l'aurait une fois de plus exhorté à quitter sa Montagne, le jeune homme hésitait. On pourrait même énumérer les raisons qui avaient pu l'inciter à partir et celles, au contraire, qui auraient dû le retenir... A quoi bon ? Ce n'est pas ainsi que se prend la décision de partir. On n'évalue pas, on n'aligne pas inconvénients et avantages. D'un instant à l'autre, on bascule. Vers une autre vie, vers une autre mort. Vers la gloire ou l'oubli. Qui dira jamais à la suite de quel regard, de quelle parole, de quel ricanement, un homme se découvre soudain étranger au milieu des siens ? Pour que naisse en lui cette urgence de s'éloigner, ou de disparaître.

Sur les pas invisibles de Tanios, que d'hommes sont partis du village depuis. Pour les mêmes raisons ? Par la même impulsion, plutôt, et sous la même poussée. Ma Montagne est ainsi. Attachement au sol et aspiration au départ. Lieu de refuge, lieu de passage. Terre du lait et du miel et du sang. Ni paradis ni enfer. Purgatoire.

A ce point de mes tâtonnements, j'avais un peu oublié le trouble de Tanios, devant mon propre trouble. N'avais-je pas cherché, par-delà la légende, la vérité ? Quand j'avais cru atteindre le cœur de la vérité, il était fait de légende.

J'en étais même arrivé à me dire qu'il y avait peut-être, après tout, quelque sortilège attaché au rocher de Tanios. Lorsqu'il était revenu s'y asseoir, ce n'était pas dans le but de réfléchir, me dis-je, ni de peser le pour et le contre. C'est de tout autre chose qu'il ressentait le besoin. La méditation ? La contemplation ? Plus que cela, la décantation de l'âme. Et il savait d'instinct qu'en montant s'asseoir sur ce trône de pierre, en s'abandonnant à l'influence du site, son sort se trouverait scellé.

Je comprenais à présent qu'on m'eût interdit d'escalader ce rocher. Mais, justement, parce que je l'avais compris, parce que je m'étais laissé persuader — contre ma raison — que les superstitions, les méfiances, n'étaient pas infondées, la tentation était d'autant plus forte de braver l'interdit.

Etais-je encore lié par le serment que j'avais fait ? Tant de choses s'étaient passées ; le village avait connu, depuis l'époque pas si lointaine de mon grand-

père, tant de déchirements, de destructions, tant de
meurtrissures, qu'un jour je finis par céder. Je mur-
murai pardon à tous les ancêtres et, à mon tour, je
montai m'asseoir sur ce rocher.

Par quels mots décrire mon sentiment, mon état ?
Apesanteur du temps, apesanteur du cœur et de
l'intelligence.

Derrière mon épaule, la montagne proche. A mes
pieds la vallée d'où monteraient à la tombée du jour les
hurlements familiers des chacals. Et là-bas, au loin, je
voyais la mer, mon étroite parcelle de mer, étroite et
longue vers l'horizon comme une route.

Note

Ce livre s'inspire très librement d'une histoire vraie : le meurtre d'un patriarche, commis au dix-neuvième siècle par un certain Abou-kichk Maalouf. Réfugié à Chypre avec son fils, l'assassin avait été ramené au pays par la ruse d'un agent de l'émir, pour être exécuté.

Le reste — le narrateur, son village, ses sources, ses personnages —, tout le reste n'est qu'impure fiction.

Table

Composition réalisée par JOUVE

IMPRIMÉ EN FRANCE PAR BRODARD ET TAUPIN
Usine de La Flèche (Sarthe).
LIBRAIRIE GÉNÉRALE FRANÇAISE - 43, quai de Grenelle - 75015 Paris.
ISBN : 2 - 253 - 13891 - 6